二見文庫

あなたとめぐり逢う予感

ジュリー・ジェームズ／村岡　栞＝訳

Something About You

by

Julie James

This edition published by arrangement with Berkley,
an imprint of Penguin Publishing Group,
a division of Penguin Random House LLC.,
through Tuttle-Mori Agency, Inc., Tokyo

ＪＷマリオット・サンフランシスコ・ホテルでわたしの隣室にいたおばかさんたちへ。
この作品がひらめいたのは、あなたたちのお祭り騒ぎで眠れなかったおかげです。

以下の人たちに感謝を捧げます。わたしに助言と知恵を与えてくれた敏腕編集者のウェンディ・マッカーディ。あなたはわたし自身がはっきりと気づくよりも先に、この作品で伝えたかったことを理解していました。わたしを支援してくれたキャスリン・トゥーメン、キャサリン・ペルツ、そしてバークリーのチームの方々。

わたしを励まし、揺るぎない熱意を注いでくれたエージェントのスーザン・クロフォードと、すばらしいアイデアを与え、貢献してくれたクリスティン・ガルシア。原稿を読み、貴重な意見とフィードバックを与えてくれたケイティ・ダンシー。ミスター・レイノルズのことになると見境がつかなくなる彼女に深く感謝しています。

連邦検事補の日常に関する疑問に答えてくれたジョン・メホチコと、犯罪捜査の技術面における知識を与えてくれた義父。

作家が望みうる最高のレビュアー、ブロガー、読者やファンの方々に直接、またはオンラインでお会いできたことを光栄に思います。もちろんご自身でもおわかりだと思いますが、あなたたちは史上最強です。

愛情とサポートを与えてくれた家族と友人たち、そしていつもわたしを笑わせてくれる、言葉で言い表せないほどかわいい息子にも感謝しています。

最後に、最高の夫ブライアンにも大きな感謝を。本当に彼はなんでも知っていて(こんなことを書いて後悔するかしら)、いつもわたしを励ましてくれます。

あなたとめぐり逢う予感

登　場　人　物　紹　介

キャメロン・リンド	イリノイ州地方検事局の検事補
ジャック・パラス	FBI特別捜査官
サイラス・ブリッグズ	キャメロンの上司。 イリノイ州の連邦検事
ビル・ホッジズ	上院議員
コリン・マッキャン	キャメロンの親友。スポーツライター
エイミー	キャメロンの親友
マンディ・ロバーズ	コールガール
グラント・ロンバード	ホッジズのボディガード
ウィルキンズ	ジャックの相棒
ロベルト・アルティーノ	犯罪王
ジョー・ダブス	ジャックの元相棒
デイヴィス	ジャックの上司
アレックス・ドリコール	ホッジズのチーフスタッフ
テッド・スロンスキー	シカゴ市警の刑事

1

シカゴにはホテルの部屋が三万はあるというのに、キャメロン・リンドは延々と営みに励むカップルの隣室を見事に引きあてた。

「いいわ！　ああ、最高！」

キャメロンは枕を顔に押しあて、いつかは終わるはずだと考えたが、そう考えつづけてかれこれ一時間半になる。時刻は午前三時過ぎ。ホテルで激しい愛の交歓を楽しむことに異論はないが、今行われている一戦は激しいを通り越して、非常識なほど〝もう無理よ！　ああ、だめ！〟が繰り返される壮絶な戦いになっていた。しかも忘れてはならないのは、ザ・ペニンシュラ・シカゴの宿泊費は、連邦政府の職員割引が適用されても、連邦検事補の月々の予算内にはおさまらないことだ。キャメロンは少しばかりの平穏も望めないことに、怒り心頭に発していた。

バン！　バン！　バン！

キングサイズのベッドの奥の壁が音をたて、その衝撃がヘッドボードを揺らす。彼女はこの状況をもたらしている堅木張りの床を呪った。

その週の初め、自宅をリフォームしている内装業者から、床の張り替え後二十四時間は入室禁止だと言われ、キャメロンは自分にご褒美をあげることにした。ちょうど先週、三カ月に及ぶ消耗戦となったギャングの裁判を終えたところだった。十一名の被告人は、七件の殺人と三件の殺人未遂を含むさまざまな組織犯罪活動で起訴された。裁判の関係者は全員、精神的に疲れ果てたが、事件を起訴したキャメロンと同僚の検事補は特に疲労困憊(こんぱい)した。だから床が乾くまで自宅に戻れないと知って、絶好のチャンスとばかりに週末をホテルで過ごすことに決めたのだ。

ほかの人なら自宅から五キロ先のホテルではなく、どこか遠い場所や異国情緒あふれる場所を選ぶのかもしれない。だがキャメロンの頭にあったのは、悩ましいほど高額だが目覚ましいほど癒やされるマッサージを受け、静かな夜の休養を取ってから、これまた高額なブランチビュッフェを楽しむことだけだった。自分がなぜブランチビュッフェに近づかないようにしていたのか、その理由を思いだすまで食べまくるつもりだった。そんな贅沢(ぜいたく)を味わえる最適の場所がペニンシュラだ。

そう思っていたが、どうやら勘違いだったらしい。

「なんて大きくて悪い男なの！　そう、そこよ！　ああ……いいわ、やめないで！」
その女性の声を聞くまいと押しあてた枕はなんの役にも立たなかった。キャメロンは目を閉じて静かに祈った。大きくて悪い男さん、どんな手を使っているのか知らないけれど、どうか彼女が満足するまでそこを攻めつづけてあげて。キャメロンはジムと初めて、そして最後にベッドをともにして以来、これほどクライマックスを求めて祈ったことはなかった。ジムは企業に勤めるワインのバイヤー兼アーティストで、相手をいかせたがったが、女性の感じる箇所など見当もついていない男だった。

一時半頃に始まったうめき声でキャメロンは起こされた。意識が朦朧としていたので、最初は隣室の人が病気なのかと思った。でもすぐにふたり目のうめき声が起こり、激しい息遣い、壁にベッドが叩きつけられる音が続き、とうとうヒップをはたいているような怪しげな音が鳴り響いた。その頃になると、キャメロンは一三〇八号室で何が起こっているのか察した。

ドスン、ドスン、ドスン、ドスン……。

隣室のベッドが壁にぶつかる速度があがり、マットレスがきしむ音も新たなリズムを会得したように激しさを増した。キャメロンはうんざりしつつも、隣室の男の精力に敬意を払わずにいられなかった。バイアグラを使っているのかもしれない。その小さな錠剤をのむだけで力がみなぎり、四時間以上効果が持続すると聞いたことがある。

キャメロンは枕を顔から払いのけると、暗闇で目を凝らし、ベッド横のナイトテーブルに置かれた時計を確認した。三時十七分。さらに朝まで二時間十五分この音に耐えろと言われたら、誰かを殺すはめになるかもしれない。まずは自分にこの部屋を割りあてたフロント係だ。そもそもホテルというのは十三階を避けるはずではないのだろうか？　キャメロンは自分が迷信深かったら、ほかの階へ変更してほしいと頼んでいたのにと悔やんだ。

いや、それどころか週末の休暇を考えついたこと自体が悔やまれる。コリンかエイミーの家に泊まることにしていれば、今頃はぐっすり眠っていただろう。少なくとも、叫び声やうめき声の耳障りなシンフォニーを聞くはめにはならなかったはずだ。そう、今や女性のうめき声は叫び声に変わっていた。それが現在のキャメロンのBGMだ。コリンのところに泊まっていたら、あのチェダーチーズとトマトを入れた絶品のオムレツを作ってもらえたのに。もちろんペニンシュラのビュッフェでお目にかかるようなご馳走と同じレベルとまでは言わない。だが大学四年目を三人で暮らしていたとき、料理はすべて彼に任せていた理由を、あのオムレツは思いださせてくれただろう。

ドス、ドス、バン！　ドス、ドス、バン！

キャメロンはベッドの上で起きあがり、ナイトテーブルの電話を見た。ホテルの五つ星サービスに対して、ささいなことで文句を言う客にはなりたくない。でも隣室の騒音はずっと続いているし、自分には一泊四百ドル近くする客室で少しくらいは眠らせてもらう権利があるはずだ。ホテルにまだ苦情が寄せられていないのは、一三〇八号室が角部屋で、反対側に部屋がないからだろう。

キャメロンがフロント係に電話をかけようと受話器に手を伸ばしたとき、隣室の男が急に盛大な音をたてだした。

ピシャッ！　ピシャッ！

「ああ、だめ！　いきそう！」

大きなうめき声。そして、とうとう……。

ありがたい静寂。やっとだ。

キャメロンはベッドに倒れこんだ。ありがとうございます、ペニンシュラの神さま。このささやかな休息をお許しくださって感謝します。ここのマッサージが高額すぎるなんて二度と言いません。背中にローションをすりこむのに百九十五ドルもかからないことは誰でも知っているけれど、文句は言いません。金額はご参考までに申しあげただけです。

キャメロンはクリーム色の羽毛製の上掛けの下にもぐりこみ、顎まで引きあげた。枕に頭をうずめ、うとうとしはじめた数分後、隣室からまた音が聞こえた。ドアが閉まる音だ。

キャメロンは体をこわばらせた。

そして次に……。

何も起こらなかった。

ありがたいことに、すべてが静まり返っている。眠りに落ちる寸前にキャメロンが考えたのは、そのドアが閉まる音こそ大きな意味があるということだ。

隣の宿泊客は五つ星のセックス・サービスを提供してくれる相手を呼び寄せていたのだろうと、彼女はひそかに思った。

バン！

キャメロンはベッドでびくりとした。またしても隣室の音に起こされた。ベッドが壁にぶつかる音がまた聞こえてきた。さっきよりも強く激しい。今度はまさに組んずほぐれつしているようだ。くぐもった悲鳴も聞こえる。

キャメロンは時計を見た。四時八分。たっぷり三十分の休息を与えられたわけだ。

もう一刻も無駄にしたくない。言わせてもらえば、隣の愚か者たちに貴重な睡眠時間をすでに捧（ささ）げすぎている。腕を伸ばしてベッド脇のランプをつけると、急に明るくなったことに目を慣らそうとまばたきをし、ナイトテーブルの電話をつかんでかけた。

一度目の呼びだし音のあと、男性が愛想よく返答した。「ミズ・リンド、ゲストサービスにお電話ありがとうございます。ご用件を承ります」

キャメロンは咳払（せきばら）いをした。寝起きで声がかすれている。「あの、こんなことは言いたくないんだけど、一三〇八号室のふたりをなんとかしてもらいたいの。壁にぶつかる音が鳴りやまないのよ。うめき声や叫び声が止まらなくて、叩く音まで聞こえてくるの。もう二時間以上になるわ。ずっと眠れないのに、今度は第二十回戦が始まったみたい。ふたりはお楽しみかもしれないけど、わたしは全然楽しめないし、いいかげんうんざりしてるの」

電話の相手は少しも臆さなかった。まるでペニンシュラのゲストサービス係はセックス絡みの苦情を受けるのには慣れっこだとでもいうように。

「承知いたしました、ミズ・リンド。ご不便をおかけして申し訳ございません。すぐに警備員を向かわせます」

「ありがとう」キャメロンは礼を言ったものの、そう簡単に納得したくなかった。朝になれば支配人に事の次第を伝えるつもりだが、今はともかく静かな部屋で眠りたい。

彼女は電話を切って待った。しばらくして、ベッドの奥の壁を一瞥(いちべつ)した。一三〇八号室は気味が悪いくらいに静まり返っている。ゲストサービスに苦情を入れているのが聞こえたのだろうか。たしかに壁は薄いが（壁の薄さにはとっくに気づいていた）、電話の声が聞こえるほど薄いのだろうか？

一三〇八号室のドアが開く音が聞こえた。

連中が逃げようとしているのだ。

キャメロンはベッドから飛びだすと、セックス依存症者たちの顔だけでも見てやろうとドアに駆け寄った。ドアに体をぴたりとつけて、のぞき穴から見ると、ちょうど隣室のドアが閉まった。一瞬、誰も見えなかった。そこへ——。

男が視界に現れた。

男の動きはすばやかった。のぞき穴越しだと少しゆがんで見える。男がキャメロンのほうに背を向けて部屋の前を通り過ぎたので、きちんと確認できなかった。典型的なセックス依存症者がどんな風貌をしているのかは知らないが、その男は長身で、ジーンズにコーデュロイの黒のブレザー、灰色のフード付きTシャツというスタイリッシュな服装だった。フードをかぶっているのが妙だ。男が廊下を横切って吹き抜け階段に続くドアを開けるのを見ていると、キャメロンはなんとなく見慣れたものを目にした気がした。しかし彼女がそれが何だったのか思いあたる前に、男はドアの向こうに消えた。

キャメロンはドアから離れた。一三〇八号室で何かとてもおかしなことが起こっている。自分がゲストサービスに電話をかけるのを聞いて、男は逃げたのかもしれない。相手の女を見捨てて厄介ごとを押しつけたということは既婚者だろうか？　ともかく警備員が到着したら、隣室の女は難儀な説明をするはめになるだろう。どうせ目が覚めてしまったのだから、のぞき穴から成り行きを見守ってやろう。盗み聞きをするつもりはないけれど、まあ……言ってしまえば盗み聞きだ。

そう長く待たなくてもよかった。スーツを着たふたりの男がすぐに現れ、一三〇八号室をノックした。キャメロンがのぞき穴から見物していると、ふたりは応答を待ちながらドアを見つめ、やがて肩をすくめた。反応がなかったのだ。

「もう一度ノックするか？」背が低いほうの男が言った。

ふたり目の男がうなずき、ドアをノックした。「ホテルのセキュリティ担当です」

それでも反応がない。

「本当にこの部屋か？」ふたり目の男が確かめた。

ひとり目の男が部屋番号を確認してうなずく。「ああ、間違いない。苦情の主は、音が一三〇八号室から聞こえると言ってた」

そう返すと、男はキャメロンの部屋をちらりと見た。ドア越しに見られるはずもないのに、彼女は思わずあとずさりした。自分がミシガン大学のTシャツとショーツしか身につけていないことを急に意識する。

少しのあいだ、沈黙が流れた。

「今は何も聞こえないがな」キャメロンはひとり目の男がそう言うのを聞いた。男はさらに強く三度目のノックをした。「セキュリティ担当です！　開けてください！」

またしても反応なし。

キャメロンはドアに近寄り、またのぞき穴から見てみた。ふたりの男はうんざりした顔を見あわせている。

「ふたりともシャワーを浴びてるのかもな」ひとり目が言う。

「もう一戦始める準備中かもしれない」ふたり目が同意した。

ふたりはドアに耳をあてた。キャメロンは隣室からシャワーの音が聞こえないかと耳を澄ましたが、何も聞こえなかった。

ふたり目の男がため息をついた。「規定上、部屋に入るしかないな」ポケットからマスターキーらしきものを出した。それを鍵穴に挿してドアを開ける。「失礼します。ホテルのセキュリティ担当です。どなたかいらっしゃいますか？」室内に向かって声をかけた。

肩越しに相棒を見て首を振る。人の気配がない。彼は奥に進み、相棒についてくるよう身ぶりで示した。ふたりが部屋に入ってキャメロンの視界から消えると、ドアが閉められた。

しばらく間があり、キャメロンはふたりのうちのひとりが声をあげるのを壁越しに聞いた。「なんてこった！」

キャメロンはびくりとした。一三〇八号室で何が起こったのかはわからないが、悪い予感がする。どうすべきかわからず、ベッドにあがって壁に耳を押しあて、様子をうかがった。

「救急車を呼ぶから、CPRを試してくれ！」ふたりのうちのひとりが怒鳴った。

キャメロンはベッドから飛びおりると、ドアに駆け寄った。心肺蘇生法（CPR）なら心得ている。彼女がドアをすばやく開けると、背が低いほうの男が一三〇八号室から走りでてくるところだった。

彼はキャメロンを見るなり手をあげ、止まるよう身ぶりで示した。「お客さま、部屋にお戻りください」

「でも聞こえたの。手を貸せるかと思って。わたしは――」

「われわれにお任せください、お客さま。どうか部屋に戻って」男はそう言うと走り去った。

男に言われたとおり、キャメロンはドアのところにとどまった。近くの部屋の宿泊客たちも騒ぎを聞きつけ、廊下をのぞきながら不安と好奇心を顔に浮かべて様子をうかがっている。

永遠にも感じられたが、実際はおそらく数分後だろう。背が低いほうの警備員が、ストレッチャーを押したふたりの救急隊員を連れて戻ってきた。

三人が目の前を走り抜ける。キャメロンは警備員が状況説明をするのを聞いた。「女性がベッドに倒れているのを発見しました……反応がないのでCPRを始めましたが、手応えがなく……」

その頃になると、ほかのスタッフも到着した。灰色のスーツを着た女性がホテルの支配人だと名乗り、全員部屋に戻るよう言った。続いて廊下とエレベーターの前を立ち入り禁止にするようスタッフに指示する声が聞こえる。十三階の宿泊客たちはひそひそと話し、キャメロンはひとりの宿泊客が別の宿泊客に何が起こっているのか尋ねるのをもれ聞いた。

救急隊員が一三〇八号室から出てくると、宿泊客たちのあいだに沈黙が広がった。救急隊員は急いでストレッチャーを廊下に運びだした。

ストレッチャーには人が乗せられていた。

彼らがキャメロンの前を走り抜ける際、ストレッチャーの上にいる人物がちらりと見えた。一瞬だったが、女性であることはわかった。ストレッチャーに敷かれたシーツと身につけているホテルのバスローブの白さとは対照的な、赤いロングヘアが広がっている。女性が動いていないことも確認できた。

ひとりの救急隊員がストレッチャーを押し、もうひとりが横を走りながら女性の顔にあてたマスクに酸素を送っていた。警備員のふたりは救急隊員を先導しながら、廊下にいる人たちに室内へ戻るよう促している。キャメロンは、背が低いほうの警備員が警察を呼んだと話しているのを聞いた。見たところ、ほかの宿泊客たち数人の耳にも届いたようだ。

警察という言葉が聞こえると、ちょっとした騒ぎが起こった。宿泊客たちは何が起きているのか知りたがった。

支配人が騒ぎを抑えこもうと声をあげる。「皆さまがご心配されていることは承知しております。お騒がせしたことをお詫び申しあげます」支配人の冷静で取り澄ました口調は、キャメロンの苦情電話に対応したゲストサービスの男性の口調とよく似ていた。ここのスタッフは全員、客が近くにいないときもあんな口調で話すのだろうか。それとも休憩時間になったとたん愛想のいい態度を捨て、〝ウィスコンシン州出身なのに、なんとなくヨーロッパ風の話し方〟もやめるのだろうか。「恐れ入りますが、状況は深刻であり、犯罪が起こった可能性があるとしか現時点では申しあげられません。この件は警察に任せることになりますので、当局が状況判断するまで、各自部屋でお待ちくださいますようお願いいたします。お客さまに警察から質問があるかもしれません」

支配人の視線がキャメロンに向けられた。宿泊客たちがひそひそ話に戻る中、支配人が近づいてきた。

「ミズ・リンドですか？」

キャメロンはうなずいた。「ええ」

支配人がドアを示す。「ミズ・リンド、部屋に戻っていただいてもよろしいでしょうか？」それは上品なペニンシュラ流の尋ね方だったが、〝盗み聞きをする輩を見逃すわけにはいかないから、部屋でおとなしくしていたほうが身のためだぞ〟という意味がこめられていた。

「もちろん」キャメロンは答えたが、その数分間で繰り広げられた出来事に、まだ少々呆然としていた。検事補として犯罪事件を見聞きする機会は多かったけれど、今回の事件は仕事ではない。検察官の客観的な視点で捜査する事件ではないのだ。連邦捜査局が丁寧に準備した証拠ファイルや、事件後の犯罪現場の写真も手元にない。今回の事件は自分が実際に聞いたものだ。それに自分の目で被害者も見た。ブレザーとフード付きTシャツを着た男のことを思いだしながら、キャメロンはあれが被害者に危害を加えた人物だろうと考えた。

そう思うと、寒けがした。

いや、寒いのは、まだTシャツとショーツを身につけただけの姿で、冷房のきいた廊下に立っているせいかもしれない。

エレガントだこと。

ブラジャーもつけず、ズボンもはいていない者が保ちうる限りの威厳を保って、キャメロンはTシャツの裾を下に向かって引っ張り、支配人の後ろについて部屋へ戻った。

2

何かがおかしい。

シカゴ市警が捜査を行っているようだが、キャメロンが客室に閉じこめられてから二時間近く経(た)っている。彼女は犯罪現場での捜査手順や関係者に話を聞くことについて熟知しているので、その日の捜査が通常と違うことはわかった。

第一に、キャメロンは誰にも何も聞かされていない。彼女が支配人に部屋に連れ戻されてから間もなく、警察が到着した。きわめて気難しそうな、禿(は)げかかった中年刑事はスロンスキーと名乗り、部屋の角に置かれたアームチェアに腰かけると、その夜聞こえた物音についてキャメロンに質問した。キャメロンはひとりになる時間を数秒与えられたのでヨガパンツとブラジャーだけは身につけていたが、慌てて整えたベッドに座って話を聞かれるのは妙な気分だった。

スロンスキー刑事が最初に気づいたのは、キャメロンがルームサービスで頼んだ、飲みかけのワイングラスだ。もう何時間も前にデスクに置いたままになっている。当然ながらそれがきっかけで、質問はその夜の彼女のアルコール摂取量に関することから始まった。キャメロンは自分が手に負えないアルコール依存症者ではないこと、自分の供述には多少なりとも信憑性があることをスロンスキーになんとか納得させた。そうして飲酒の話題をようやく終えると、彼女はスロンスキーが〝巡査〟ではなく〝刑事〟と名乗ったことに触れた。殺人課に所属しているのかどうかを知りたかったのだ。所属部署までは教えてもらえないにしても、一三〇八号室の女性に何が起こったのか知りたかった。

スロンスキーから得られた反応はまっすぐな視線と、〝質問しているのはわたしです、ミズ・リンド〟というそっけない返事だけだった。

キャメロンが供述を終えると、別の私服刑事が部屋に顔をのぞかせた。「スロンスキー、こっちに来てくれ」隣室を顎で示す。

スロンスキーは立ちあがると、またキャメロンをまっすぐに見た。いつも鏡の前でその表情を練習しているのだろうか。

「わたしが戻るまで、こちらで待っていていただけると助かります」

キャメロンは笑みを浮かべて答えた。「もちろんです、刑事さん」なんらかの情報を引きだすために自分の地位を振りかざそうかと迷ったが、その時点ではやめておいた。まだ早い。これまで身近にはずっと刑事や捜査官がいて、彼らの働きには多大な敬意を抱いている。しかしスロンスキーに向けた笑顔は、自分が相手の態度に動じていないことを示すためのものだった。「できる限り協力します」

スロンスキーが疑わしげにキャメロンを見る。彼女の声音に皮肉な響きを聞き取ったのだろう。キャメロンはよくそんな表情で見られることがある。

「ここでお待ちください」彼は部屋を出ていった。

キャメロンが次にスロンスキー刑事を目にしたのは三十分後で、彼は〝予期せぬ展開〟があったことを知らせに部屋へ立ち寄った。彼女は予想以上に長く部屋にとどまる必要があるだけでなく、部屋の前に警護の人員が配置されるらしい。しかも〝彼ら〟がキャメロンに話を聞き終えるまで、彼女には携帯電話からもホテルの電話からも連絡を取らせないよう〝要請があった〟という。

そのとき初めて、キャメロンは自分がトラブルに巻きこまれている可能性を考えた。

「わたしは容疑者だと思われているんですか?」彼女はスロンスキーに訊いた。

「そうは言ってません」

キャメロンはその返事がはっきりとした否定ではないことに気づいた。

スロンスキーが出ていこうとしたとき、彼女は別の質問をした。「〝彼ら〟って誰のことです？」

彼は肩越しに振り返った。「なんですか？」

「〝彼ら〟が話を聞き終えるまで、連絡を取らせないと言ったでしょう？　彼らって誰を指しているんですか？」

刑事の表情には、質問に答えるつもりがないことが見て取れた。「引き続きご協力いただけると助かります、ミズ・リンド。それしか申しあげられません」

スロンスキーが出ていった数分後、キャメロンがのぞき穴から見てみると、思ったとおり、男の頭が視界に入った。スロンスキーが言っていた警護の人員だろう。彼女はドアから離れ、ベッドに戻って座った。時計を見ると、午前七時になろうとしている。キャメロンはテレビをつけた。スロンスキーはテレビを見るなとは言わなかった。何が起こっているにしろ、ニュースで手がかりを得られるかもしれない。

ホテルの辛気くさい〝歓迎のご挨拶〟が映しだされ、キャメロンがその画面を早く消そうとリモコンのボタンをあれこれ押していると、また部屋のドアが開いた。

スロンスキーが顔をのぞかせた。「悪いが、テレビも見ないでもらいたいんです」

彼はドアを閉めた。

「いまいましい薄い壁ね」キャメロンは小声で悪態をついた。誰かに聞かれているわけではないけれど。いや、聞かれているのだろうか……。「スロンスキー刑事、本を読むくらいはいいんでしょう？」無人の部屋に向かって訊いてみた。

一瞬の沈黙。

やがて廊下からドア越しに返事があった。

「もちろん」

やはり室内の声が聞こえるくらい壁は薄いのだ。キャメロンにはスロンスキーの返事に冷笑の気配まで感じ取れた。

「こんなのは度を越してるわ。わたしにだって権利があるのよ」

キャメロンは自分の部屋の前で警護にあたっている警官に面と向かって言った。何か返答をもらうつもりだった。

若い警官が同情するようにうなずいた。「わかります、奥さん。申し訳ありません。でも、ぼくは指示に従ってるだけなんです」

客室に閉じこめられて、そろそろ五時間になる。そう、五時間も閉じこめられているいらだちのせいかもしれないが、キャメロンはあと一度でもマーム呼ばわりされたら、この若造を絞め殺してやるつもりだった。彼女は三十二歳で、六十代ではない。だが二十二歳の青年警官を若造だと思いはじめた頃から、もはや〝ミス・リンド〟と呼ばれる権利は放棄してしまったのかもしれない。

部屋から出るどころか、廊下を見渡すことさえ許されていないので正確な数はわからないが、おそらく十人以上の警察官があたりにいることを考慮すれば、青年警官を絞め殺すのは賢明ではないだろう。キャメロンはそう考え、別の手段に出た。この警官は明らかに権威に従うタイプだ。

「もっと早く言うべきだったかもしれないけど、わたしは検事補なの。シカゴの連邦検事局で働いていて――」

「シカゴ在住なら、どうしてホテルに滞在してるんですか？」警官がさえぎった。

「自宅の床を張り替えたばかりなのよ。だけど、わたしが言いたいのは――」

「張り替えですか？」警官は改装に興味を抱いたらしい。「ぼくも自宅のバスルームを改装したくて、業者を探してるんです。前に住んでたやつが黒と白のおかしなマーブル柄に変えて、金色の備品を取りつけたんですよ。まるで雑誌の創刊者が住んでた〈プレイボーイ・マンション〉のバスルームみたいなんです。そんな小規模な仕事でも引き受けてくれる内装業者を知ってますか？」

キャメロンは顎をあげた。「質問で話をそらそうとしているの？　それとも家の改装にただならぬ関心があるだけなの？」

「前者かもしれません。あなたが癇癪を起こしそうな印象を受けたので」

キャメロンは思わず笑いをこらえた。この警官は思ったほど若造ではないのかもしれない。

「聞いて。わたしを無理やりここに閉じこめておくことはできないはずよ。もうスロンスキー刑事に話をしたんだから、なおさらでしょう？　あなたはそれを承知しているし、何よりもわたしが承知している。この捜査が異例なのは明らかよ。わたしは協力を惜しんではいないし、専門家としての礼儀をわきまえて、あなたたちのために時間を融通してるわ。だからこれ以上待たせるつもりなら、多少なりとも説明くらいはして。あなたにその説明ができないならしかたがないけど、その場合はスロンスキー刑事でも誰でもかまわないから、話のできる相手を連れてきてもらえない？」

警官は同情してくれていないわけではなかった。「あなたが長いあいだ、ここに閉じこめられているのは知ってます。でもＦＢＩ捜査官が、隣の部屋の捜査を終えたらすぐにあなたの話を聞く予定だと言ってたんです」

「じゃあ、この件はＦＢＩが管轄するのね？」

「FBIのことは言うべきじゃありませんでした」

「どうしてFBIの管轄なの?」キャメロンは詰め寄った。「殺人事件でしょう?」

警官は二度目の罠にははまらなかった。「申し訳ありません、ミズ・リンド。ぼくには何もできないんです。担当の捜査官から、本件に関してあなたと話してはならないと念を押されました」

「じゃあ、担当の捜査官と話をさせてもらうしかないわね。誰なの?」キャメロンはイリノイ州北部地区担当の検察官として、シカゴのFBI捜査官の多くと仕事をしてきた。

「特別捜査官の……名前は聞き取れませんでした」警官が言った。「だけど、あなたを知っている様子でしたよ。ぼくがこの部屋の警護を指示されたとき、〝きみに長時間、彼女を押しつけるのは気の毒だが〟と言われました」

キャメロンは感情を表に出すまいとしたが、彼の言葉は胸に突き刺さった。たしかに彼女は一緒に仕事をしているFBI捜査官の多くと仲間のような間柄にあるわけではない。彼らの多くは三年前の出来事でキャメロンをまだ責めている。だが例の捜査官(ありがたいことに、彼ははるか遠くのネヴァダだかネブラスカだかにいるはずだ)以外に、彼女のことを大っぴらに悪く言うほど嫌っている人がFBIにいるとは考えていなかった。

警官が申し訳なさそうな表情を浮かべる。「でも、ぼくはあなたがそれほど悪い人だとは思いません」

「ありがとう。ところで、そのわたしを知っているらしい謎の特別捜査官はほかに何か言っていた？」

「あなたが騒ぎはじめたら、自分を呼ぶようにとだけ言ってました」警官がキャメロンを見た。「騒ぎはじめるつもりなんでしょう？」

キャメロンは腕組みをした。「ええ、そのつもりよ」演技ではなく、本気で騒いでやる。「誰だか知らないけどその捜査官を探して、一三〇七号室の騒がしい女がうんざりしていると伝えて。それと、権力をちらつかせるのはやめて、直接お話しいただけると光栄ですと伝えてもらえない？　どれだけ待たせる気なのか知りたいの」

「こっちが必要なだけ待ってもらうつもりだ、ミズ・リンド」

声がドアのほうから聞こえた。

キャメロンはそちらに背を向けていたが、どこを向いていてもその声には気づいただろう――ベルベットのようになめらかな低い声。

まさか彼のはずはない。

キャメロンは振り返り、そこに立つ男の姿を認めた。三年前、最後に見たときとまったく変わっていない。長身で浅黒く、苦々しげな顔つき。

彼女は声に敵意がにじみでるのを隠そうともしなかった。「パラス捜査官……シカゴに戻っていたとは知らなかったわ。ネヴァダはどうだった？」

「ネブラスカだ」

彼の冷たい表情を見て、キャメロンは察した。すでに不吉なスタートを切っていたその日が、五十倍も最悪になろうとしていることを。

3

キャメロンは、ＦＢＩ特別捜査官のジャック・パラスが若い警官に目をやるのを用心深く見守った。

「ありがとう、ここはわたしが引き継ぐ」ジャックが言った。

警官はそそくさと持ち場を去り、キャメロンは部屋でジャックとふたりきりになった。彼の視線は石のように冷たかった。

「厄介な立場に自らを追いやったみたいだな」

キャメロンは背筋を伸ばした。三年が経つというのに、ジャックを見ると相変わらず即座に身構えてしまう。「どういうこと？　あなたのおかげで、自分がどんな立場に置かれているのかわからないんだけど」彼女は間を置いた。何が起こっているにしろ、自分が関与させてもらえないことに腹を立てていた。「隣の部屋の女性に何が起こったの？」

「彼女は亡くなった」

キャメロンは小さくうなずいた。シカゴ市警の刑事が絡んでいるので予想はついていたものの、はっきり死んだと知らされるとやはりショックだ。部屋から出たいという抑えがたい衝動に駆られたが、ジャックの前ではどんな反応も見せまいと努めた。

「気の毒に」彼女はささやいた。

ジャックがデスクの前の椅子を示す。「座ったらどうだ？　いくつか訊きたいことがある」

「パラス捜査官、わたしを尋問するつもり？」

「ミズ・リンド、協力しないつもりか？」

キャメロンはうつろな表情で笑った。「あら、威圧しようとしているの？」

ジャックの視線は動じず、冷たいままだ。キャメロンは口をつぐみ、銃を持っているうえに、彼女にキャリアを台なしにされかけたことを根に持っている男を挑発するときは用心しなければならないと自らに言い聞かせた。

キャメロンは三年前、マルティーノの事件を話しあうためにジャックと初めて顔を合わせた日のことを思いだした。ジャックと仕事をしたことはなかった。当時、キャメロンはまだ検察官になって一年しか経っておらず、ジャックはそのあいだずっと潜入捜査官として任務についていたからだ。この地区で注目の的だったマルティーノの捜査を上司から任されたとき、キャメロンは驚いたが、意欲に燃えた。ロブ・マーティンことロベルト・マルティーノは、シカゴで最大の犯罪組織のひとつを率いるボスで、FBIと連邦検事局のあいだでは有名だった。問題は、組織の犯罪を立証する充分な証拠をずっと収集できずにいたことだった。

まさしくその理由から、ジャック・パラス特別捜査官と仕事をすることになったのだ。顔合わせの前にキャメロンが上司から聞いたところによると、ジャックはマルティーノの組織に二年間潜入していたものの、正体がばれ、FBIは彼を脱出させるしかなかったらしい。ジャックは倉庫でマルティーノの十人の手下に追いつめられ、ひとりで戦って銃撃を受けたそうだが、上司はそれ以上の詳しい話はしなかった。しかしキャメロンがもうひとつ知ったことがある。FBIの救出が入るまでに、ジャックは孤軍奮闘してマルティーノの手下を八人も殺したという。

ジャックが相棒を連れてキャメロンのオフィスに初めて来たとき、彼は強烈な印象を与えた。ジャックと会う人のほとんどが似た反応をするだろうとキャメロンは思った。獲物を射るような焦げ茶色の目、黒髪、濃い無精髭（ひげ）……女性が（それに男性も）裏通りですれ違うときは、避けるべきタイプの男だ。ジャックは右腕にギプスをつけていた。マルティーノの手下にやられたときの傷だろう。彼は捜査官が着用するはずの標準スーツとネクタイではなく、濃紺のＴシャツとジーンズを身につけていた。その風貌から、ＦＢＩがジャックに潜入捜査の仕事を割りあてたのも不思議はないとキャメロンは思った。

あれから三年経った今、キャメロンはジャックを目の前にして、急にホテルの部屋が狭すぎるように感じた。今日は標準スーツとネクタイを着用しているにもかかわらず、ふつふつと怒りに燃える目をしたジャックは相変わらず危険な香りがする。

「弁護士に相談させて」キャメロンは言った。

「きみも弁護士資格を持ってるじゃないか。そもそも容疑者じゃないから、弁護士を呼ぶ権利はない」ジャックが言った。

「容疑者じゃないなら、なんなの？」

「参考人だ」

ふざけた言い草だ。「言っておくけど、わたしは疲れているし、駆け引きをする気分じゃないの。何が起こっているか話すつもりがないなら出ていくわ」

ジャックはキャメロンの脅し文句など気にもならないとばかりに、彼女のヨガパンツとミシガン大学のＴシャツを見やった。先ほどの下着姿でないことが、つくづくありがたかった。

「行かせるわけにはいかない」ジャックが椅子を引いて手で示した。「座ってもらおうか」

「ありがとう。でもお断りよ。出ていくと言ったでしょう」ジャックが異議を唱える前に、キャメロンはバッグをつかんでドアへと向かった。ほかの荷物はあとで取りに戻ればいい。「再会できてよかったわ、パラス捜査官。ネブラスカで三年過ごしても、くそったれのままでいてくれてうれしいわ」

キャメロンはドアを押し開けると、そこに立っていた男性と衝突しかけた。彼は仕立てのいい灰色のスーツにネクタイをつけ、ジャックより若く見えた。アフリカ系アメリカ人だ。

男性が手に持ったスターバックスのカップ三つを落とさないようバランスを取りながら、キャメロンにまぶしい笑顔を向ける。「ドアを開けてくれてありがとう。何が起こってるんだ？」

「ここから飛びだそうとしていたところよ。パラス捜査官にくそったれと言ってやったから」

「ちょうどいいタイミングだったのか。コーヒーはどうだい？」男性がカップをキャメロンに差しだした。「ウィルキンズ捜査官だ」

キャメロンはしたり顔で振り返った。「いい捜査官と悪い捜査官というわけね。あなたの頭で思いつけるのはその程度のことなんでしょうね、パラス捜査官？」

ジャックが大股で歩いてきてドアのところで止まると、キャメロンを見おろした。

「おれの能力をわかっていないな」険しい口調で言う。

ジャックが手を伸ばしてウィルキンズからカップを受け取ると、キャメロンは先ほどの戒めを新たにした。銃を持っていて、彼女にキャリアを台なしにされかけたことを根に持っているうえに、頭ひとつ分は背の高い男を挑発するときは用心しなければならない。キャメロンはジム用のシューズを履くことにした先刻の自分を心の中で罵った。ジャック・パラスと対決するときは、最低でも七センチのハイヒールが必要だ。だが彼女がそれを履いたとしても、ジャックの顎の高さにやっと届くくらいだろう。もちろんヨガパンツにハイヒールを合わせていたら、とんでもない愚か者に見えるのはわかっている。

ウィルキンズがコーヒーのカップを持ったまま、ふたりを指した。「知り合いなのかい？」

「昔、もう少しで、ある事件をミズ・リンドと担当する機会に恵まれるところだったんだ」ジャックが言った。

「もう少しで？　それはどういう……」ウィルキンズはキャメロンを見て気づいたらしい。「あれ……ミズ・キャメロン・リンド？　聞き覚えのある名前だと思ったんだ。検察の人だよね？」淡い茶色の目を輝かせて笑った。「ジャックに言われた人だろう？　タマが——」

「パラス捜査官がなんて言ったかは全員が覚えているわ」キャメロンはさえぎった。三年前、ジャックの発言は不名誉なことに全国ネットのニュース番組で一週間近く放送されつづけた。もう二度と耳にしたくない。とりわけ本人がそばにいるときは。あのときのことは当時も充分決まりが悪かった。

ウィルキンズがうなずく。「ああ、そうだよね」ジャックとキャメロンを交互に見た。「あの……なんだか気まずいな」

キャメロンは話題を変えようとコーヒーを指さした。「カフェイン入り？」

「ああ。眠れない夜だったと聞いたから」

キャメロンはカップを受け取った。もう二十七時間以上もほぼ起きた状態でいて、アドレナリンはもはや眠気を抑えてはくれない。彼女はコーヒーをひと口飲み、ほっとひと息ついた。「ありがとう」

ウィルキンズも自分のコーヒーを口にした。「よかった。三人でコーヒーを飲みながら話せそうだ。ここに残って、ゆうべ起こったことを話してもらえないか？」

その言葉に、キャメロンはもう少しでほほえみそうになった。ウィルキンズは好感の持てるまともな男性に思われた。相棒に恵まれなかったのが気の毒だ。

「悪くないわね」彼女はウィルキンズにっこりする。「コーヒーのことかな？　それとも、いい捜査官の役まわりのことかな？」

「両方よ。あなたの質問にならよろこんで答えるわ、ウィルキンズ捜査官」キャメロンはジャックを無視して部屋に戻った。彼女がデスクの前の椅子に腰かけると、ふたりもやってきた。キャメロンは脚を組んで、ふたりのＦＢＩ捜査官に向きあった。「いいわ、始めましょう」

これがキャメロン・リンド以外の人物なら、ジャックはその態度をおもしろいと思っただろう。

しかし相手がキャメロン・リンドとなると、笑っていられない。笑うどころか、この状況にはおもしろみを少しも感じなかった。

ジャックは昨夜の出来事に関する質問をウィルキンズに任せることにした。彼女がはっきりとジャックを却下したからではない。キャメロンの希望などどうでもいい。ふたりの過去のいきさつを考えれば当然だが、彼女がジャックよりもウィルキンズのほうに愛想よく応じるからだ。専念すべきは捜査なのだから、ジャックに私情を挟むつもりはなかった。

ウィルキンズとペニンシュラに到着し、スロンスキー刑事から一三〇七号室にいる目撃者の名前を聞いたとき、ジャックは一瞬、自分のシカゴ帰郷を祝うためのくだらないジョークかと思った。犯罪現場に入ったときも、まだその可能性を疑っていた。そこには誰もいなかったからだ。スロンスキーによると、蘇生処置を行うために、救急隊員が被害者をノースウェスタン記念病院に搬送したらしい。

そこでジャックは録画テープを確認した。

朝の五時に上司から連絡を受け、シカゴ市警が遭遇した事件が彼らの考えているとおりの事件かどうか調査するよう指示された。それが手のこんだジョークではないとはっきりしたのは、その録画テープを見てからだった。ジャックの現時点での最優先事項は、この事件がＦＢＩの管轄になるかどうかを判断することだ。

その問題に答えてくれるキーパーソンがキャメロン・リンドだ。彼女の話を信じるなら、FBIが捜査せざるをえない。ジャックはキャメロンをウィルキンズに押しつけたかったが、現場の上級捜査官として席を外すわけにもいかなかった。

部屋の隅の自分が座っている場所からキャメロンを観察する。無理もないが、彼女は疲れ果てていた。どういうわけか、記憶よりも背が低く見える。三年前、キャメロンに会うときはいつも勤務中だったため、ハイヒールを履いていたからだろう。

たしかにジャックはキャメロンのことも、ハイヒールのことも覚えていた。最後にキャメロンを見たのは三年前だが、ジャックは自分が正確に、しかも細かい点まで彼女を記憶していることに驚いた。栗色(くりいろ)のロングヘア、澄んだ青緑色の目、かつて短いあいだにしろ、彼が感嘆した態度。

だが、そういった細かい点を覚えているからといって驚くべきではない。ジャックはFBI捜査官で、詳細を記憶するのが仕事だ。

たとえ自分以外の男どもがキャメロン・リンドのことを涎(よだれ)が出るほどの美人だと考えたとしても、彼にとってはどうでもいい。

美人なうえに性悪女だと考えると、ますますいまいましい。

ありがたいことに、その長い栗色の髪はポニーテールにまとめられ、青緑色の目は睡眠不足のせいで輝きを失っている。ヨガパンツとミシガン大学のTシャツはちょっとかわいらしかったが、性悪女のくせにという思いから、ジャックはそれを無視することにした。

「だから二度目に起こされたときに、ゲストサービスに電話をかけたの」キャメロンが説明している。

「続きを聞く前に、確かめたいことがある」ジャックが部屋の隅から話をさえぎると、キャメロンが驚いた顔をした。供述を開始してから初めて彼が口を開いたからだ。

「眠りに落ちる寸前に聞いた物音について教えてくれないか。隣の部屋で再び騒ぎが起こる前の音だ」

キャメロンが躊躇(ちゅうちょ)した。彼女がジャックの質問に答えたくないことはわかっている。質問に答えるどころか、おそらく口もききたくないのだろう。しかしもう捜査への協力を始めてしまったのだから、答えるしかない。

「ドアが閉まる音がしたわ。誰かが出ていったような音よ」キャメロンが答える。

「部屋の出入口のドアで間違いないか?」ジャックは重ねて訊いた。

「ええ」

「本当に誰かが出ていったのかどうか、確かめたわけじゃないんだろう?」

キャメロンはうなずいた。「ええ、確かめてないわ。それからしばらく部屋が静かになったの。三十分くらいよ」

「きみを起こした音について詳しく話してくれ」

キャメロンはジャックが質問を引き継いだのを見て取ると、彼に向きあった。「パラス捜査官、具体的に何が知りたいの？」丁寧ではあるが、小ばかにしたような口調で尋ねる。

「言っただろう。きみを起こした物音に関してだ」

「最初に聞こえてきた物音と大差なかったわ」キャメロンが挑戦的な態度で答えた。

ジャックは首をかしげた。「たしかか？　最初は隣の部屋でセックスをしている音が聞こえてきたんだろう？」

「ええ。ヒップをはたく音と、〝いきそう〟という叫び声で状況がわかったの」

ジャックは立ちあがり、キャメロンに近づいた。「じゃあ二度目に起こされたとき、ヒップをはたく音は聞こえたか？」

「いいえ」

キャメロンの顔つきから、自身が詰問される側にいるのを喜んでいないことがわかる。「だったら、〝いきそう〟っていう叫び声はまた聞こえたか？」

「悲鳴なら聞こえたけど」

「クライマックスをこらえているような声じゃなかったんだな？」

キャメロンがにらみつけた。「パラス捜査官、何が言いたいかわかったわ」

ジャックはさらに近づいて彼女を見おろした。「ミズ・リンド、おれが言いたいのは、たとえ疲労困憊していても、いいかげんな供述は許されないということだ」

キャメロンの目に怒りが浮かんだが、彼女はしばらくしてうなずいた。「たしかにそうね」一三〇八号室側の壁を見た。「二度目に起きたとき、ベッドが壁にぶつかる音が聞こえたわ。一度目よりも大きな音だった。でも数回だけよ。それから、悲鳴が聞こえたの」

「男性と女性、どっちの悲鳴だ？」

「女性よ。くぐもった悲鳴だったわ。まるで顔を毛布か枕で押さえつけられているみたいな」キャメロンが急に思いあたったような表情を向けてきた。「窒息死させられたのね？」静かに尋ねる。

ジャックは質問に答えるかどうか迷ったが、いずれは教えなければならないと思って言った。「そうだ」

キャメロンが唇を嚙(か)む。「声を抑えようとしているだけかと思ったの。気づかなかった……」大きく息を吸いこんで呼吸を整えた。

「気づかなくてもしかたがないよ」ウィルキンズが慰めるように言った。

ジャックはウィルキンズをにらみつけた。いい捜査官の役割はもう結構だ。彼女は大人だし、慰める必要などない。「スロンスキー刑事に話したところによると、警備員を呼んだあと、部屋がまた静かになったんだな？」

「ええ、そのあとドアが開く音がしたから、ドアに駆け寄ってのぞき穴から見たの」

「好奇心からか？」

その皮肉にキャメロンはいらだったらしい。「でもその好奇心のおかげであなたは、わたしが知っている重要な情報を得られたんでしょう？　わたし自身がまだ重要だと気づいていない情報を」前にも増して魅力的な笑みを浮かべた。「それにわたしが好奇心に駆られていなければ、こうしたすてきな再会にも恵まれなかったでしょうね、パラス捜査官」

ウィルキンズが飲んでいたコーヒーにむせた。笑いをこらえているように見える。

ジャックはキャメロンの皮肉を滑稽だと思った。彼はＦＢＩに入局前、特殊部隊で外国のスパイやテロの容疑者、さまざまなゲリラ兵を尋問してきた。生意気な検事補の扱いなど簡単だ。「コーヒーで気力が戻ってきたみたいだな」彼は冷たく言った。

「じゃあ、市民の義務を果たそうとのぞき穴から見張っていたときに何を見たのか話してもらおうか」

ウィルキンズが制止するように手をあげた。「ぼくが質問したほうがいいかもしれない」

キャメロンとジャックが同時に返事をした。「結構だ」「結構よ」

「男が部屋から出ていくのを見たわ。もう聞いているだろうけど」キャメロンがジャックに言った。

「どんな男だった？」

「スロンスキーに話したわ」

「もう一度話してくれ」

ジャックはキャメロンの目に怒りが浮かぶのを見た。命令されるのが気に入らないに違いない。知ったことか。

「身長は百七十センチ後半か……百八十センチあったかもしれない。太っても痩せてもいなかった。ジーンズに黒のブレザーを着て、灰色のTシャツのフードをかぶっていたわ。こちらに背を向けていたから、顔は見ていないの」

「フードをかぶっているのを変だと思わなかったのか？」ジャックは訊いた。

「ヒップをペチペチはたく音が聞こえたし、ベッドが壁にぶつかって、あまりの激しさに歯がガタガタ鳴るほどだったのよ。はっきり言って、ゆうべは何から何まで変だと思ったわ、パラス捜査官」

ウィルキンズがまた笑いをこらえようと天井を見あげるのがジャックの視界の片隅に映った。

「身長について確信はあるのか？」

キャメロンが考えるように少し間を置いた。「ええ、たしかよ」

「体重はどのくらいか見当はつくか？」

彼女はため息をついた。「あて推量は苦手なの」

「重要なことを話しているふりくらいしてくれ」

またしてもキャメロンの目に怒りが浮かぶ。

彼女はウィルキンズを見て言った。「あなたの体重は？」

「待ってくれ、ジャックに訊けばいいのに」

「男の体型はあなたに近かったの」

「じゃあ小柄ということか？」ジャックは助け船を出すつもりで言った。

ウィルキンズがジャックのほうを向く。「小柄だって？　ぼくは平均身長より三センチ高いんだ。それに屈強だ」

「男の体格を絞ろう」ジャックは話をもとに戻した。「おれは八十四キロで、ウィルキンズは七十キロ少々か。おれたちと比べて、男の体重はどのくらいに見えた?」

キャメロンがふたりを見比べて考えた。「ちょうどあなたたちのあいだくらいね」

ジャックとウィルキンズは顔を見あわせた。

「何よ? 何かヒントになったの?」キャメロンが訊く。

「念のためにまとめよう。警備員が到着する前にきみが見た男は、身長は百八十センチくらいで、体重は八十キロくらい。それで合ってるか?」

「そう思うわ」キャメロンが同意した。「あなたたちが求めている情報はもう提供したでしょう? 今度はわたしが質問してもいい?」彼女がウィルキンズを見ると、ウィルキンズはジャックを見た。

ウィルキンズと少し話しあったあと、ジャックは壁にもたれた。「じゃあ話せることだけ教えよう」

「いちおう断っておくが、これから話すことはすべて極秘情報だ」ジャックが言った。

「ちなみにきみが検察の人間だから教えるだけであって、普通なら話さない」

キャメロンは彼の言いたいことを理解した。ジャック自身は話したくないが、専門家同士の礼儀として情報共有するよう上司から指示されたに違いない。

「了解したわ、パラス捜査官」

「だいたいの予想はついているだろうから、前置きは省略する。きみが苦情の電話を入れ、警備員が来て隣の部屋の女性の遺体を発見した。警備員は救急隊員と警察を呼んだ。シカゴ市警が現場に到着し、部屋でもみあった形跡を発見して捜査を始めた」

「もみあった形跡って？」キャメロンは訊いた。

「今後、時間を節約するために言っておくが、きみに話さない部分はこちらの判断でわざと省略しているということだ」

キャメロンは不満をのみこんで天井を見あげた。殺人事件は数えきれないほど起きている。そしてシカゴには数えきれないほどホテルがある。そのホテルのひとつで起こったひとつの事件、しかも彼女にはFBIが管轄しているらしいことしかわからない事件に、よりにもよってジャック・パラスが登場するとはなんという皮肉だろう。

「シカゴ市警が現場検証をしているときに、ベッドの反対側にあるテレビの後ろに隠されていたものを見つけた。ビデオカメラだ」

「殺害シーンが映っていたの？」キャメロンは尋ねた。そんなふうに、送検されてくる犯罪すべてに決定的な証拠があったらどんなに楽だろう。

ジャックがかぶりを振る。「いや、映っていたのは殺人が起きる前のものだ」

「殺人が起きる前？」キャメロンは壁越しに聞こえた、体を交える騒々しい物音のことを考えた。「さぞかし見ものだったでしょうね」

「ああ」ジャックが同意した。「しかも映っていたのは既婚の上院議員だったから、なおさら驚きだ」

キャメロンは目を見開いた。考えてもいなかった展開だ。彼女は当然の質問をした。

「どの議員？」

ウィルキンズがジャケットの内ポケットから写真を取りだしてキャメロンに渡した。彼女は写真を見つめてから、ジャックに視線を戻した。「ホッジズ上院議員だわ」

「見覚えがあるんだな？」

「当然よ」ビル・ホッジズは二十五年以上、イリノイ州の上院議員を務めている。しかも最近は、彼の顔をいつもより頻繁にニュースで見かける。上院銀行・住宅・都市問題委員会の委員長に就任したところなのだ。キャメロンはストレッチャーに乗せられた赤毛の女性を思い浮かべた。「一三〇八号室の女性は彼の奥さんではなかったのよね？」

「ああ、違う」

「誰だったの？」

「簡単に言うと、ホッジズ上院議員はゆうべ、床の張り替え費用以上の支払いをしたというわけだ」

いいたとえだ。「娼婦だったの？」

「彼女クラスになると、〝エスコート〟と呼ばれたがるらしい」

「どうやって身元がわかったの？」

「エスコートサービスの記録からだ。ホッジズはここ一年ほど、彼女を定期的に呼んでいた」

キャメロンは立ちあがり、まるで新しい事件を任されたかのように状況を頭の中で整理しながらベッドの前を行ったり来たりした。「じゃあ、ビデオカメラがあったのはどういうこと？　男女の行為を記録したテープを秘密にしておけると考えるほどホッジズは愚かなわけじゃないわよね？」そこで言葉を切り、瞬時に思いついた。「もちろん違う。脅迫テープだったんだわ。だからシカゴ市警はあなたたちに連絡した」

「テープを確認したところ、ホッジズは明らかに撮られていることに気づいていなかった」ウィルキンズが言った。

「あなたがテープを確認するはめになったのね。ラッキーじゃない」

「そうでもない。ジャックはホッジズを相手に悪い捜査官の役を担当してたから、手が空いてなかったんだ」

「わたしのときだけ悪い捜査官を担当しているんだと思ってたわ」

ウィルキンズがにやりとする。「いや、ジャックは相手が誰でも悪役を演じるのが好きなんだ。そのほうがうまくいくからね。お得意の怒りを秘めた睥睨(へいげい)が功を奏するんだ」

キャメロンは部屋の隅に戻ったジャックをちらりと見た。「〝睥睨〟ね」その表現が気に入った。キャメロンが三年間使っていた〝くそったれ〟より、よほど彼の個性を表している。

ジャック・パラスでも笑うことがあるのだろうか。

そう考えてから、彼が笑おうが笑うまいがどうでもいいことを思いだした。

「テープの内容だけを考えれば、ホッジズ上院議員はシカゴ市警の第一容疑者になるところだった」ジャックがキャメロンに言った。「きみの証言がなければ、とっくに逮捕されていただろう」

「そうなの？」

ジャックはもたれていた壁から身を起こすと、キャメロンのほうに大股で近づいてきた。キャメロンの手から写真を奪い、彼女の目の前に突きつける。

「くだらないおしゃべりは不要だ。警備員が女性の遺体を発見する五分前に部屋を立ち去った男が、この写真の男である可能性は？」

ジャックが急に攻撃態勢に入ったことに、キャメロンは一瞬、不意を突かれて言葉に詰まった。

彼がさらに写真を近づける。「キャメロン、きみが見た男がこの写真の男である可能性は？」

ジャックにキャメロンと呼ばれ、彼女はなぜか胸がざわついた。ふたりは過去にごく短いあいだだけ、ファーストネームで呼びあったことがある。キャメロンは気を取り直して、目の前の写真に集中した。だが改めて見る必要などなかった。ホッジズ上院議員は背が低いだけでなく、推測すれば――推測するしかないのだが――体重も少なく見積もって百キロはあるだろう。のぞき穴からはっきり見えたわけではないけれど、あの男がホッジズでないことだけはわかる。

「彼じゃないわ」

「たしかだな？」ジャックが訊く。

「たしかよ」

ジャックはキャメロンから離れた。「ということは、ホッジズはきみに大いに感謝すべきだな。きみの証言がなければ、殺人容疑で逮捕されていたところだ」

部屋に沈黙が広がった。「彼にアリバイはないの？」

ジャックは沈黙したままだ。〝不要な質問に答えるつもりはない〟モードに突入したらしい。

「つまりアリバイはないってことね」キャメロンは言った。「じゃあ質問の代わりに、空白部分を埋めていってもいい？　イリノイ州の既婚の上院議員ホッジズはそのエスコートとベッドをともにしていた――」

「しかも彼は上院銀行委員会の委員長だ」ウィルキンズが口を挟んだ。ジャックから射るような視線を向けられ、肩をすくめた。「なんだよ、ぼくは彼女に対してなんのわだかまりもないんだ。それにデイヴィスが情報を共有するように言っていただろう。忘れたのか？」

さらなる睥睨（へいげい）。

「それでそのエスコートが性行為を録画して、上院議員を脅迫しようとしたのね」キャメロンは続けた。「ゆうべ、ホッジズはここで彼女と落ちあって目的を果たした……それも何度も。バイアグラを使っていた説をわたしは捨てていないけど……そして部屋から出ていった。二十分後、謎の男が現れた。ふたりはもみあって、男が彼女を殺した。部屋に押し入った形跡がないことから、彼女は殺人犯を知っていて部屋に招いたものと推測されるというわけね。合っている？」

ウィルキンズが感心した顔でうなずく。「悪くないね」

「きみにとっては長い夜だっただろう」ジャックが口を開いた。「さらにきみの時間を無駄にするつもりはない。ＦＢＩはきみの協力に感謝している。ミズ・リンド、また協力が必要になれば連絡する」

キャメロンはジャックがドアのほうに歩いていくのを見つめた。これ以上話すことはないと勘違いしているらしい。

「パラス捜査官、あとひとつ質問があるんだけど」

ジャックが振り返ってキャメロンを見た。「なんだ？」

「やっとわたしはこの部屋から出られるの？」

4

ウィルキンズ捜査官からジャックと一緒に家まで送ると言われ、キャメロンはしぶしぶその申し出を受け入れた。ジャックとはできるだけ距離を置きたかったが、彼の態度が癪(しゃく)に障っていることを本人に気づかれたくなかった。

キャメロンはウィルキンズの車の後部座席に座り（ウィルキンズの車だとは聞いていないが、彼が運転席についたし、ジャックがレクサスに乗っているとは思えないので、たぶんそうだろう）、ひんやりした革のシートに頭をもたせかけて窓の外を眺めた。あまりにも長時間ホテルに閉じこめられていたため、一歩外に出ると、まばゆい日差しが神経に障り、非現実的に感じられた。時刻は正午になろうとしていて、もう三十時間ほど寝ていないことになる。いくらスターバックスのコーヒーを飲もうがお手あげだ。

眠気を誘う車の揺れと闘いながら、窓から目をそらした。シートに頭をもたせかけたまま、前に座った男を半分閉じかけた目で観察する。

ジャック・パラス。

これほど疲れていなければ、この皮肉な状況を笑ったかもしれない。でも普通に考えて、ふたりのＦＢＩ捜査官と車に同乗しながら、意味不明な笑いを浮かべるのは控えたほうがいいだろう。しかも、そのうちのひとりは明らかに根深い不信の念をすでに彼女に向けている。

だがいまだにジャックからそんなふうに思われていることに驚きはない。マルティーノが不起訴になったと彼女が告げたときのジャックの表情はまざまざと覚えている。

あれは三年前の金曜の午後遅くだ。キャメロンはその少し前、イリノイ州北部地区の連邦検事である上司のサイラス・ブリッグズに呼びだされた。サイラスはマルティーノの件で話があると言い、キャメロンはマルティーノの組織のメンバーたちに対する起訴予定の罪状について話しあうのだろうと思った。しかしサイラスが言ったことは彼女に衝撃を与えた。

「不起訴にすることにした」キャメロンが着席したとたん、サイラスは言い放った。その会話を早く終わらせたいと言わんばかりの性急さだった。

「マルティーノの手下を？　それとも本人をですか？」キャメロンは最初、組織のメンバーの誰か、もしくは複数のメンバーの証言を入手するために、サイラスが訴追免責を与えることにしたのかと思った。

「全員を不起訴にする」サイラスが淡々と答えた。

キャメロンは椅子に深く座り直し、状況を把握しようとした。「全員を不起訴に？」

「驚くのも無理はない」

驚くどころの騒ぎではない。その年最大の衝撃だった。「ＦＢＩはこの件を二年間も捜査してきたんですよ。パラス捜査官が潜入中に入手した情報は、マルティーノを終身刑にするだけの充分な証拠になります。それなのに、なぜ不起訴にするんです？」

「きみは若くて意欲的だ、キャメロン。その点は評価している。きみを〈ハッチャー＆ソーン〉のところから引き抜いたのも、それが理由のひとつだ」その〈ハッチャー＆ソーン〉は、彼女が連邦検事局に来る前に勤めていた法律事務所だ。

キャメロンは手をあげた。彼女がこの仕事において新人であることは事実で、意欲に燃えていることも間違いないが、検察官になる前に民事事件専門の弁護士として四年間、裁判の経験を積んできた。それでもサイラスがキャメロンを経験不足だと考えるのなら、彼女はものわかりのいいふりをして引きさがるつもりはなかった。「サイラス、待ってください。わたしがこの件を起訴するには経験が足りないとおっしゃるのなら、誰かほかの人に任せていただいてかまいません。もちろん多少は気分を害して、何日かは機嫌が悪くなるかもしれませんが、ちゃんと立ち直ります。それどころか後任への引き継ぎもいとわないし、それが誰であっても――」

サイラスがキャメロンの言葉をさえぎった。「本件に関して、われわれ検事局からは誰も起訴しない。決めたんだ。長年の経験から、わたしは今回のような裁判がすぐにふたつの局面に展開するとわかっている。ひとつは報道合戦で、もうひとつはアメリカ政府が陥るいまいましい底なし沼だ。今は充分な証拠があると思うかもしれないが、見ているがいい。マルティーノに宣戦布告するや、証人たちが次々に寝返るに決まっている。寝返るだけならまだましで、謎の失踪を遂げたり死んだりするかもしれない。裁判が始まって二週間も経てば、冒頭陳述で陪審員に提示すると約束した動かぬ証拠のかけらすら失っていることに気づくだろう」

キャメロンはその時点で引きさがるべきだとわかっていた。しかし言わずにいられなかった。「ですが、パラス捜査官の証言だけでも充分な証拠に――」

「パラス捜査官は多くを目撃したが、残念なことに正体がばれるのが早すぎた」サイラスが口を挟んだ。「彼が二年を費やして本件を捜査してくれたことには感謝しているが、このまま起訴手続きを進めて有罪判決を勝ち取ることができなければ、責められるのはこっちだ。パラス捜査官でもＦＢＩの連中でもない。われわれがリスクを負うつもりはない」

キャメロンは沈黙した。ロベルト・マルティーノとその手下は、シカゴ市で行われているドラッグ密売の三分の一近くを牛耳っている。その稼ぎを二十以上の幽霊会社を通じて資金洗浄（マネーロンダリング）している。それだけではない。彼らは邪魔者をゆすり、賄賂で買収し、恐喝する。むろん、殺しもする。

そもそもキャメロンが連邦検事局に入ったのは、ロベルト・マルティーノのような犯罪者を捕らえるためだ。彼女は父を殺され、暗黒のときを過ごした。そのとき心の拠（よ）りどころとなったのが、検察官になるという決断だった。もちろんコリンとエイミーの支えもあったが、自身の決断によって前進することができた。

どちらかといえば、キャメロンは法律事務所で働くことを楽しんでいた。父は警察官だった。母親は法廷速記者として働いていたが、宣誓供述書を記録中にパイロットと知りあい（しかも、その供述書は彼自身の離婚訴訟のためのものだった）、キャメロンの父と離婚してそのパイロットと再婚した。両親が離婚するまで、一家は日々平稔無事に暮らしていた。しかし裕福な家庭ではなかった。だからこそキャメロンは、自立できたこと、弁護士になって四年目で年収二十五万ドルを稼ぐほどの安定を得たことに感謝していた。

キャメロンの父は娘の成功を誇りに思っていた。父の葬儀では、父が娘の業績をことあるごとに自慢していたと、お悔やみを述べる父の相棒や同僚たちから何度も聞かされた。

両親の離婚後、キャメロンは父やその実家と緊密な関係を保った。母が再婚相手とフロリダに引っ越してからは特にそうだ。その再婚相手は、キャメロンが法科大学院(ロースクール)に入って間もなく、航空会社を退職したらしい。

父の死に、彼女は大きな打撃を受けた。

キャメロンが法律事務所に入って四年目のある日の午後遅く、父の上司である警部から仕事中に連絡があり、警察官を家族に持つ者なら誰でも耳にするのを恐れている深刻な言葉を聞いた――〝すぐに病院に来るように〟という言葉だ。取り乱したキャメロンが緊急治療室のドアを駆け抜けたときにはもはや手遅れだった。個室で警部の説明を聞きながら、彼女は呆然と立ちつくした。父は通報を受け、よくある家庭内のもめごとだと考えて現場に到着したところ、ドラッグの売人に撃ち殺されたとのことだった。

父が殺されてから最初の数週間、キャメロンが感じていたのは〝灰色〟だった。コリンから大丈夫かと訊かれたときに、自分の心境を表した言葉だ。しかし彼女はなんとか立ち直って、仕事に復帰した。父が努力家の娘を誇りに思っていたことを考えると、悲しみに沈みこむよりも仕事に勤しむほうが、さまざまな意味で簡単に思えた。娘が前を向いて歩き、自分の仕事に全力で邁進することを父は願っただろう。キャメロンにはそれがわかっていた。だが、どこかもの足りない気がした。

葬儀の四週間後、法廷にいたとき、何が足りないのかに気づいた。証拠に関する異議申し立ての順番を待っていたときのことだ。かつてはその手続きをとりわけ重要なものだと考えていたが、父の死後、それはぞっとするほど些末なことに思えた。そこへ法廷速記者が、最初の事件の開廷を告げた。

合衆国対マルコヴィッツ——銃器所持に関する重罪事件だった。それは出廷すればいいだけのありきたりな事件で、証拠排除の申し立てが弁護側によって提出された。その異議申し立てはキャメロンが提出を予定していたものと手続き的に似通っていたため、彼女は判事の機嫌を見きわめようと成り行きに注意を払った。短いやり取りが交わされ、判事は政府側に有利な裁定を下した。キャメロンは検事補の目に浮かんだ満足感を見逃さなかった。

父が殺されて以来、キャメロンはそうした満足感を覚えたことが一度もなかった。しかしその朝、手錠とオレンジ色の囚人服を身につけた被告人が法廷から連れだされるのを見ながら、何かが成し遂げられたような気がした。それがどれだけ小さな収穫であれ、法の裁きが下ったのだ。父を撃ち殺した男も重罪人だ。もっと多くの事件が解決されていれば、あの銃が出まわっていなければ、いや、あの男が野放しにされていなければ、父は……。

キャメロンは自分にも何かできるかもしれないと気づいた。

その週のうちに検事補の職に志願した。

しかし検察官の仕事に関してキャメロンが予測していなかった側面のひとつに、しばしば政治が絡んでくるというものがあった。あの日サイラスを前にして、マルティーノの事件を不起訴にする理由を聞かされながら、彼女は連邦検事局もしょせん同類だと気づいた。サイラスが本当に気にしていることが何かは見当がついた。簡単に言うと、あらゆる全国紙、テレビやラジオの番組で報道されるであろう裁判で危険を冒し、敗訴する可能性を気にしていたのだ。

キャメロンはサイラスの決定に驚き、そして不満を覚えた。ロベルト・マルティーノのような男が野放しにされ、法の裁きを受けず、ビジネスを続行できるのだと考えると腹の虫がおさまらなかった。けれども残念なことに、その場で検事補の身分証を放棄するつもりがない限り、どうしようもなかった。彼女は検事局に入ってまだ一年だった。犯罪と闘う身分でいたいのであれば、今回のような問題で上司に面と向かって盾突くのは賢い選択ではない。それゆえ内心の思いを押し隠した。

「わかりました。不起訴ですね」声に出して言うと、みぞおちのあたりがむかむかした。

「わかってくれてよかった」サイラスは満足げにうなずいた。「あとひとつ。まだ機会がなくて、FBIにはこの決定を話していない。マルティーノの件から手を引くことを、パラス捜査官たちに知らせなければならない。きみは彼と友好的な協力関係にあったようだから、きみから伝えたほうがいいだろう」

その会話こそ、いっさいかかわりたくないものだった。「サイラス、あなたがパラス捜査官に直接伝えるほうが適切ではないでしょうか。パラス捜査官が今回の捜査でどれだけの犠牲を払ったかを考えると、なおさらそう思います」

「彼はFBI捜査官として自分の仕事をしたまでだ。犠牲を払わざるをえないこともある」

これ以上の話し合いは不要だと言いたげなサイラスの口調を察して、キャメロンはうなずいた。いずれにしろ、その場で口を開けば自分が何を言いだすかわからなかった。

サイラスはキャメロンの視線をとらえた。「わかっていると思うが、ＦＢＩが知るべきなのは、マルティーノとその手下に対する起訴がひとつも行われないことだけだ。検事局内の決定に関して、検察官はその理由などを外部にもらさないという厳格な方針がある」

それでもキャメロンが無言でいると、サイラスは首を傾けた。

「キャメロン、チームプレイヤーとして振る舞うことを忘れるな。わかったか？」

キャメロンにはわかっていた。サイラスはマルティーノの件から手を引くという自分の決断の責任をキャメロンに押しつけようとしている。それがここのやり方だった。サイラスは上司だ。しかもシカゴの法曹界において広い人脈を持つ、きわめて重要な人物だ。キャメロンにできる返事はひとつしかなかった。

「お任せください」

ジャックは、ウィルキンズがバックミラーを確認するのを見た。後部座席の同乗者はもう長いあいだ静かにしている。

「寝てるのか？」ジャックは訊いた。

ウィルキンズがうなずく。「長い夜だったからな」

「ああ。帰りにもう一杯コーヒーを買いに行くとするか。支局のはまずくて飲めたもんじゃない」

「彼女にとって長い夜だったという意味で言ったんだ」

ウィルキンズがそういう意味で言ったのはわかっていたが、ジャックはできるだけキャメロンのことを考えないようにしていた。

「この状況で再会するなんて、妙な巡り合わせもあるもんだな」

どうやらウィルキンズは、ジャックの〝その話題はやめてくれ〟というメッセージを受け取らなかったらしい。

ジャックはキャメロンが眠っているのを自分でもバックミラーで確かめた。「どんな状況でも再会すること自体が妙な巡り合わせだ」声を抑えて言った。

ウィルキンズが道路から目を離して訊いた。「後悔しているのか？」

「自分の発言を？」

「ああ」

「発言したのがテレビカメラの前だったことだけは後悔している」

ウィルキンズがやれやれと言いたげに首を振る。「きみに嫌われるのだけは勘弁だな」

「肝に銘じておけ」

「ご忠告に感謝する」

ジャックはウィルキンズと組んで働くのが気に入っていた。FBIアカデミーを卒業したばかりの男と組んでもらうと上司から言われたとき、ジャックは戸惑った。初対面の日、ウィルキンズが着ていた高価なスーツを見たときはさらに戸惑った。しかしウィルキンズの笑顔やジョークの裏には、ジャックが当初認めたよりもはるかに機転のきく男が潜んでいた。だからジャックはほとんどの局面でふたりが異なるアプローチしかできないにしても、ウィルキンズの人柄を尊重していた。それだけでなく、気分転換に話し相手になってくれる相棒がいるのもうれしかった。ネブラスカで最後に組んだ相棒は、一日に数語しか口にしない、押しても引いても無反応なタイプだった。その男との張りこみにはうんざりした。それでなくても、ネブラスカでの張りこみは楽しいものではない。ジャックはこの三年間、退屈で頭がどうにかなりそうだった。しかしそれこそが、司法省が彼に下した懲戒処分の狙いだった。

ジャックは再度、後ろにいるキャメロンが眠っているのかどうか確認するためにバックミラーに目をやった。

三年前のことで後悔はしていないとウィルキンズに言ったが、本心というわけではない。もちろんジャックは後悔していた。あれは不適切な発言だった。あの言葉が口をついて出た二秒後には後悔していた。

自分がシカゴに戻ることになったと知らされたとき、過去はすべて忘れようと心に誓った。あいにく、シカゴに戻ったその週にキャメロン・リンドと再会するとは思ってもいなかった。彼女を前にすると、過去の記憶が次々とよみがえってくる。

ジャックはマルティーノの件に関する決定を聞いた日、キャメロンが自分を見ようとしなかったことが忘れられなかった。

三年前、あの金曜の午後遅くにキャメロンから電話があり、ジャックと当時の相棒ジョー・ダブスに話があるので支局に行くと言われた。ジャックは自分のオフィスのドアがノックされ、ドアのところに彼女が立っているのを見ると、笑顔で応対した。それをありありと覚えているのは、たぶん当時の彼はあまり笑うことがなかったからだろう。マルティーノのもとで働いていた二年間は、あれこれしゃべるようなことはほぼ皆無だった。はっきり言うと、二年ものあいだ潜入捜査をして過ごしたあとで通常の生活に戻るのは相当大変で、かなり混乱していた。夜は眠れず、睡眠不足は当然ながら事態を悪化させた。

しかしオフィスワークに戻ることに苦労していた中で、唯一まんざらでもなかったのがキャメロン・リンドとの仕事だった。まんざらでもないどころか、その仕事に気を取られつつあることに不安を感じはじめていた。ふたりは仕事の話、つまりマルティーノの件についてしか話さなかったが、何度かふたりきりになったとき、ジャックはキャメロンとのあいだに内に秘めた思いのようなものを感じた。それをなんと表現していいのかはわからなかったが思いは強く、そのときの自分の混乱状態を残念に思うほどだった。

「どうぞ」ジャックはキャメロンをオフィスに招き入れた。

あの金曜の午後、彼女はオフィスに入ってきたが、初めてジャックに笑顔を返さなかった。

「ダブス捜査官は?」キャメロンが訊いた。

「もうすぐ来るはずだ。どうぞ座ってくれ」ジャックは自分のデスクの前の椅子を示した。

キャメロンはかぶりを振った。「このまま待つわ。ありがとう」

その一カ月でキャメロンをよく知るようになっていたので、ジャックは彼女の様子がおかしいことに気づいた。どうしたのだろう。普段なら、情け容赦がないようでいてそうでもない、皮肉にも聞こえるがおふざけにも聞こえる気軽な応酬があり、ジャックはいつもそれを期待して、お決まりの会話として楽しんでもいた。ところがその日のキャメロンはそうしたやり取りを省略した。しかもどこか落ち着きを失っている。

ジャックは悪い予感がした。

「マルティーノの件で話があると言っていたが、何か問題でも起こったのか?」躊躇しているキャメロンを見つめた。

どうやらあたりらしい。

キャメロンがドアに視線を走らせた。「ダブス捜査官が来るまで待ちましょう」不安そうに唇を嚙む。ジャックは、彼女が急に見せた無防備な表情が気になるのか、彼女の唇から目が離せなくなったことが気になるのか、自分でもよくわからなかった。

立ちあがってドアを閉めると、キャメロンの前に立った。「気になることがあるみたいだな」

「パラス捜査官、わたし――」

ジャックはキャメロンをさえぎった。「ジャックと呼んでくれ。そろそろファーストネームで呼びあってもいいだろう?」

キャメロンがまたしても視線をドアに走らせたとき、ジャックはふたりともが驚くことをした。手を伸ばし、キャメロンの顎にそっと触れたのだ。

ジャックは彼女の顔を自分に向けた。「キャメロン、話してくれないか? 何が問題なんだ?」

キャメロンの美しいアクアマリン色の目がジャックの目と合ったとき、彼は感じた――マルティーノの手下たちに監禁されていたときに食らわされた電気ショックに似た衝撃を。ただし今回のそれは、はるかに心地よかった。

「ジャック」キャメロンが小声で話しはじめた。「本当に申し訳ないと――」

そのときドアがノックされ、ふたりの邪魔をした。

ジャックとキャメロンが飛びのくようにして離れた瞬間、オフィスのドアが開いた。ジョーが入ってきて、ふたりがそこに立っているのを見て驚いた。

「ああ……遅くなってすまない」ジャックのデスクの前にある椅子のひとつに腰かけた。ふたりは組んで四年になるので、相手のオフィスでも遠慮しなかった。ジョーが脚を組んでキャメロンを見あげた。「ジャックから聞いたけど、マルティーノの件で話があるんだって？」

「そうなの」キャメロンが答えた。声がこわばり、緊張している。不自然なことに、彼女はジョーにだけ注意を向けていた。「決定したことを知らせたかったの。ロベルト・マルティーノを起訴しないことになったわ。今回の件に関しては、マルティーノも組織の者たちも不起訴よ」

部屋が静まり返った。

ジャックは沈黙を破った。「冗談だろう」

キャメロンはそれでもジャックを見ようとしなかった。「あなたたちが期待していた結論でないことは承知しているわ」

「どういうことだ？　いっさい起訴しないのか？」ジョーが尋ねる。潜入期間中はジャックとＦＢＩの連絡係を務めてくれていたので、暴かれたマルティーノの悪事についてては知りつくしていた。

「起訴に持ちこめるほどの充分な証拠がないという判断になったの」キャメロンが言った。

ジャックは怒りを抑えようと必死だった。「ふざけるな。誰の判断だ？　ブリッグズか？」

ジョーが立ちあがって歩きまわった。「あの野郎、自分の評判しか気にしてないんだ」いまいましげに言う。

「やつと話がしたい」ジャックは有無を言わさぬ口調で告げた。

キャメロンがとうとうジャックのほうを向いた。「その必要はないわ。これは……わたしの担当だから。わたしの判断よ」

「くだらないことを言うなよ……嘘だろう」

ジョーがジャックの口調に不穏なものを感じて目配せした。「よせ、ジャック」

キャメロンは冷静を保っている。「失望させたことはわかっているわ。でも――」

ジャックはキャメロンに一歩近づいた。「失望だと？　失望どころの騒ぎじゃない。証拠ファイルには目を通しただろう？　少なくともさっきまでは、きみが証拠を把握していると思っていた。きみと検事局のやつらが今まで何をしていたのか、さっぱりわからなくなった。マルティーノがどういう男で、何をしてきたかは知っているはずだ。きみたちは何を考えてるんだ？」

「申し訳ないと思っているわ」キャメロンがこわばった表情で返した。「あなたが今回の捜査にどれだけ尽力したかはわかってる。だけど、これ以上は何も言えないの」

「いや、言えるはずだ。こんな奇跡を起こすために、マルティーノが検事局の誰に金をつかませたか、きみは知ってる。ブリッグズの判断じゃないとすると……」ジャックは間を置き、探るようにキャメロンを見つめた。「ジョー、どう思う？　ミズ・リンドの口座を調べたほうがいいんじゃないか？　最近、多額の不審な入金があったかもしれない」

キャメロンがジャックに近づき、凍りついたような目を向けた。「失礼にもほどがあるわ、パラス捜査官」

ジョーがふたりのあいだに割って入る。「そこまでだ。ちょっと問題から離れて、頭を冷やそう」

ジャックはジョーを無視した。「説明してほしい」キャメロンに言った。

キャメロンは一歩も引かず、ジャックの視線を猛然と受けとめた。「しょうがないわね。あなたの正体がばれるのが早すぎたのよ。この説明で満足してもらえる？　理由はそれだけよ」

ジャックは激しい怒りに襲われた。そして罪悪感に。キャメロンの言葉は痛いところをついていた。しかたがなかったとはいえ、彼は正体がばれたことで毎日のように自分を責めていた。

ジャックは氷のように冷たい声で言った。「帰ってくれ」

「言われなくても帰るわ」キャメロンが応じた。「でも最後に言っておくけど、わたしの忠誠心や仕事への熱意を疑うなら、直接わたしに訊いたほうがいいわよ、パラス捜査官。わたしの銀行口座を詮索するような真似をしたら、裁判所命令を受けるか、わたしが雇った凄腕の弁護士を相手にすることになるから」いとまを告げるようにジョーのほうにうなずいた。「ダブス捜査官、失礼するわ」そう言うときびすを返し、それ以上ひと言も発さずにオフィスをあとにした。

ジョーはキャメロンが去っていくのを見つめていた。「ジャック、おまえの腹立ちはわかるし、おれだって怒り狂ってる。だが気をつけろ。キャメロン・リンドは検事局では新人かもしれないが、それでも検事補だ。汚職の疑いを向けるのは賢明じゃない」

ジャックはうわの空で、返事をしなかった。頭にはひとつのことしかなかった。

二年間の苦労が水の泡になった。

ジョーがはじかれたように言った。「よし、おれからデイヴィスに話そう」デイヴィスは彼らの上司で、本件を管轄する特別捜査官だ。「裏で何が起こっているのか探ってみる」ジャックに近寄り、肩に手を置いた。「そのあいだに頭を冷やすんだ。帰って、酔っ払っちまえ。なんでもいいが、とにかく後悔するようなことを言ってしまう前にオフィスから出るんだ」

ジャックはうなずいた。

二年間……。

オフィスから出てエレベーターに乗ると、ドアをぼんやり眺めながら、キャメロン・リンドは彼がどれだけの犠牲を払ってあれだけの証拠をつかんだのか多少なりとも理解しているのだろうかと思った。彼女はそれを役に立たないと一蹴した。ジャックの正体がばれたのは事実だが、それはまったく愚かな戦略と、管轄権を巡るくだらない争いのせいだ。麻薬取締局がマルティーノと接触させるために独自の潜入捜査官を送りこんできたのだ。ジャックはその男が何者かすぐに気づき、マルティーノもジャックの二倍の時間をかけて男の正体を見破った。

マルティーノは男を殺せとジャックに命じた。

ジャックは組織に潜入しているあいだ、相手に疑われないように、決して立派とは言えないことも数多くしてきたが、殺人には手を染めないよう、なんとか苦心してきた。しかしそのときのマルティーノは、麻薬取締局への見せしめに男の遺体を持ち帰るように言った。そしてジャックがどれだけ悪知恵を働かせたとしても、本物の遺体を用意するのは不可能だった。ジャックは行きづまった。その潜入捜査官と会って身の危険を警告し、ふたりして逃げだそうとしたが、道中でマルティーノの手下たちに捕まってしまった。

連中はすぐに麻薬取締局の潜入捜査官を始末した。マルティーノは当初の予定どおり、その夜、男の遺体を麻薬取締局のシカゴ支局の入口に遺棄させた。

ジャックに対してはもっと容赦なかった。

そのあとの話は説明するまでもない。

けれどもジャックが監禁されて二日目、マルティーノの手下たちが致命的なミスを犯した。

いや、正確に言うと、ミスを犯したのは連中のうちのひとりだ。ジャックの口を割らせようとしていたヴィンセントという男が、もっと手荒な手段を取ろうと、ジャックの両手の拘束を解いた。そこへすぐさま、刃渡り二十センチ以上のナイフをジャックの片方の腕に刺して椅子に釘づけにしたのだ。しかし一瞬ではあるが、ジャックのもう片方の手が自由になった。

もしマルティーノがその場にいたら、そうした迂闊さを許さず、自分で手下を始末しただろう。もちろんジャックが自由なほうの手で男の首を絞め、自分の腕からナイフを引き抜いて男に突き刺していなければの話だ。

ジャックにとっては幸運なことに、ヴィンセントはナイフのほかに銃も携帯していた。さらに幸運なことに、ジャックは特殊部隊での訓練中に、どちらの手でも銃をうまく扱えるようになっていた。

ジャックにとっての幸運は、マルティーノの手下たちにとっては幸運にはならなかった。それに続いた銃撃戦で、手下のひとりがジャックに向かって撃ち返したが、それを自慢できるほど長生きする幸運は持ちあわせていなかった。

だがマルティーノは手下と違い、世界じゅうの幸運を寄せ集めたかのように、ついていた。FBIの援護隊がようやく倉庫に到着し、ジャックが仕留めた八人の遺体を回収したとき、そこにマルティーノの遺体はなかった。しかも幸運の女神はマルティーノに二度ほほえんだようだ。彼の悪事は経験不足の検事補キャメロン・リンドの手に託されたのだ。

ジャックの人生の二年間が無駄になった。

彼は信じたくなかった。しかしキャメロンは起訴しないのは自分の決定だと言った。もしそれが本当なら……あんな女などくたばればいいと思った。

エレベーターが一階に着き、ドアが開いた。足を踏みだしたとたん、ジャックは大勢のリポーターに囲まれた。残念だが、それは珍しいことではなかった。倉庫での銃撃戦後、不本意ながらメディアの注目を浴びるようになっていた。犯罪組織のメンバーが八人も死亡したとなれば人々の関心が集まるのは当然で、それ以来、ニュースでマルティーノの名前が報じられるたびに、リポーターがジャックのもとへ押し寄せるようになったのだ。

「パラス捜査官！　パラス捜査官！」リポーターたちが互いをさえぎるように、ジャックの注意を引こうとしている。

ジャックは彼らを無視して正面のドアに向かった。地元のNBC支社の女性リポーターが（彼女は最近、仕事の枠を超えてジャックに関心を抱いているようだった）、カメラマンを従えてジャックに大股でついてきた。

「パラス捜査官、先ほどマルティーノの事件についての最新情報を入手しました。ロベルト・マルティーノが引き続きシカゴの街を自由に闊歩できるとのことですが、捜査を担当したFBI捜査官としてどう思われますか？」マイクをジャックに突きつけた。

おそらく極度の睡眠不足のせいだろう。もしくは潜入捜査と監禁にまつわる憤りがまだ癒えていなかったせいかもしれない（この見解は、彼が毎週診察を受けるように言われていた精神分析医によるものだ）。可能性としては、マルティーノに二日間も拷問されたからだとも考えられる。原因がなんであれ、ジャックは気がつくとリポーターの質問に嚙みつくように返答していた。

「あの検事補は頭がどうかしているというのがおれの意見だ。検事局はもっと度胸のあるやつに担当させるべきだったと思うね」

シカゴの全テレビ局が、彼のその批判を六時のニュースで流した。

十時のニュースでも再び流した。

もちろんその時点で、シカゴのFBI特別捜査官がテレビカメラの前で検事補に対する女性蔑視の暴言を吐いたという話題が全国の特派員のあいだで広まり、ジャックの発言はCNN、MSNBC、『トゥデイ』、『ナイトライン』、『ラリー・キング・ライブ』、その他さまざまな番組で報じられた。不名誉なことに、その場面がその週のYouTube再生回数の一位を獲得したのは言うまでもない。

当然ながら、ジャックの上司は怒り心頭に発した。

「おまえは何を考えているんだ？」翌朝、デイヴィスは自分のオフィスにジャックを引きずりこむと、説明を求めた。「頭がどうかしているのはおまえのほうだ、ジャック。全国ネットのテレビ番組であんな発言をするとはな！」

それから事態は悪くなる一方だった。フェミニストグループがメディアで声をあげはじめ、この事件を〝タマ〟のあるやつに担当させろというジャックのコメントは、難しい事件は男性検察官にしか扱えないという性差別的な意見だと主張した。

司法省が介入したのはその段階だった。

デイヴィスは当初こそ激怒していたものの、二日かけて司法省をなだめた。ジャックはシカゴで一番有能で仕事熱心な捜査官だと力説し、懲戒処分としてリンド検事補と連邦検事局に対して正式な謝罪をさせ、半年謹慎させてはどうかと提案した。司法省の弁護士たちはデイヴィスの提案を検討してみると言った。

月曜の朝、ジャックは謝罪の準備をするために早めにオフィスへ着いた。リポーターに対しても、キャメロンに対しても、口がすぎたことはわかっていた。たしかに自分の対応が悪かったのだ。悪すぎた。キャメロンから話を聞いたときのショックといらだちに加え、ジャックが彼女を信頼するようになっていたという事実は、怒りを助長させただけだった。謝罪の言葉を考えながら、彼は今回の一件を乗り越えて気持ちを切り替える方法が見つかることを願った。

オフィスのドアは開けたままだった。謝罪の言葉は簡単には浮かばず、何も打ちこまれていないパソコンの画面をぼんやり眺めたまま数分が過ぎたとき、ジャックはデイヴィスのオフィスから聞こえてきた声に驚いた。そんなに早い時間に来ているのは自分だけだと思っていた。

デイヴィスは怒っているようだった。廊下越しなので会話の内容はよく聞こえなかったが、〝くそくらえ〟と〝過剰反応だ〟という言葉は聞き取れた。相手の声は聞こえなかったので、ジャックはデイヴィスが電話中なのかと思った。けれども電話の相手が誰であれ、話している内容については見当がついた。彼は立ちあがり、ドアに向かおうとして――。

デイヴィスのオフィスのドアが勢いよく開き、キャメロン・リンドが出てきた。

彼女はジャックを見ると、驚いて立ちどまった。ジャックのよく知る表情がキャメロンの顔に浮かんだ。長い年月、彼は自分が近づいてきたときに相手が見せるその表情を何度も目にしてきた。

ばつの悪い表情。

キャメロンはすぐにその表情を消し、廊下の反対側でジャックの視線を冷静に受けとめ、何も言わずその場を去った。

続いてデイヴィスがオフィスから出てくると、彼もまたジャックを見た。そして重苦しい表情で首を振った。

その日の午後、司法省はジャック・パラス特別捜査官をシカゴからただちに異動させる辞令を出した。

　ジャックは誰のせいでそうなったのか直感でわかった気がした。

「何を考えているのか知らないが、過去は水に流したほうがいい」

　ジャックが目をやると、ウィルキンズが自分を見つめていた。「別に何も考えていない」

「そうかい？　三分前に停車して、この家の前でずっと待ってるんだけどな」

　ジャックは周囲を見まわした。ちくしょう。ずっとここでぼんやりしていたのか。人並み外れて研ぎ澄まされている特別捜査官の観察力がこうも見事に発揮されるとは。後部座席にいる目撃者のせいだ。キャメロンは彼の心をかき乱す。そんなことにはもう歯止めをかけなければならない。

　ジャックは肩越しに呼びかけた。「もう自由の身だ、ミズ・リンド」

　返事がない。

　ジャックは振り向いた。

「ぐっすり眠りこんでるな」ウィルキンズが言った。

「どうにかしろよ」ジャックは促した。

ウィルキンズがバックミラーをのぞく。「おーい、キャメロン――」

「〝おーい〟とはなんだ。おれたちはＦＢＩだぞ」

「でも、ぼくはいい捜査官だからな。任せてくれ」ウィルキンズは彼女を起こす作業に戻った。「キャメロン、着いたぞ」ジャックをちらりと見て、小声で言った。「キャメロンって呼んでも気を悪くしないだろう？」

「今ならなんと呼んでも許されるはずだ」なんなら、彼女の呼び名をいくつか提案してやってもいい。

「次の作戦だ」ウィルキンズが言った。「後ろに行って、起こすしかない」

「いい作戦だ。うまくやれ」

「自分でやれよ」ウィルキンズはジャックの表情を読み取ると、とぼけた態度で返した。「悪いが、運転席から離れるわけにはいかないんだ」

ジャックはぶつぶつ言いながら車のドアを開けて外に出ると、キャメロン・リンドの家を初めてちゃんと見た。おそらく彼女の家だと思われるその場所を。

ジャックは車内をのぞいた。「本当にここで合ってるのか？」

「住所はノース・ヘンダーソン三三〇九だと聞いた。ここはノース・ヘンダーソン三三〇九だ」

「ああ。でも、ここは……」ジャックはあたりを見まわして、目の前の光景をなんと表現すべきか決めかねた。

「とんでもない豪邸だな」ウィルキンズが同意するように言った。

その言葉はおおよそ正解だった。通りに立って見てみると、その三階建てのしゃれた家は威風堂々とそびえていた。玄関までの通路には円柱が並び、屋根がアーチ状の柱廊を形作っている。家の大部分にはツタが広がっていた。右側を囲むように庭があり、ガレージまでずっと続いている。この地区の大半を余裕で占めていそうだ。

まず頭に浮かんだ疑問は、政府職員である検察官の収入で、どうすればこんな豪邸に住めるのかだった。

ウィルキンズも似たような疑問を抱いたらしい。シートから身を乗りだし、助手席側の窓から家をのぞいた。「どう思う？　金持ちの夫がいるのかな？」

ジャックはその可能性を考えてみた。金持ちの夫……たしかにキャメロンが自力でこの家を買えるわけがない。そうでなければ、やはり……三年前、マルティーノに金をつかまされているのではないかと彼女に皮肉を言ったが、あながち見当外れでもなかったのだろうか。

ウィルキンズがジャックの心を見透かして言った。「妙な考えは起こすなよ。そのせいで、一度トラブルに巻きこまれたんだから」

ジャックは、まだ後部座席で昏々と眠りつづけているキャメロンを指さした。「おれが考えているのは、早くこの状況をなんとかして支局に戻ることだけだ」ドアハンドルをつかんで後部ドアを開けた。「ミズ・リンド、行くぞ」命令口調で言った。

反応がない。

「生きてるんだろうな?」ウィルキンズが振り向いて訊いた。

ジャックは後部座席にかがみこんだ。キャメロンに顔を近づけて呼吸を確かめる。

「ああ、生きてる」彼女の肩をゆすった。「おい、起きろ」

それでも反応がない。

「キスをしてみろよ」ジャックににらまれ、ウィルキンズはいたずらっぽく笑った。

「それでおとぎ話みたいに呪いが解けて目を覚ますかもしれない」

ジャックはキャメロンに向き直り、どうすべきか考えた。つついてみようか……試す価値はある。冷水を浴びせるのはどうだ……ぜひ試してみたい。だが彼女の性格を考えると、すさまじい勢いで平手打ちされて、自分は日暮れ前にはまたネブラスカ送りになるだろう。そうなると、選択肢はひとつしかない。

ジャックはキャメロンのバッグに手を伸ばし、それを座席越しにウィルキンズに渡した。「鍵が入っているかどうか見てみろ」

「冗談だろう？　キャメロンが起きて、ぼくがバッグを探っているのを見たらどうする？　人のバッグなんて探るもんじゃない。バッグは神聖なるものだからな」

「鍵を探すか、こっちに来て彼女を抱きかかえていくか、どっちがいい？」

ウィルキンズは一瞬バッグを見て、中に手を入れた。「自分でやればいいのに。キャメロンが途中で起きて、玄関にたどり着く前にひっぱたかれるに決まっている」

ジャックもだいたいそんなことになりそうだと思った。ウィルキンズにトランクを開けさせ、キャメロンのスーツケースを出して玄関前にさっさと運んだ。車に戻り、バッグを彼女の膝にのせる。ウィルキンズから家の鍵を受け取って自分のポケットに入れると、覚悟を決め、キャメロンを腕に抱えあげて車からそっと出した。

彼女は眠ったままジャックにもたれ、頭を彼の肩に預けた。ジャックはキャメロン・リンドにまた出くわした場合に起こりうるであろう状況をあれこれ心に描いてきたが、この状況は想像してもいなかったと考えながら彼女を家まで運んだ。白昼堂々とキャメロンを運ぶジャックの姿を見たら、近所の人はどう思うだろう。この立派な邸宅をのぞくのに必要な望遠鏡を持っていればの話だが。

ジャックが見おろすと、キャメロンはぐっすり眠っているようだ。ほんの一瞬だが、彼女がどれだけ長い夜を過ごしたか考えて同情している自分がいた。あんな状況をよく切り抜けたものだ。

ジャックは鍛鉄製の門扉を片手で開けると、キャメロンを抱えたまま玄関までの階段をあがった。家の大きさからして、間違いなく誰かと住んでいるのだろう。今にもその誰かが肝をつぶして現れ、さっさと彼女を引き取るのではないか。

しかし、そんなことにはならなかった。

ジャックはポケットから鍵を取りだすと、玄関を開けた。心配のあまり半狂乱になっている男友だちも夫も恋人も現れない。彼はキャメロンを見おろし、胸に抱え直した。気になるわけではないが、相手の男は彼女ともう十時間も連絡を断たれていたことにも気づかない間抜け野郎だ。

「キャメロン、起きろよ」ジャックの声はなぜか優しげだった。咳払いをして言葉を続ける。「家に着いた」

今度こそキャメロンが目を覚ました。ジャックは彼女を玄関前におろしてすばやく離れた。キャメロンはぼんやりした状態でしばし立ちつくし、初めて目にするかのように彼を見あげた。

「ジャック」

「ああ、ジャックだ」

キャメロンはまばたきをし、腕を払うような仕草をすると、ろれつのまわらない口調で言った。「帰って」

ジャックは喜んで帰りたいところだったが、まずは彼女の安全を確かめなければならない。なんといっても、重要な証人だ。彼がバッグを軽く投げると、キャメロンは慌てて受け取った。ジャックはスーツケースを玄関内に運んだ。

「鍵は挿したままだ。戸締まりを忘れるな。誰かいるのか？」最後の質問は職務として訊いたまでだ。「大変な夜を過ごしたんだから、ひとりでいないほうがいいだろう」

キャメロンは鍵を引き抜くとまたそれを挿してドアを押し、すでに開いていることに気づいて混乱した様子でドアを見つめた。

「ああ……本当にひとりでいないほうがよさそうだな」ジャックは言った。

たしかにキャメロンは頭が働いていないが、ジャックをにらみつけるくらいは難なくできた。「コリンに電話をかけるわ」小声で言って家に入ると、彼の目前で力強くドアを閉めた。

そういうことか。

コリンという男がいるのだ。

ジャックは安全を確かめるために手早く家を点検し、車まで戻って乗りこんだ。

ウィルキンズがジャックの言葉を促すように手を差しだした。「いいのか?」

「ああ、行こう」

「本当にひとりで置いてきて大丈夫か?」

「コリンに電話をかけるらしい」

「ああ、それなら安心だ。それでコリンって誰だよ?」

ジャックは肩をすくめた。「さあな。ともかく彼女の安全はもうそいつの責任ということだ。おれの責任じゃなく」

「おいおい、手厳しいな」

「いや、もっと手厳しいことを言うつもりだったが、今日は疲れてる。長い夜だったからな。支局に戻る前にコーヒーを買うのを忘れるなよ」

ウィルキンズはにやりとして車を出した。「きみからはいろいろ学べそうだよ、ジャック」

ジャックはどういう意味で言われたのかよくわからなかったが、自分がいろいろ教えてやれることは間違いない。「それはどうも」

「きみは思ったことを口にする。それはいいことだ。だから反対に、相手が本音を話してもそれを重んじるだろう？」

ああ、この会話の流れがどうなるのかやっとわかった。「ウィルキンズ、言いたいことがあるならはっきり言え」

ウィルキンズは交差点で停車した。「キャメロンに対してわだかまりがあるのは、きみの問題だ。ぼくはただ、今回の事件に私情を挟むつもりはないと言ってほしいだけだ」

「挟むつもりはない」

「よかった。それとぼくの精神衛生のために訊いておきたいんだが、彼女の名前が出るたびにふくれっ面になって緘黙（かんもく）するつもりか？」

ジャックは静かに相棒を見つめた。

ウィルキンズがまたにやりとする。「おっと、機嫌を損ねたかな」

「新人らしい過ちだ。ひと言多い」

「気をつけるよ」

「そうしてくれ」ジャックは窓に向き直って外を眺めた。三年前、シカゴを去って以来見ることのなかった景色がすべて懐かしい。しばし沈黙してから口を開いた。「ひとつ言い忘れていたが、目撃者に〝睥睨（へいげい）〟のことは言うなよ。効果が薄れるだろう」

「やっぱりわざとやっていたのか？」

「長年の修養を積んで身につけた技だ」

ウィルキンズが驚いたように道路から視線を外した。「冗談だろう？」

「冗談じゃない。道路から目をそらすな、新人。コーヒーにありつく前に車をぶつけたら、ただじゃおかないからな」

5

「どうしてホテルから電話をかけてくれなかったんだよ。いまだに信じられない」

キャメロンはコリンの声の調子から、昨夜の出来事を考えて彼女を心配する気持ちと、今初めてそれを聞かされた腹立ちのあいだで彼が揺れ動いているのがわかった。でも言い訳をさせてもらうなら、キャメロンはジャックとウィルキンズに家で降ろされてからすぐにコリンとエイミーに連絡するつもりだった。三人は大学時代からの親友で、いつもキャメロンはふたりになんでも話している。しかし彼女はその日が土曜だと思いだし、コリンは仕事中で、エイミーは結婚式の準備で大忙しだろうと気づいた。式まで二週間しかないことを思えば当然だ。だからキャメロンはその夜、〈フラスカ〉でディナーはどうかと誘うメールをふたりに送ると、ベッドに倒れこんで気を失ったように六時間眠った。

レストランに着いてテーブルに案内されると、キャメロンはさっそくふたりに昨夜の出来事を話しはじめた。ホッジズ上院議員が関係していることはＦＢＩが伏せているので、省略した。話が進むにつれ、コリンがいらだちを募らせているのがテーブル越しにもわかった。数分前には自分の淡い茶色の髪に指を走らせ、腕組みをした。何かが気になるときの彼のお決まりの仕草だ。

キャメロンの左側にはエイミーが座っていた。仕立てのいい茶色のシャツワンピースに、ブロンドを肩の長さで切った前さがりボブ。いつもどおり垢抜けている。エイミーはコリンよりも理性的な反応だった。「大変な夜だったみたいね、キャメロン。ひとりでそんな目に遭うなんて」

「わたしだってホテルから連絡したかったのよ」キャメロンはコリンの発言に対して答えた。「ＦＢＩから連絡を取るのを制限されていなければ、電話をかけてたわ」次に左側を向いて言う。「そうなの、本当に大変な夜だった。心配してくれてありがとう、エイミー」ワイングラスに手を伸ばしかけたが、コリンにその手をつかまれた。

「ぼくだって心配しているんだ」

キャメロンはコリンをにらんだが、手は振り払わなかった。「じゃあ、連絡しなかったことで文句を言うのはやめて」

コリンはいつもの悪気はないんだと言いたげな笑顔を見せた。この十二年間でその笑顔は何度も見てきたが、いまだに勝てない。たいていの場合は。

「悪かったよ」コリンが言った。「話を聞いて動転したんだ。自分の気持ちを怒りで代弁するなんて不適切だった。いかにも男のやりそうなことだね」キャメロンの手を握りしめた。「キャム、きみが殺人犯と壁一枚隔てた場所にいたと思うとぞっとするよ。奇妙な物音を聞いて、のぞき穴からフードをかぶった謎の男を目撃するなんて……何から何までヒッチコックの映画みたいじゃないか」

「しかも、そのあとの顚末はまだ話してないのよ」キャメロンは言った。「この事件を捜査するＦＢＩ捜査官のひとりがジャック・パラスなの」

　エイミーはそれが誰だか思いだすのに一瞬考えこんだ。「ええと……セクシー捜査官？」

「くそったれ捜査官よ」キャメロンは訂正した。エイミーはジャックを〝セクシー捜査官〟とあだ名で呼んでいたが、それはずいぶん前のことだ。マルティーノから賄賂を受け取っているのだろうとジャックがキャメロンを非難して以来、そのあだ名はやめた。

「思いがけない顚末だね。あのくそったれ捜査官は最近どうしているんだい？」コリンが辛辣な口調で訊いた。彼はキャメロンの親友として、ジャック・パラスへの敵意を同じように示すしかない。

「それより、久々に会ってどうだった？」エイミーが尋ねた。

「ずっと嫌みや悪口の応酬よ。すてきだったわ、そんなふうに旧交を温められて」

「でも、相変わらずセクシーだった？」エイミーは目配せしてくるコリンをかわした。

「いいじゃない、どちらかが訊くべきでしょう」

「話が脇道にそれてるわよ」キャメロンは平然とした表情を装い、ワインを口にした。そして慌ててのみこんだせいで、喉を詰まらせてむせ返った。

エイミーが笑った。「答えはイエスってことね」

キャメロンは涙の浮かんだ目をナプキンで拭きながら、助け船を求めてコリンのほうを向いた。

「こっちを見られても困るな……ぼくは傍観者に徹するよ」

「思いだしてほしいんだけど、あのくそ野郎は全国ネットのテレビ番組でわたしに恥をかかせたのよ」

「違うわ、あのくそ野郎は全国ネットのテレビ番組で自分が恥をかいたのよ」エイミーが言う。

キャメロンはその意見に少しなだめられ、鼻を鳴らした。「もうひとつ思いだしてほしいんだけど、彼のおかげでシカゴ地区のFBI捜査官のほぼ全員が、この三年間わたしに恨みを抱いてきたのよ。楽しくてしかたがなかったわ。捜査官とは毎日のように仕事で顔を合わせるんだから」

「でも、また会う必要はないんだろう？」コリンが訊いた。

「神さまがいるなら、そうさせてくれるでしょうね」キャメロンはその件について真剣に考えてみた。「わからないけど……追加で訊くべき質問が出てくる可能性はあるわね。でも聞いて。もしジャック・パラスにもう一度会うことになったら、今度はわたしが主導権を握るわ。ゆうべは不意を突かれたけど、次は心の準備ができてるもの。それに少なくとも次回はちゃんとした服装で応戦できるだろうし」

「ゆうべの服装はだめだったの？」エイミーが尋ねる。

「ヨガパンツ姿だったのよ。しかもジム用のシューズを履いていたの」キャメロンは自嘲気味に笑った。「裸で会うのと同じくらい決まりが悪かったわ」

「裸だったら、さぞ見ものだったでしょうね」

コリンがいかにも傲慢な男の真似をして椅子にふんぞり返った。「いつもはハイヒールだからね。下着姿でなかっただけでもよかったじゃないか。ヨガパンツなしの下着姿と、ヨガパンツにジム用のシューズ、どっちがましだい？」

キャメロンは考えた。「下着姿の場合、ハイヒールは履かせてもらえるの？」

「たとえばの話で訊いたんだ。本気で考えないでほしいな」コリンが言った。

キャメロンはにっこりした。「だって背の高さで負けたくないんだもの……わたしは身長百六十センチの検察官なのよ。大目に見て」


エイミーはディナーがすむと申し訳なさそうに帰っていった。明朝にフローリストとの打ち合わせがあるため、早起きしなければならないらしい。キャメロンとコリンは残ってアルコールを楽しんでから、五ブロック先の彼女の自宅へ徒歩で向かった。

十月の身が引きしまるように寒い夜だった。キャメロンはジャケットの襟元をかきあわせ、ウエストのベルトを留めた。「エイミーったら、結婚式までにノイローゼにならないか心配だわ。もっと手伝わせてと言っておいたんだけど」

「いつものことだよ。五歳のときから計画していた結婚式だからね」コリンが答えた。

「計画といえば、独身お別れ会（バチエロレッテ・パーティ）の準備はどんな具合だい？」

「彼女のいとこがストリッパーを呼ぼうと言ってるのよ」そのいとこふたりはキャメロンと一緒に花嫁付添人をすることになっている。「でもわたしはエイミーから血の宣誓をさせられたも同然なの。ストリッパーと悪趣味なウエディングベールは不要、あと男性のアレを連想させる小道具も絶対なしだと。だからわたしの家でワインとデザートを楽しむ会を開いてから、バーに行くことにしたの。気に入ってもらえるといいんだけど。もしわたしが花嫁付添人を首になったら、あなたに代わりを務めてもらうことになるわ」

コリンがキャメロンの肩に腕をまわす。「絶対にごめんだね」キャメロンはほほえんで彼にもたれた。がっしりした胸に安心感を覚える。コリンがキャメロンを引き寄せ、真剣な面持ちで言った。「レストランではふざけていただけだと、わかっているだろう？」

「ええ」

「ふたりとも、本当はとても心配しているんだ」

「それもわかっているわ」

ふたりはキャメロンの家の前で立ちどまった。コリンがキャメロンに向きあうと、彼女はコリンのハシバミ色の目に心配が浮かんでいるのがわかった。「キャム、真面目な話、きみは殺人事件が起きたときに近くに居合わせたんだ。それに犯人が出ていくところを見たんだからね。こんなことは考えたくないけど……きみが目撃していたことをそいつに知られている可能性はないのか？」

キャメロンもまさしく同じことを一日中、自問自答していた。「ドアを隔てていたのよ。もし何か物音を聞かれたり、見ていたことを疑われたりしたとしても、わたしの身元が相手にわかるわけがないわ。ＦＢＩもシカゴ市警もわたしの名前は極秘にしているもの」

「せっかくの夜が台なしだったね」

「それは控えめすぎる言い方だわ」

コリンが彼女の家のほうに首を傾けた。「それで、今夜は友だちがいたほうがいいかい？」

キャメロンは考えた。昨夜のむごたらしい出来事を思うと、この大きな家で夜をひとりで過ごすのは気が進まない。だがコリンに泊まってもらうとなると、問題が発生する。「気にかけてくれてありがとう。でもリチャードはただでさえ、あなたがわたしと過ごす時間が長すぎると考えているんでしょう？　わたしはひとりで大丈夫」

コリンの瞳が一瞬、翳った。「実は、リチャードとは別れることにしたんだ」

キャメロンはショックを受けた。最近ふたりがもめていることは知っていた。思うに、悪いのはリチャードだ。リチャードはいつも少し尊大で、なぜかコリンを下に見ている。シカゴ在住の男性の約半数がコリンを崇拝しているというのに……それはともかく、ふたりはつきあって三年になり、キャメロンは彼らが問題を解決するだろうと思っていた。

「いつ決めたの？」

「ゆうべの話し合いで。リチャードが、エイミーの結婚式に行くのはやめると言いだしたんだ。お決まりの言い訳をされたよ。行っても居心地が悪いからってね。だけど本当の理由は、ミシガンなんかで週末をまるまるつぶすのが気に入らないんだ」コリンは〝ミシガン〟の部分をことさら強調して言った。「結婚式は立派なホテルで行われると伝えたんだけれどね。きみも知ってるだろう。リチャードはフォーシーズンズ以外のホテルには耐えられないと思っているんだ。それで言い合いが始まって、ほかのことまで持ちだして喧嘩になった。それで……別れることになったんだ」

「二、三日経ったら仲直りできるとは思わないの？」キャメロンは思いやりをこめて訊いた。

コリンはかぶりを振った。「ぼくのために結婚式に行こうと思わないのなら、もう終わりだ。ぼくがこの結婚式をどれだけ大事に思っているか知っているのに……そこが問題なんだよ。リチャードはきみとエイミーにおかしなライバル心を抱いている。今夜、リチャードは自分の荷物を持って出ていくことになった。今頃その作業をしているだろうね」

「残念だわ、コリン」キャメロンは彼を抱きしめた。「じゃあ、今夜はあなたのほうが友だちを必要としているんじゃない？」

「ああ」コリンが彼女のために門を開けてくれた。「たっぷり酔わせてほしいな」

キャメロンは階段をあがった。「お酒を飲んでも、明日ちゃんと朝食を用意してくれるならね」

「いつも用意しているだろう？　きみは冷凍ワッフルを温め直すことすらできないじゃないか」

「失敗したのは一度だけでしょう」大学四年のときの出来事だが、それ以来コリンはいつもそのことでキャメロンをからかった。「あのいまいましい箱に書いてあるとおりに温めたわ。どうしてトースターが火を噴いたのかは大きな謎よ」

家の玄関へと続く階段をあがっていくキャメロンとコリンを、カミン巡査とフェルプス巡査が通りの反対側に停めた覆面パトカーから見守っていた。

「今夜ふたりを目にするのはこれが最後だろうな」カミンはほっとして言った。フェルプスがエンジンをかけ、カミンは『シカゴ・サン・タイムズ』をたたんだ。「男が入れてもらえるのかどうか、一瞬わからなかったけどな。うまくやれそうじゃないか」

フェルプスが家に入っていくふたりをよく見ようと目を細める。「スロンスキーは、女のほうに注意しろと言ってたよな？」

「ああ」

「男のほうに見覚えがあるんだが……誰だか思いだせない」

カミンは肩をすくめた。「おれは役には立てないな。スロンスキーは、女の家に寄って無事を確かめろと言っていた。それしか聞いてない」

「もう少し待って、間違いなく安全かどうか見届けたほうがいいかもしれない」

ほかにもっと危険な任務を慌てて探す必要もなかったので、カミンは相棒の言外のほのめかしを悪くないと思った。「おれはかまわない」

静寂の中、二十分が経過した。唯一聞こえるのは、カミンがたまにたてる新聞のカサカサという音だけだ。彼はスポーツ欄で手を止めた。

「おい、見ろよ」カミンはフェルプスに見えるように新聞を掲げた。「さっき見た男はこいつじゃないか？」

フェルプスが身を乗りだし、やがて納得して運転席にもたれ直した。

「見覚えがあるって言っただろう？」

町の反対側では、ジャックが自分のオフィスでまたデイヴィスのこもった怒鳴り声を聞いていた。少なくとも今回は、その騒ぎが自分に関係ないのはたしかだ。あったとしても、直接ではないはずだ。

オフィスにいる捜査官はジャックとウィルキンズだけだったが、土曜の夜の十一時近くだったので不思議ではない。デスク前の椅子に座っていたウィルキンズが、上司のオフィスを身ぶりで示した。「いつもあんな調子なのか？」

「そのうち慣れる」ジャックは答えた。実を言うと、デイヴィスがたまに起こす癇癪のことは気にしていない。軍にいた頃、そこそこの頻度で癇癪を起こす司令官たちのもとで任務についていたからだ。彼らと同じく、デイヴィスも真面目なのだ。そして自分の部下たちに対しては誠実このうえない。特別捜査官の空きが出ると、デイヴィスはジャックをシカゴに戻すようすぐさま尽力してくれた。

数分後、騒ぎがおさまり、デイヴィスのオフィスのドアが突然開いた。彼は顔だけをのぞかせて、ふたりを見た。「ジャック、サム、ちょっと来てくれ」

ふたりはデイヴィスのオフィスに行って座った。その部屋はシカゴ支局のほかの捜査官に割りあてられたオフィスとさほど変わらない広さなので、ジャックはいつもどうかしていると思っていた。デイヴィスにはせめてビルの駐車場よりはましな景色を望めるオフィスが与えられてもいいのに。特別捜査官の責任者に押しつけられる雑務すべてを考えれば、それくらいの役得があってもいい。しかしデイヴィスの性格を考えると、そこに出入りする者全員に目を光らせることができるそのオフィスを本人が希望したのだろう。彼の目を逃れる者はほとんどいない。

「ホッジズ上院議員の弁護士のひとりと電話で話したところだ」デイヴィスが切りだした。「捜査に関する進捗状況を事細かに知らせるよう〝要請〟されたよ」

「なんて答えたんですか？」ウィルキンズが訊いた。

「わたしも年だからな、忘れっぽくなっている。もしホッジズ陣営のやつが今夜また連絡してきたら、この捜査を極秘扱いすることに同意したのを忘れてしまうかもしれんと言ってやった。さんざん罵られたが、今のところ……」デイヴィスが言葉を切り、静まり返っている電話を見た。「さて、この惨状をどう乗り越えるか話しあおう」ジャックのほうを向いた。「シカゴ市警の捜査はどうなっている？」

「連絡係はテッド・スロンスキー刑事です。勤めだして二十年になり、ここ十年は殺人課にいます。彼によると、ホテルの部屋で見つかった指紋は被害者とホッジズのものだけでした。ベッドとデスクの上、それと洗面台に精液の跡があり、バスルームのごみ箱には使用済みの避妊具がいくつかあったそうです。全部、同じ男が使ったものです」

「妻を裏切るときにも、安全なセックスだけは心がけたというわけだな」デイヴィスが言った。「ほかには?」

「被害者の両手首にあざがありました。殺人犯が彼女を窒息させているときに両手を押さえつけたんでしょう」

「現場に血痕や毛髪や服の繊維は?」

「血痕はなく、ほかの証拠に関しては鑑識の報告待ちです」ジャックは答えた。「ホテルの警備員からもたいした情報は得られませんでした。廊下や吹き抜け階段に監視カメラは設置されていないそうです。ホテルのロビーと駐車場と公共エリアには設置されていますが、どれにも犯人らしき人物は映っていません。というわけでミズ・リンドの供述だけが、第二の謎の男が存在する証拠です」

ジャックがキャメロンの名前を出すと、デイヴィスが眉をあげた。ジャックはその反応に気づいたが、デイヴィスはコメントを控えた。少なくとも当面は。

「そうか。われわれの立場を話しておこう。FBIは建前上、今回の捜査では恐喝の疑いに関してしか管轄権がない。しかし実際のところ、アメリカ上院議員が高級コールガールと性行為をしているテープが存在し、そのあと彼女が同じホテルの部屋で窒息死させられたとあっては傍観しているわけにはいかない。そのスロンスキーという刑事はわれわれの介入を問題視すると思うか？」

「そうは思いません。ホッジズが関係していると判明したとき、スロンスキー刑事はわれわれが連携することに安心している様子でした」

デイヴィスがうなずく。「よろしい。どんな見こみだ？」

ジャックは口をつぐみ、ウィルキンズに続きを任せた。

ウィルキンズが居住まいを正した。「ふたつの仮説がありますが、どちらも被害者のマンディ・ロバーズがホッジズを恐喝する計画に関与していたことを前提としています」

「その前提の根拠は？」デイヴィスが訊いた。

「テープはロバーズのバッグに入ってました。ホッジズが出ていったあと、録画を停止した彼女自身の姿も映っています。それをホッジズへの早めのクリスマスプレゼントにしようと思っていたのなら話は別ですが、不埒（ふらち）な動機があったと考えていいでしょう」

デイヴィスが当惑した笑みを浮かべてジャックを見る。「〝不埒な〟か。イェール出身の男を雇うと、語彙も違ってくるな」

「〝神聖なるもの〟という言葉も出てきましたよ。〝緘黙〟とか〝睥睨〟もね」ジャックは言った。

「睥睨だと?」

「どうやら、おれのことみたいです」

ウィルキンズが割りこむ。「あれはほんのジョークだ」デイヴィスのほうを向いた。「そうでしょう?」

デイヴィスは返事をせず、椅子を回転させてパソコンに向きあった。「グーグルで〝睥睨〟の意味を調べてみるか……ああ、なるほど。〝睥睨——敵意に満ちていること、陰気くさくて底意地の悪いユーモアを見せつけてくること〟」ジャックに向き直ってうなずいた。「ウェブスター辞典の定義は正しいようだな。ジャック……おまえはたしかに睥睨しがちだ」今度はウィルキンズを見た。「そうだな、それはジョークだ。ジャックのちょっとしたユーモアを正確に見きわめるには、通常一年はかかるからな。おまえもいつかわかるようになる」

ジャックは今になって、なぜ自分があれほどシカゴに戻りたがっていたのかわからなくなった。少なくともネブラスカでは、周囲からとやかく言われず陰気な顔ができたのに。「そろそろ話を戻そうか」閉口して小声で言った。

「了解。ひとつ目の仮説は、女が恐喝を企てて……共犯者がいたのかどうかは不明ですが、ホッジズの関係者がその企(たくら)みに気づいて、ふたりの関係が公になる前に殺したというものです」ウィルキンズが言った。

「それなら、テープを残していくのはおかしい」デイヴィスが指摘した。

「テープが部屋にあることを知らなかったのかもしれません。もしくは女を殺してパニックになったか、隣の部屋のミズ・リンドがゲストサービスに苦情を言うのが聞こえて、慌てて逃げだした可能性も考えられます」

デイヴィスはペンをまわしながら、その可能性を考えた。「ふたつ目の仮説は？」

「ふたつ目は、すべてが計画どおりで、ホッジズを殺人犯に仕立てあげるために誰かが女を殺したというものです。殺人犯にとって予測外だったのは、逃げるところをミズ・リンドに目撃されたことです」

「ひとまずその仮説のもとで最初に容疑者として浮かぶのは？」

「ホッジズの味方と敵なら、ほぼ全員です」ウィルキンズが答える。

「選択肢が絞れてよかったな」デイヴィスは考えにふけりながら、椅子にもたれ直した。「ホッジズが上院銀行委員会の委員長に最近就任したこととは関係がありそうか？」

「それも視野に入れて考えています」ジャックは言った。「気になるのは、矛盾があることです。現場は荒らされておらず、物的証拠は何も残っていない。つまり犯人はプロで、何をすべきかがわかっていた、あるいは少なくとも事前に準備していたと考えられます。でも犯行手段が素人くさい。怒りに任せた行動に思えます。頭を撃って殺すのではなく窒息死させたというのは、個人的な事情がありそうだ。だから辻褄が合わないんです。まずホッジズ陣営のひとりひとりと話して、彼の女遊びを知っていた者を捜すべきだと考えています」

「ホッジズはいやがるだろうな。彼の弁護士たちも」デイヴィスが言った。

「協力しなければ、コールガールの殺人容疑で逮捕されるのを妨げられないとはっきりわからせてやります。そうすれば、協力するでしょう」

「そうだな。ホッジズの弁護士から邪魔が入りそうなら、手を貸すから知らせてくれ。最後に……目撃者のことはどうなっている？　隣の部屋にミズ・リンドがいたのは、ホッジズにとって幸運だったな」

「まず、ここにいる三人以外で、目撃者がいることを知っているのは少数です」ウィルキンズが言った。「当面のところ、伏せてあります。念のためにスロンスキー刑事が今夜、彼女の家を監視するために部下を向かわせましたが、彼らは事件の詳細を知らされていません。そのふたりから先ほど連絡があり、ミズ・リンドは男性と一緒に家に戻ったそうで、すべて異状なしとのことです」

「ミズ・リンドが危険にさらされる可能性は？」デイヴィスが尋ねる。

「彼女の身元が極秘扱いされている限り、大丈夫です」ウィルキンズが答えた。

デイヴィスはジャックが何か言いたそうにしていることに気づいた。「ジャック、異論があるのか？」

「関係者全員がミズ・リンドの身元を明かさないという信頼のもとに、われわれの重要な証人が安全だと判断するのは安易な気がします。わざわざ危ない橋を渡るようなものでしょう」

デイヴィスがうなずく。「同感だな。それにミズ・リンドの立場を考えると、いくら警戒しても足りないくらいだ。政治的な意味でも、ＦＢＩの捜査中に検事補に何かあったら大問題になる」

「身辺警護をつけましょう」ジャックは言った。「その件に関してはシカゴ市警と調整できます」

「わかった」デイヴィスが話を締めくくった。「一日に二回報告をあげてくれ。それと月曜の朝、長官に捜査の進捗状況を報告することになっている。おまえたちふたりも同席してほしい。では、サム、悪いがジャックとふたりで話がしたいんだ」

ジャックはその言葉に驚かなかった。キャメロンの名前を挙げてからというもの、いつか説教を食らいそうな予感がしていた。

デイヴィスは、ウィルキンズがドアの向こうに姿を消すまで待った。「ジャック、不安要素は？」

「ありません」

デイヴィスは灰色の目でジャックに鋭い視線を向けた。「ミズ・リンドは今回の捜査に非常に協力的だと聞いているが」

「そうですね」

「礼をしないとな」

「もちろんです」

一瞬沈黙があり、ジャックは自分のこわばった口元と体からわきでる緊張がデイヴィスに伝わっているのがわかった。

「説教するつもりはない」デイヴィスがなだめるような口調で言った。「彼女と仕事をするのがつらいなら――」

「問題ありません」ジャックは上司の目をじっと見つめて答えた。キャメロン・リンドに腹を立てていたときもあったが、同じ過ちを繰り返すつもりはない。「本件もいつもと同じように捜査するつもりです」

「ミズ・リンドには身辺警護がつくことを知らせておくべきだな。居心地の悪い思いをしてほしくない。ある意味、生活に干渉するわけだから」

「明日一番に知らせます」

デイヴィスはジャックを見つめていたが、やがて納得したらしい。「よし、この件についての話は終わりだ」ウィルキンズのオフィスを指した。「ところで、あいつはうまくやってるか？」

6

コリンは買ってきた食材を出しながら、キャメロンが上階のバスルームでシャワーの栓をひねるのを聞いた。それまでの経験から、彼女がおりてくるまでに約二十二分あると知っている。手早く朝食を準備するには充分な時間だ。

早朝に冷蔵庫を開けて、キャメロンの料理の腕前が——というより、その腕前の欠如が——大学時代から変わっていないことを確認すると、コリンは苦笑した。いつ見ても笑ってしまう。一番笑えるのは、彼女がいかに予測可能かということだ。キャメロンと知りあって十二年になるので、コリンは冷蔵庫を開けたときに何が見つかるか的確にわかっていた。まずは、四週間前に賞味期限が切れている未開封のエッグビーターズ（卵白にさまざまな栄養素を加えた商品）一本。ベーグルひと袋。味の違うクリームチーズ三種（全部、ひと塗り分くらいしか残っていない）。冷凍庫にはリーンクイジーンの冷凍食品が二十箱以上入っていて、イタリアン、アジアン、メキシカン、マカロニ&チーズと、ジャンル別にきちんと並んでいる。

　だからこそ、今朝は〈ホールフーズ・マーケット〉へ行ったのだ。朝食を用意する約束を守るためには、まず食材を調達しなければならない。ありがたいことに、そこまでは二ブロックしか離れていなかった。さらに便利なことに、その店はコーヒーショップ〈フィックス〉のちょうど向かい側にある。〈フィックス〉が提供するシックスショットのスペシャル・ラテ〝スミス&ウェッソン〟のパンチ力ときたら、深酒を後悔しまくる者の二日酔いでさえも吹き飛ばしてしまう。実を言うと、コリンはそれを五口も飲めば、うんざりして残りを捨てるはめになるとわかっていた。しかし、これればかりは説明のしようがない。銃の名前がついた飲み物があれば、それを注文することに無上の喜びを感じてしまうのだ。これもまた、男ならではの習性だろう。

　コリンはコンロの上方の戸棚に三十センチのスキレットを見つけた。とはいっても、探す手間はなかった。前回泊まったときに彼がしまった同じ場所にあったからだ。コリンはオーブンを温めつつ、スキレットに油を引いてズッキーニとマッシュルームを炒(いた)めた。昨夜、それぞれのベッドルームに向かう前にキャメロンからオムレツをリクエストされたが、コリンはフリッタータ（タルト生地を使わないキッシュのような卵料理）を作ることにした。それなら残りを温め直せるし、彼女も一日のうち二食は箱から出した冷凍食品以外のものにありつけるだろうと思ったからだ。

コリンはキャメロンを守ろうとする気持ちがいつもより強くなっていた。キャメロンが不安がるだろうから、それを態度には出さないようにしたが、一昨夜、彼女が殺人犯のごく近くにいたのだと思うと、まだ落ち着かなかった。もちろんキャメロンは神経の図太い検察官の役を徹底して演じている。そうするのは父親が他界してからキャメロンが自分のまわりに壁を築いたせいでもあるが、コリンは彼女が見かけよりも動揺していることに気づいていた。そしてＦＢＩがジャック・パラスを捜査担当にしたことは、どう考えても救いにはならない。キャメロンは自分の弱みを見せるのが苦手だ。これまでの経緯を考えると、ジャックが捜査を行うがゆえに、彼女はあくまで強い人間を演じようとするだろう。

ジャック・パラスが急にシカゴに戻ってきたのは、なかなか気になる展開だ。あの〝頭がどうかしている〟という失礼千万なコメントに対して、キャメロンが当然ながら激怒したことをコリンはよく覚えている。しかしもうひとつ覚えているのは、彼女が自分の怒りを脇に置き、司法省がジャックをシカゴから異動させるのをやめさせようと尽力したことだ。この興味深い内情を知るのは、コリン以外にはごく少数だ。

キャメロンのその矛盾した言動をコリンは不思議に思っていた。

フリッタータにチーズを振りかけていると、玄関のベルが鳴った。自分の家ではないうえに、キャメロンから来客があるとは聞いていなかったので、コリンはベルを無視した。スキレットをオーブンに入れたところで、またベルが鳴った。二度もだ。

コリンはオーブンの扉を閉めた。「ああ、わかったわかった」小声で言いながらダイニングルームとリビングルームを抜け、玄関に向かう。デッドボルトに手を伸ばそうとして、彼は自分がまだオーブンミトンをはめていることに気づいた。片方を外してドアを開ける。そこにいたのはふたりの男で、驚いた顔でコリンを見つめている。

コリンの視線は仕立てのいいスーツを着た男を通り過ぎ、背の高いほうの男に留まった。ジーンズにブレザー姿だ。

おやおや……本物のジャック・パラス特別捜査官じゃないか。

コリンは背筋を伸ばした。あれから三年経ってはいるが、自己紹介は不要だ。マルティーノに関する捜査と、そのあとのキャメロンを巻きこんだ騒動を報道していたメディアのおかげで、コリンは目の前の男が誰だかはっきりわかった。それでなくても、ジャック・パラスはひと目見たら簡単に忘れられないタイプの男だ。率直に言ってコリンの好みのタイプではないが、とんでもなくハンサムな男を前にしていることに気づかないわけではない。筋肉質の引きしまった体。朝に剃っても数時間後には伸びてくるであろう濃い髭のせいで、〝ハンサムすぎる〟と称されるのをなんとか免れている整った顔。ジャック・パラスは、同じ男として赤いチェックのオーブンミトンをはめたまま玄関で会いたくはないと相手に思わせてしまうタイプだ。

コリンは少しばかりの縄張り意識と自己防衛意識を感じたが、一方で自分もまたパラスから観察されていることを察知した。じろじろ観察するのはＦＢＩ捜査官の本能的な反応にすぎないのかもしれないが、男なら自分が品定めされていることに気づくものだ。

コリンは自分のほうが優位な立場だと安心してにっこりした。「こんにちは。どなたですか？」

ジャックがオーブンミトンに目を留めた。どう思ったかはなんとも言いがたいようだ。

彼はブレザーから身分証を出した。「ＦＢＩのジャック・パラス特別捜査官だ。こちらはウィルキンズ捜査官。ミズ・キャメロン・リンドと話がしたい」

「キャメロンはシャワーを浴びている最中だ。入ってしばらく経つから、そろそろ出てくると思う」コリンは家に入るよう身ぶりで示した。「オーブンを使って料理をしているところなんだ。中で待ってもらえないかな？」

コリンはドアを開けっぱなしにしたまま、フリッタータの出来具合を確認しにキッチンへ戻った。オーブンからスキレットを出してカウンターに置くと、ふたりの捜査官が玄関のドアを閉めてリビングルームに向かうのが視界に入った。ジャックが室内をすばやく調べているのがわかった。手前のふた部屋にほぼ家具がないことにも気づいている。予算の都合上、キャメロンが家具を少しずつそろえていることをコリンは知っていた。以前に本人が言っていたが、正式に人をもてなす機会があまりないので、ダイニングルームとリビングルームの優先順位は低いのだ。

しょっちゅう出入りしているコリンは装飾品の少なさに慣れていたものの、リビングルームに唯一ある家具は、シンプルな革製のアームチェアと暖炉の反対側に置かれた読書用ランプだけで、ダイニングルームには四人掛けの地味なテーブルセットしかない。広々とした天井の下で、それはこぢんまりとして見える。しかしジャックが考えているのはそんなことではないだろう。きっとこんなに大きな家を所有している者がその室内の大半をがら空きにしている事情をあれこれ想像しているに違いない。

コリンはミトンを両方外した。「そこをうろつかれると気になるな。ここで待っていてもらえないか。ふたりが来ていることをキャムに伝えてくる」

コリンは広い階段をのぼりながら、自分を見ているジャックの視線を感じた。二階に着くと、右側の一番手前の部屋に入った。マスターベッドルームだ。まだシャワーの音が聞こえたので、コリンはノックしてベッドルームのドアを少しだけ開けた。

「キャム、来客だ」階下に聞こえないように言った。「FBI捜査官が訊きたいことがあるらしい」そう言うと、ドアを閉めて階段をおりた。捜査官たちはキッチンで待っていた。「もうすぐ来るはずだ。何か飲み物でも用意しようか?」

「どうぞ、おかまいなく。ミスター……」ジャックが首を傾けた。「名前を訊きそびれたな」

「コリンだ」

コリンはその言葉がジャックの耳に届いたことを見て取った。ウィルキンズが誰だかわかったという表情になる。

「そうか! コリン・マッキャンだ!」ウィルキンズが言った。

コリンはにやりとした。ああ……自分のファンだ。ファンに会うのは大歓迎だった。

「ばれたみたいだな」

ウィルキンズは興奮のあまり呆然としている。「玄関で会ったときに見覚えがあると思ったんだ。でも、すぐには気づかなかった。新聞に載っている写真と雰囲気が違うから」

「顎髭があるからだな。二十代のときの若気の至りでね。写真を変えてくれと言っているんだけど、あの写真は十八歳から三十四歳の読者層に受けがいいらしい」

ジャックはふたりを交互に見ている。「いったいなんの話だ?」

「コリン、コリン・マッキャン、コリンだよ」ウィルキンズが強調した。「スポーツライターのコリン。知ってるだろう?」

ジャックは首を振った。さっぱりわからないらしい。コリンはその反応にどの程度気を悪くしたものか迷った。

ウィルキンズが説明した。「『サン・タイムズ』に毎週コラムを寄稿してるライターだよ。〝監督へ〟とか〝誰々コーチへ〟とか、チームに呼びかける形でね。トレードや先発選手やチームの改善法に関する提案……ほかにもいろいろアドバイスをしてるんだ」コリンのほうを向いた。「先週のピネラ監督宛の手紙は最高だった」

コリンはにやりとした。その手紙は大勢のシカゴ・カブスファンを激怒させた。

「誰かが指摘すべきだったからね。一九〇八年以来ワールドシリーズでの優勝がないから、みんな、チームのシーズンチケットに何千ドルもの金を落とすのをやめている。そろそろオーナーやマネジメント側がファンに恥じない球団を作ろうという気になってもいいはずだろう」

ウィルキンズは決まり悪そうに相棒を見た。「おいおい、ジャック、シカゴで彼のコラムを読んだことがない男なんて、きみくらいだぞ。コリン・マッキャンはシカゴ在住の男にとってのキャリー・ブラッドショーみたいな存在なんだ」

「それをいうなら、テリー・ブラッドショーだろう。フットボール選手の」ジャックは訂正した。

「違う、キャリーだ」ウィルキンズが繰り返した。「ほら、サラ・ジェシカ・パーカーが演じるキャリーだよ。『セックス・アンド・ザ・シティ』の」

部屋が静まり返り、コリンとジャックはこの男の未来を真剣に憂いながらウィルキンズを見つめた。

ウィルキンズはばつが悪そうに身じろぎした。「前の恋人に無理やり見せられてたんだよ」

「まあ、そういうことにしておこう」ジャックはコリンに向き直った。「名前に気づかなくて申し訳ない。しばらく世事に疎い状態にあったんだ」

「ああ、『サン・タイムズ』はネブラスカでは売っていないんだろう？」コリンは思わずあてこすった。

おっと。

コリンはジャックの目に浮かんだいらだちに気づき、この捜査官の考えていることがまるで漫画の吹きだしが頭の上に浮かんでいるかのようにはっきり読み取れた。〝なるほど……この男はおれが三年間どこにいたのか知ってるのか。彼女がこのうぬぼれ男におれのことを話したんだろう。情報通ぶりやがって。スポーツに関してならなんでも知っているらしいが、それ以外の知識はどうなんだ？〟

「いや、この街に住んでいたときは潜入捜査官として働いていたから、新聞を読んでる余裕がなかったと言いたかったんだ」ジャックがカウンターに寄りかかり、キッチンを見まわした。キャメロンの中で優先順位がはるかに高く、最近リフォームした箇所だ。ジャックが足元の堅木張りの床に視線を落とす。「床をきれいにしたんだな。きみはいい家に住んでいるじゃないか」

「お褒めの言葉はキャメロンに伝えておくよ」コリンは答えた。

「きみもここに住んでいるのかと思った」

「いや、お邪魔してるだけだ」

女性のセクシーな声がふたりの会話をさえぎった。「それなのに予期せぬ客を勝手に家に入れたみたいね」

三人が振り返ると、キャメロンがキッチンの入口に立っていた。ジーンズとぴったりした灰色のTシャツ姿で、長い髪をねじりあげてまとめている。シャワーを浴びてさっぱりし、〝週末をゆっくり過ごしているの〟といった雰囲気がなんとも魅力的だ。コリンは入口から一番離れたところに立っていたので、ジャックの顔が視界に入っていた。ジャックは一瞬キャメロンに視線を走らせてから何食わぬ顔に戻ったが、コリンはそのわずかな表情の変化を見逃さなかった。

おもしろい。

キャメロンは腕組みをした。「パラス捜査官……驚いたわ。今朝、会う約束なんてしていた？」ジャックをじろじろ見てから、表情を和らげた。「おはよう、ウィルキンズ捜査官。また会えたわね。待たせてごめんなさい」

「とんでもない。きみの友人のコリンとしゃべっていたんだ」ウィルキンズが答える。

キャメロンが今度はコリンに視線を向けた。「ちょっとふたりで話せない？」

「もちろんだ」コリンはリビングルームまでキャメロンについていった。キッチンに声が届かないところまで来ると、キャメロンが彼の胸を小突いた。

「なんであいつがここにいるのよ？」小声で訊いた。

「身分証を見せられたんだ。それになんとなく威圧するような目つきで見られた。協力したほうがよさそうだと思って」

キャメロンがまた小突く。「家に入れてほしくなかったわ」

「すまない。ジャック・パラスのことでそんなに動揺するとは思わなかった」

キャメロンはその言葉を一蹴した。「動揺なんかしてないわよ。彼と会うときは自分が主導権を握りたいだけ。たとえばビジネスミーティングや自分のオフィスでなら主導権を握れるでしょう？」

コリンは彼女の裸足に視線を落とした。そういえば、次にジャック・パラスに会うときは、ちゃんとした服装で応戦するつもりだと宣言していた。「きみはパラスに会うときはいつも何か身につけるのを忘れているな。この調子でいけば、次に会うときは裸になってるんじゃないか」

すると、おかしなことが起こった。

キャメロンが赤面したのだ。

「彼の前でちゃんとした服装をすることぐらいできるわよ。ご忠告ありがとう」彼女はそう言ったが、頬が真っ赤だ。

コリンは興味をかきたてられた。キャメロンが男のことで赤面するのを最後に見たのはいつだろう。

どういうことだ？

「彼はテレビで見るよりハンサムだな」コリンはもう少し探りを入れるつもりで言った。「セクシー捜査官って呼んでいたのもうなずけるよ」

キャメロンは怒った顔になってコリンをにらんだ。「本人がすぐ近くにいるのよ。今はそんな会話をしている場合じゃないわ」

コリンはキャメロンをしげしげと見つめた。「気が立っているみたいだな。最近、男とベッドをともにしているかい？」

「コリンったらなんなのよ……時と場所をわきまえて」

彼はにやりとした。「了解、この話は今度にしよう。どっちにしても、ぼくはそろそろ行かなければならない。なんの話かは知らないけど、三人でどうぞ話しあってくれ」

キャメロンは顔を曇らせた。「でも朝食を作ってくれたんでしょう。一緒に食べない？　とてもいいにおいだわ」

コリンはかがみこんでキャメロンの額に優しくキスをした。「ひとりで食べたほうが取り分が多くなるだろう。きみのほうが手料理に飢えている」

キャメロンは彼の顎をつかんだ。「また人の冷蔵庫を調べたんでしょう？」

「悪い癖だな、本当に」

コリンとキッチンへ戻ったとき、キャメロンが最初に気づいたのは、ジャックが居心地悪そうにしていることだった。日曜の朝に自分といるなんて、心がはずまないのだろう。

「邪魔をして申し訳ない」ジャックが言った。

「気にしなくていいよ。もう帰るところだった」コリンが言った。「仕事があるからね」

ウィルキンズが顔を輝かせる。「来週のコラムかい？　何を書くか、少しだけ教えてもらえないかな？　大ファンなんだ」最後の言葉はキャメロンに向けて言う。

ウィルキンズは好青年なので、キャメロンは目をぐるりとまわしそうになるのをこらえた。コリンのこととなると、男たちはいつもオタクモード全開になる。いかに男たちが自分に夢中になるかはコリンの健全なうぬぼれが示している。「有能なライターだものね」彼女は口先だけで褒めた。

コリンが鼻先で笑った。「知ったふうな口をきくんだね。最後にぼくのコラムを読んだのはいつだい？」

キャメロンは手をひらひらさせて鼻先であしらった。「いつも読んでるわよ」

「へえ。じゃあ、先週のコラムには何が書いてあった?」

「スポーツのことよ」

コリンはウィルキンズとジャックのほうを向いた。「これだから、ぼくは男のほうがいいんだ」

ジャックとウィルキンズがコリンの発言を咀嚼する様子を、キャメロンは見守った。ウィルキンズは目をしばたたいている。「驚いたな。気づかなかったよ、きみが……」気まずそうに言いよどむ。

「ホワイトソックスのファンだってことを? よく言われるんだ」コリンはからかうように応じてから、キャメロンの頰に軽くキスをした。「キャム、もてなしてくれてありがとう。第二次失恋モードにつきあってくれる余裕があるなら、また電話をかけるよ。リチャードとのその後を報告しないとね。出ていくときに、彼が自分のCDも荷物に入れたことを願うよ。いくらゲイだからってエンヤはないよな……本気なのかと疑った」別れの挨拶として、捜査官ふたりにうなずいた。「ウィルキンズ、会えてよかったよ。ファンに会うのはいつでも歓迎だ。きみの相棒が〝キャリー・ブラッドショー〟のことを仲間に話しても、あまりからかわれないよう祈っているよ。それからパラス捜査官、これは男同士の話だが、ぼくの大事な友人をまた全国ネットのテレビ番組で侮辱するような真似をしたら……」そこで口をつぐんだ。

全員が次の言葉を待った。ジャックが続きを問いたげに眉をあげる。「どうするんだ？」

コリンが自分でも驚いているような表情をキャメロンに向けた。「何も浮かばないな。ずっと完璧な捨て台詞(ぜりふ)を頭に思い描いていたのに、いざ男っぽい脅し文句を吐く場面になったら頭の中が真っ白になってしまった。いやになるよ」自分にうんざりした様子で肩を落としていたが、やがて気を取り直した。「まあ、そんな感じだ。じゃあ、また」

そう言うと、振り返りもせずに立ち去った。

7

コリンが玄関を出てドアを閉めると、キャメロンはふたりの捜査官に肩をすくめてみせた。

「あの人、たまに過保護になるの」キャメロンは弁解ではなく説明するつもりで言った。しかし実のところ、コリンという男性の謎を余すところなく説明するには、その朝だけでは足りないほどの時間がかかるだろう。

「いつからの友人なんだい？」ウィルキンズが訊いた。

「大学からよ。四年のときに、彼とエイミーという友だちと三人で暮らしていたの」

キャメロンはフリッタータに目を留め、自分が空腹なことに気づいた。カウンターにもたれたジャックを見ると、すぐに帰りそうな気配はなく、彼女はため息をついた。どうやらしかめっ面のＦＢＩ捜査官をサイドメニューに、朝食の卵料理を食べることになりそうだ。「ホッジズの捜査のことで話があるんでしょう？」シンクの左側の頭上にある戸棚から皿を三枚出した。一枚をウィルキンズに渡し、フリッタータを手で示す。「ご自由にどうぞ。コリンのオムレツほどじゃないけど、これも絶品よ」

キャメロンがジャックにも皿を差しだすと、彼は驚いた表情を浮かべた。キャメロンにも人並みに欠点はあるが、来客に失礼な態度を取るほどの欠点はない。いや、正確に言うと、来客に鼻持ちならないくらい失礼な態度を取るほどの欠点はない。いくらその来客が全国ネットのテレビ番組で彼女にタマがついていないことを喧伝したからといって、いわれのない非難や冷遇は控えるべきだ。

「おれはいい……さっき食べたばかりだ」ジャックがぎこちなく言った。

キャメロンはジャックの視線を感じながら、自分とウィルキンズ用のフォークとナプキンを出した。ジャックの視線を無視し、調理器具を入れた引き出しをはたと見つめる。フリッタータを切り分けるには何を使うべきだろう？ ピザカッター？ それともパイカッター？

「フライ返しでいいんじゃないか？」

キャメロンはからかうように自分を見ているジャックに気づいた。

「きみの左側にある、持ち手のついた平たい金属製の調理器具のことだ」

「フライ返しくらい知ってるわ」キャメロンはきっぱり言った。それに使い方だって知っている。グリルしたチーズサンドイッチをひっくり返すためのものだ。チーズサンドイッチは彼女が焦がさずに作れる数少ない料理だ。だいたい五十パーセントの割合で成功する。四十パーセントかもしれないけれど。

キャメロンはフリッタータをたっぷり皿にのせると、カウンターにもたれたジャックの反対側に座った。自宅のキッチンの狭い空間で彼の近くにいるのは妙な気がした。親密すぎる。

「捜査の手がかりは得られたの？」キャメロンは食事をしながら訊いた。

「まだだ」ジャックが答えた。「今は鑑識の報告待ちで、これから数日かけてホッジズのスタッフの話を聞くことになっている。ここに来たのは、きみの安全に関して話しあうためだ」

キャメロンは食べるのをやめ、皿をカウンターに置いた。いやな予感がする。「安全に関してというのはどういうこと？」

「身辺警護をつけさせてもらいたい」

不安で胃がよじれた。「それって必要なの？」

「予防策だと思えばいい」

「どうして？　わたしが危険にさらされると考える根拠があるわけ？」

「今回のような注目を集めている殺人事件の目撃者なら、それが誰であっても監視下に置くだろう」ジャックは曖昧に説明した。

「答えになっていないわ」キャメロンは彼の相棒のほうを向いた。「ウィルキンズ、あなたなら答えてくれるでしょう？　いい捜査官なんだもの。正直に教えて」

ウィルキンズがほほえんだ。「珍しいことに、今回はジャックも悪い捜査官として言ってるんじゃないと思う。きみに身辺警護をつけるべきだと言ったのはジャックなんだ」

「そういうことなら、わたしの命運も尽きたというわけね」

驚いたことに、キャメロンはジャックが唇をゆがませるのを見た。誓って言えるが、笑いをこらえている。

「命運は尽きてないから大丈夫だ」ジャックが言った。「今からおれが言うことを聞いて気が楽になるかどうかわからないが、この話には政治が絡んでる。デイヴィスは、FBIの捜査に協力している連邦検察官の身に何ごとも起こさせまいと決意している」

「また論点をそらすのね。理論的に考えて、わたしが危険にさらされる可能性はないでしょう？　犯人はわたしを見ていないのよ」

「あのホテルの部屋での出来事については、いくつかの見解がある」ジャックは言った。「おれの勘では、誰かがホッジズに殺人の罪を着せようとした。その場合、FBIがホッジズをまだ逮捕していないことに気づいた犯人が怪しみはじめるだろう。それにきみが事件に関与していることは今のところ伏せてあるが、情報がもれる危険性もあるし、その可能性を無視するのは愚かだ。だから万が一に備えておきたい」

「でも男をちゃんと見たわけじゃないのよ。道で真正面から近づいてこられても気づきそうにないわ」

「だからこそ警護が必要なんだ」

キャメロンは沈黙した。女性が窒息死させられたのだから事態が深刻であることは理解していたものの、あの夜から時間が経ったせいで、彼女は淡い期待を抱くようになっていた。楽観的すぎるかもしれないが、マンディ・ロバーズの死とホッジズ上院議員の恐喝にまつわる謎に対して、自分の役割はもう終わっただろうと。

頭痛が起こりそうな気がして目頭をつまむ。「あの夜、ほかのホテルならどこでもよかったのに、よりにもよってペニンシュラを選んでしまったのね」

「キャメロン、われわれがきみの安全を守る」自分を安心させようとする予想外の言葉を聞いて、キャメロンは顔をあげた。ジャックはさらに何か言おうとしたようだが、また無表情に戻った。「きみは重要な証人だからな」

「わたしを監視するのは、あなたたちふたりだけ？　それともほかの捜査官もかかわってくるの？」

「いや、ＦＢＩは捜査を優先することになっている。警護に関してはシカゴ市警の担当になるんだ」ウィルキンズが答えた。

つまり、ジャックが警護にあたるわけではないのだ。「あら、よかったわ」ジャックと日常的に接触するなんて、考えるだけでも落ち着かない。別に彼に対処できないわけではないが、朝から晩までにらみつけられると気が休まらない。あの怒りを秘めた油断のない視線にさらされれば、誰だって神経に障る。

「身辺警護はどんなふうにするの？」検察官の仕事として、証人を保護拘置下に置くことはある。ジャックの言うとおり、単なる予防策としてだ。だが自分が保護される側になるのは初めてだった。

「きみの在宅中は常に家の前に車を停める。通勤は警察官が後続する。検事局にいるあいだは、ビルの警備員が守ってくれるだろう」ジャックが言った。

キャメロンはうなずいた。連邦検事局はダークセン連邦ビル内にあり、ビルにはイリノイ州北部地区連邦地方裁判所と第七巡回区控訴裁判所もある。ビルに入る者は全員、金属探知機を通過しなければならず、彼女が働くフロアに行く者は身分証の提示を求められる。「職場や自宅以外の場所に行く場合は?」

「たとえば?」

「日常生活でよく行く場所よ。食料品店とかジムとか。友だちとランチに行くこともあるわ」キャメロンは水曜の夜にデートの約束をしていたけれど、わざと言わなかった。そんな細かい情報は他人には関係ない。まあ、コリンとエイミーには知らせてあるが、彼らは他人ではない。ふたりにはなんでも話している。

「食料品店でも、ジムでも、ランチをとる店でも、その建物の前で警察車両が待機することに慣れてもらうしかないな」ジャックが尊大な態度で言った。「もちろん自分でも警戒してほしい。警察の監視は予防策にはなるが、あらゆる場所についていけるわけじゃない。行くのはなじみのある場所だけにして、常に油断しないことだ」

「わかったわ。携帯電話で話しながら薄暗い通りを歩いたり、iPodで音楽を聴きながら夜のジョギングをしたり、地下から聞こえる不審な物音を確かめに行ったりするのは絶対にだめだということね」

「そんなことは普段でも絶対にやめてほしい」

「するわけがないでしょう」

ジャックは彼特有のまなざしでキャメロンを見据えた。

キャメロンはカウンターに寄りかかった。「わかったわよ、認めるわ。夜に走りながらブラック・アイド・ピーズの曲を聴くことがあるの。長時間労働で疲れていてもノレるから」

ジャックはその言い訳にはなんの関心も示さなかった。「きみとピーズにはルームランナーに慣れてもらう以外にないな」

キャメロンはウィルキンズがいるのを意識して、反撃するのをこらえた。彼はふたりのやり取りを楽しそうに眺めている。

それにしても、シカゴにはホテルの部屋が三万室はあるというのに、どうして彼とつながる部屋を選んでしまったのだろう。

8

「ＦＢＩがいったい何を調べているのか、まったく気にならないのか？」

バーの薄暗い片隅のテーブルをわざと選んだので照明は暗かったが、ホッジズ上院議員のチーフスタッフであるアレックス・ドリスコールがひどく神経質な男だということは一目瞭然だった。尖(とが)った声とそわそわと周囲を見まわす目から、グラント・ロンバードはドリスコールが頭を働かせようと必死になっているのがわかった。

「もちろん気になる」グラントは返事をした。「だがＦＢＩを探ったところで回答は得られない。そのうえ、ホッジズを刑務所に送りこむはめになるかもしれない」

ドリスコールが身を乗りだして声を落とす。「いやな予感がするんだ。連中は何か隠してる。ホッジズがまだ逮捕されていない理由が知りたい」

「弁護士たちはなんて言ってるんだ？　金を払っているんだから、なんらかの情報をよこすべきだろう」

「弁護士にはおとなしくしてろと言われている」

「じゃあ、言われたとおりにしてるべきじゃないか」グラントはビールをひと口飲んだ。いつもはビールなど選ばないが、それより強い酒を飲んでしまうとドリスコールの意図を読み取れなくなるかもしれない。

「おまえはホッジズのボディガードなんだから、もっと関心を持ってもいいと思うがな」ドリスコールは吐き捨てるように言うと、ウエイトレスが飲み物と一緒に持ってきたナプキンをつかんで額をぬぐった。

グラントはその仕草を見逃さなかった。はっきり言って、FBIがスタッフ全員の話を聞きに来たとき、ドリスコールが発作やヒステリーを起こさず乗りきったのが不思議なくらいだ。

「おれが言いたいのは、この件は慎重に対処すべきだってことだ。おれと話すようにホッジズから言われたのか?」グラントは訊かなくてもわかっていることを訊いた。ホッジズのことならなんでも知っている。

「そんなわけがないだろう。ホッジズは逮捕されていないことに感謝してるし、最近ではジャック・パラスの許可なしでは小便すら行かないほどだ」ドリスコールはウイスキーのロックをあおると、落ち着きを取り戻したようだった。そうでないならドリスコールはグラントが思っているよりも役者で、戦法を変えたということだ。「いいか、グラント、おれたちが一緒に働くようになってから結構経つ。だから今回みたいなスキャンダルをいつまでも抑えこんでおけないことは、おまえも承知しているだろう。いずれ誰かがマスコミに何かもらすはずだ。おれはホッジズの最高顧問として、そのリークをもみ消さねばならん。できれば情報が拡散される前に」

グラントは躊躇するふりをした。すると思ったとおり、ドリスコールはいっそう力んで言った。

「グラント、頼むから堅物を装うのはやめてくれ。おまえはもう一年以上、ホッジズがあの娼婦と遊ぶのを世間の目から隠してきただろう」

グラントはドリスコールの目を見据えた。「おれにどうしてほしいんだ？」

「ＦＢＩが何をつかんでいるのか調べてくれ」

「弁護士が二十五人もそろっていながら入手できない情報を、なんでおれが入手できると思うんだ？」

「おまえには別の手段がある。今までも力になってくれたじゃないか」ドリスコールが言った。

「おれが使う手段には軍資金が必要だ」

「金は必要なだけ使えばいい。答えが得られるならな。おれが知りたいのは、ＦＢＩが何を隠しているかだ。それもすぐに知りたい」ドリスコールは立ちあがって財布を出し、紙幣を何枚かテーブルに投げた。「何かわかったら、直接おれに報告してくれ。ホッジズは何も知らないし、知らせる必要もない」

「あんたみたいに尻ぬぐいをしてくれるやつがいて、ホッジズはラッキーだな」グラントは言った。

ドリスコールはグラスを手に取り、琥珀色の液体を見つめた。「ホッジズがおれの苦労の半分でもわかってくれたらな」残りをひと口で飲み干すと、グラスを置いてその場をあとにした。

グラントは、ドリスコールが臆病な愚か者で助かったと思いながら、またビールをひと口飲んだ。

チーフスタッフからスパイ活動を仰せつかった今、グラントは大手を振って自分の手段を使い、ＦＢＩを探ることができる。おまけにやつらの捜査をどのくらい憂慮すべきかもわかっている。連中が何かを隠していることは、ドリスコールのような愚か者でさえも理解している。あの事件に関してグラントが個人的に知っていることを考えあわせると——それは事件の全貌でもあるわけだが——ＦＢＩがマンディ・ロバーズ殺しの容疑でホッジズ上院議員をまだ逮捕していないのは、グラントが見落とした何かをやつらが見つけたからだと解釈するしかない。グラントは平静を保っているように見えたかもしれないが、FBIが何かを隠しているのだと考えると、いまいましいほどの緊張を覚えはじめた。自分が何か見落とした可能性があると考えることは、単なる妄想だとも言えないからだ。

なにしろあのあばずれを殺したあと、彼は少し慌てていた。

マンディ・ロバーズ。

自分の尻に火がついていなければ、グラントはこの皮肉な状況をひとしきり笑っただろう。マンディは死んでからも相手をはめている。凄腕の娼婦でなければそんな真似はできない。

ホッジズによるマンディ評がその半分でも正しいのなら、あの女は本当に凄腕だったはずだ。

グラントがホッジズのもとで働くようになって三年近く経つ。アメリカ上院議員であり超富裕層でもあるホッジズは（CNNの最近の調査によると、彼の純資産は八千万ドル近くにのぼるという）長年、ボディガードを雇ってきた。三年前、前任のボディガードがシークレットサービスに転身したとき、友人の友人がグラントを後任に推薦してくれたのだ。

グラントはだいたいにおいてホッジズのもとで働くのを気に入っていた。それはもう退屈しない仕事だからだ。簡単に言うと、ホッジズ本人とその政治生命にかかわる実質的脅威と潜在的脅威の両方に対応している。直接的なものも間接的なものも含めてだ。それゆえホッジズのボディガードとしてあらゆる場所に同行し、仕事をともにするさまざまな外部セキュリティや捜査機関とホッジズとの連絡係を担っていた。ホッジズがときどき受ける殺しの脅迫に対応する政府官僚や連邦保安官から、合衆国議会議事堂や上院議員会館の警備員に至るまで、保安に関係する人員全員との連絡を任されているのだ。

グラントはこの三年間でホッジズが最も信頼する側近のひとりになっていた。ドリスコールが知らない内情にまで通じている。

たとえばホッジズがあの胸くそ悪いバイアグラを使いはじめた経緯などもだ。

ホッジズが言うには、あの青い錠剤を服用しはじめたのは妻との行為に役立てようと思ったからだそうで、グラントもそれは疑っていない。ホッジズは根っからのお人よしで、グラントが今までに会ってきた政治家の大半よりも人がいい（しかも仕事の性質上、グラントはかなりの数の政治家に会う機会がある）。しかし大半の政治家と同じく、ホッジズもお世辞に弱く、自分は無敵だという見当違いな自己認識を抱いていた。そんなわけであの青い錠剤が効果を示しだすと、ホッジズの精力もみなぎりはじめ、いわゆる〝女性とのつきあい〟が盛んになりはじめた。変化に富んだ、費用のかかるつきあいだ。

数カ月もすると、あるパターンができた。ホッジズは市内で仕事が夜遅くまでかかると、ノース・ショアにある自宅まで車で五十分かけて帰るのではなく、ホテルに宿泊するようになったのだ。そうした夜は、グラントが女をホテルに手配することになっている。ホッジズはたいていの浮気男よりも頭がいいか、あるいは被害妄想が激しいか、あるいはその両方の性質を兼ね備えており、女を自分の部屋には決して招かないようにしていた。市内に浮気用のコンドミニアムを買ったりもしなかった。リポーターに見張られ、訪問者の行き来を嗅ぎつけられるのを恐れてのことだ。

マンディ・ロバーズはエスコートサービスがよこした最初の女ではなかったが、ひと晩寝ただけでホッジズのお気に入りとなった。そしてグラントはホッジズの知らないうちに、ホテルの外で車を停めて、女たちが無事にホテルから出たかどうか確認するようになった（すなわち、真夜中に女たちが誰にも見られずにホテルからとっとと立ち去るのを確認する任務を、頼まれてもいないのに引き受けるようになった）。議員を守るのがグラントの仕事なので、最初は忠誠心のような気持ちから監視していたのだが、ホッジズの外聞の悪い秘密をできるだけ握っておけば利用価値があることにすぐ気づいた。

グラントは、ホッジズが代わる代わる呼ぶ女たちの様子を車から観察した。マンディは一番の美人というわけではなかった。真っ赤な髪を別にすれば、彼女の外見は十人並みといったところだったが、グラントはそれが魅力なのだろうと思った。目を奪われるほどの美人ではないからこそ、ホッジズはマンディが自分のことを心底好いてくれているという幻想を抱いたのだろう。別れ際に渡す現金二千ドルではなく、自分を気に入ってくれているのだと。それは情事の四時間だけ描ける幻想だった。

一方のグラントは、マンディの野心的な一面を見抜いた。

それは彼女がホッジズと過ごした三度目の夜のことだ。そろそろ自分が定期的に呼んでもらえるようになったと思ったのか、マンディは行動を開始した。ただしその行動の内容をグラントが知ったのは、数カ月経ってからだ。

その夜のホテルはフォーシーズンズだった。マンディはホテルに着いてから予定どおり四時間後に出てくると、行き交う空車のタクシーを無視してグラントを驚かせた。通常、女たちはホテルからそそくさと立ち去る。さっさとシャワーを浴びたいのだろう。ところがマンディはしばらくあたりをぶらついたあと、きびすを返し、黒い革のハイヒールブーツですたすたとグラントの車に近づいてきた。そして車のウィンドウをノックし、グラントが開けると首を傾けて車内をのぞきこんだ。

「バーでちょっと飲まない?」ヘビースモーカーらしい声だった。

女からのそうした誘いは普通なら性的な意味があるものだが、グラントはそれ以上の含みがあると察した。たしかに彼はハンサムで、アメリカ海兵隊時代に鍛えあげたたくましい体を維持するために毎日のトレーニングに余念がなかったとはいえ、ほかの男と――しかもグラントの上司と――寝てきたばかりの女が、その直後に肉体関係を迫ってくるのは気持ち悪すぎてありえないと思ったのだ。

グラントは相手が何か企んでいると判断し、誘いに応じた。正直なところ、興味を持った。一時間後にはさらに興味をかきたてられていた。マンディから何も持ちかけられずにホテルのバーから出ることになったからだ。グラントは彼女がただ飲みながらおしゃべりを楽しんでいたという印象しか持たなかった。マンディはグラントとその経歴について知りたがっている様子だったが、彼は自分については取るに足りないことを少し話しただけだ(しかも正直に言って、驚くような内容ではなかった)。

「ずっとエスコートを続けるつもりはないの」彼女はため息をついて言った。

そうなのか。娼婦には割のいい年金プランでもあるのだろうと思っていたが。

けれどもグラントは黙っておいた。次にホッジズに会ったあとも、マンディはグラントを飲みに誘った。その次もだ。それはふたりのお決まりのパターンになり、その会話がうわべだけでなくなるまでに長くはかからなかった。とはいえ、ふたりとも充分に警戒していたため、遠まわしな会話が五カ月続き、さんざんまわり道してからようやく話が核心に迫ることになった。

恐喝の話だ。

話がまとまったのは、ふたりともがギャンブラーだったからだ。グラントが得意なのはポーカーだったが、大金がかかったテーブルで不運な痛手をこうむり、クレジットカードの支払いが重くのしかかっていた。一方、マンディのお得意はセックスだ。彼女はエスコートサービスが完璧な獲物をよこすのを待ちわびていた。イリノイ州の既婚の上院議員がホテルの部屋に現れると、マンディは彼こそが自分の求めていた獲物だと思った。

グラントとマンディの計画は三部構成になっていた。まずは、上院議員と有権者の従来の関係を逸脱していると通常考えられるサービス行為に没頭するホッジズをビデオ撮影する。マンディがそのコピーをホッジズに突きつけ、金を要求する。ホッジズは恐喝に尻ごみし、自分が最も信頼する側近でありボディガードでもあるグラントに相談する。グラントはホッジズが取りうる選択肢を大げさに示す。そしてホッジズに対する自分の発言力を駆使して、関係当局に駆けこませないよう誘導し、最後にはしぶしぶながら金を払うしかないと説得するのだ。

ふたりは慎重に計画を立て、直接会う以外に相談はしなかった。電話やメールのやり取りはしていない。ふたりを関連づける記録はない。彼らは一度限りの取引にすることで合意し、事が終われば二度と会うつもりはなかった。マンディはエスコートサービスを辞めて街を出る。グラントは部下が恐喝にかかわっていたことを知らない愚鈍なホッジズのもとで、それまでどおり仕事を続ける。

ふたりは五十万ドル要求することにした。

しかしそれでは足りないという話になり、要求額を百万ドルにつりあげることにした。

ホッジズにとっては法外な額ではない。彼の家族は国内でも有数の食料品店チェーンを創業し、NFLフットボールチームまで所有している。百万ドルなど、はした金だ。だがギャンブルで損失をこうむったグラントが経済危機から立ち直るには充分な額で、マンディが今の生活から抜けだすにも充分な額だった。儲けは折半することで話がついた。

少なくともグラントはそう思っていた。

計画を実行に移すときが来たのは、ひとりあたり千ドルの料理が供される、小児病院のための資金集めのチャリティイベントにホッジズが招待された夜だった。イベントで遅くなるため、夜は市内で過ごすことになる。ホッジズに〝必要な手配〟を命じられ、グラントは言われたとおりにした。彼らはホッジズがよく利用するペニンシュラに宿泊することになっていた。グラントも内部を熟知しているホテルだ。その年の初め、ホッジズの息子とその妻、孫ふたりがホテルに宿泊したとき、グラントはホテルの警備員に内部を案内してもらったのだ。おかげで必要な情報はすべて入手できていた。最も重要である監視カメラの位置まで把握できていた。

マンディは一三〇八号室を希望した。以前、泊まったことのある部屋だ。位置的に必要条件を完全に満たしている。そこは角部屋で、吹き抜け階段から廊下を隔てた位置にあり、あまり人目につかずに出入りできた。グラントとしては、不吉な数字とされる一三という番号にもスリルを覚えた。自分の上司から百万ドルを巻きあげることを企てる、しかも公平で自分にも敬意を示してくれる上司を陥れようとするなんて、ほかのやつなら罪悪感を覚えたかもしれないが、グラントはそんな男ではない。

ホッジズ上院議員には弱点がある。もちろんグラントにもほかの人と同じく弱点はあるとはいえ、ホッジズは他人の餌食になる立場に自らを追いやった。それが彼の愚かな点だ。しかもあの男はそういった弱点をうわまわるほどの金を持っている。その富の一部をこちらに流してもらっても、なんら悪いことはない。ホッジズのプライベートについてグラントが知っている事柄を考慮すれば、それを口外しないことへの礼として金を頂戴するようなものだ。

とうとう計画実行の夜となり、すべてが順調に運んだ。チャリティイベントが終わり、ホッジズが思慮深くも妻におやすみの電話をかけに部屋へ向かうと、グラントは自分の車でホテルから数ブロック離れた暗い通りに入り、勤務中は必ず着ているスーツとネクタイをすばやく外した。そして目立たない黒のブレザー、フード付きTシャツ、ジーンズをすばやく身につけた。万が一、一三〇八号室付近で誰かに姿を見られたとしても印象に残りにくい服装だ。数分後、彼は車を駐車場に停め、裏口からホテルに入った。マンディの部屋につながる吹き抜けを見つけ、十三階まで急いでのぼる。予定を細かく決めていたため、到着したばかりのマンディもちゃんと部屋で待っていた。彼女はグラントの指示どおり、ウェルズ・ストリートにある探偵グッズの店で小さなビデオカメラを事前に購入していた。

グラントはビデオカメラを調整し、マンディに使い方を手早く教えてから、キングサイズのベッドの正面に都合よく置かれていたテレビの後ろに設置した。

「どうして手袋をはめてるの？」黒の革手袋をつけてビデオカメラを設置するグラントを見て、マンディが尋ねた。

今になって思うと、もう少し慎重に考えてから返事をするべきだったのかもしれない。あれはトラブルの前兆だった。

「念のためだ」グラントはそっけなく答え、テレビを収納している戸棚の扉を少しだけ開けて、ビデオカメラがちゃんと隠れているかどうか確認した。

「念のためってどういうことよ？」マンディが尋ねた。

グラントが振り返ると、マンディは腕組みをしていた。疑わしそうに目を細めている。

「念のためというのはつまり、ホッジズが要求に応じないでわたしを警察に突きだした場合、あなたがこの件に関係している証拠を残したくないってこと？　念のためってそういう意味なの？」

マンディはそれまでにグラントが見たコールガールの中で一番の美人ではなかったかもしれないが、一番の愚か者でもなかったらしい。残念ながら、この状況にうまく対処するのにかける時間は充分にはなかった。

「マンディ、おれたちは上院議員を恐喝しようとしてるんだ。慎重になって当然だろ。あんただって慎重にすべきだ。でもあんたがこの件に関与してるのをホッジズに隠し通すことはできない。やつをはめようとしているのは、あんたなんだからな。それに忘れてほしくないんだが、やつに金を要求して取引するのもあんただ」

「あら、そんなふうに言われると、わたしが全部の仕事を引き受けてるみたいじゃない。忘れてほしくないんだけど」マンディは彼の口真似をした。「リスクを負ってるのはわたしなのよ」

だから女は厄介だ。マンディが直前になって文句を言いはじめることを予測しておくべきだった。

グラントはマンディの肩をつかみ、揺さぶってやりたい衝動を抑えた。「マンディ、これはあんたの発案だ。それもよく考え抜かれた案だ。冷静になって、ちゃんとやり遂げよう。これは真剣勝負だ」

マンディがうなずくまでにしばらく間があった。「そうね」ため息をつく。「ごめんなさい、グラント。ちょっと緊張してるみたい」

「緊張するな。ホッジズがノックをする音が聞こえたら、ビデオカメラをオンにするだけでいい。戸棚の扉を今の位置に戻すのを忘れるなよ。やつが帰ったらビデオカメラをオフにしてくれ。それ以外はいつもどおりの仕事をすればいい。おれは下に停めた車で待ってるから、事が終わったら、窓際のランプを三度点滅させてほしい。それを合図におれはあがってきて、万事抜かりなかったかどうかテープを確認する。そのあとは、あんたも通常どおりホテルを出るといい」

「ありがと、ボス。ほかに何か言っておきたいことは？」マンディが皮肉まじりに尋ねる。

「ああ、本気でやってくれ」

言われたとおり、彼女はやってのけた。

グラントは窓際の合図を確認するとすぐにホテルへ入り、マンディの部屋まで急いだ。彼女に招き入れられると、テレビの後ろからビデオカメラを出してテープを確認した。冒頭から早送りで再生する。音量に注意しながら、要所要所を通常の速度で再生した。間もなくホッジズはマンディ・ロバーズと出会ったことを後悔するはめになるだろう。しかし彼も今夜だけは、ふたりが出会えた喜びを大音量で表現している。

「いい感じで映ってる？」マンディがホテルのバスローブを羽織ってベッドにもたれながら、ゆっくりとした口調で訊いた。

「最後までちゃんと映っているかどうか確かめてるんだ」グラントは答えた。恐喝のネタが映像であることの利点は、詳細に残せることだ。犬みたいに四つん這(ば)いになってスパンキングしているシーンは、それだけで五十万ドルの価値があるだろう。

グラントは早送りで再生しながら、上下に動く上院議員、跳ね返るマンディ、笑える速度で揺れるベッドなどを最後まで見届けた。ホッジズが帰る前に現金を渡す場面になると、マンディはふたりがビデオカメラに正面から映るよう巧みに誘導していた。グラントはそのシーンを満足げにスロー再生した。最後の映像はビデオカメラをオフにするマンディだった。

見終わると、グラントはテープを出してマンディに渡した。事前の話し合いで、ホッジズに見せる前にマンディがコピーを作ることになっている。「よくやった」グラントは言った。

マンディはにんまりしてベッドからおりた。「ありがと」デスクに置いたバッグをつかみ、中にテープを入れると、デスクにもたれてグラントを見つめた。「さっきはいやなことを言って悪かったわ」グラントの手元を顎で示した。「手袋をはめてるのを見て、一瞬うろたえちゃったの。でもあなたの言うとおり、これは真剣勝負なんだから慎重になるべきよね。あなたが予防策を講じる必要があったのは理解してるわ。

だからわたしにも予防策が必要だってことを理解してくれるわよね」

マンディの目が一瞬きらりと光ったので、グラントは不審に思った。「どういうことだ？」

彼の言葉に応えて、マンディがバスローブの深いポケットに手を入れた。グラントは反射的にいつも身につけているショルダーホルスターに手を伸ばし、銃を抜いて構えた。しかし彼女のほうが一瞬早く手をポケットから出し、銀色に光るものを見せた。

グラントが目にしたのは小型のテープレコーダーだった。

いらだちながら、安堵の大きなため息をつく。「頼むよ、マンディ。なんだそれは？」

「言ったでしょ、予防策よ」マンディがレコーダーの再生ボタンを押し、抑えてはいるがグラントには間違いなく届くくらいの音量で聞かせた。

〝ごめんなさい、グラント。ちょっと緊張してるみたい〟

〝緊張するな。ホッジズがノックをする音が聞こえたら、ビデオカメラをオンにするだけでいい。戸棚の扉を今の位置に戻すのを忘れるなよ。やつが帰ったらビデオカメラをオフにしてくれ。それ以外はいつもどおりの仕事をすればいい。おれは下に停めた車で待ってるから、事が終わったら、窓際のランプを三度点滅させてほしい。それを合図におれはあがってきて、万事抜かりなかったかどうかテープを確認する。そのあとは、あんたも通常どおりホテルを出るといい〟

〝ありがと、ボス。ほかに何か言っておきたいことは？〟

〝ああ、本気でやってくれ〟

マンディは不敵な笑みを浮かべてレコーダーを止めた。「あなたに教えてもらったウェルズ・ストリートの探偵グッズの店に掘り出し物があったの」レコーダーを掲げてみせた。「最近のレコーダーってこんなに小さく作れるのね。さっきあなたがいたとき、ずっとポケットに入れてたの。気づかなかったでしょ？」

「次からはあんたのボディチェックをするべきだな」グラントは嫌みを言った。「マンディ、テープをどうするつもりだ？」

「ふたりの取り決めについて、改めて交渉したいの」

「分け前を増やしてほしいのか？」

「わたしが全額もらうべきだわ」

「おれが同意するとでも思ってるのか？」

「同意しなければ、これを持ってホッジズのところに行って、全部あなたが考えたことだって言ってやるわ」

「やつがおまえの言うことを信じるわけがない」

「男って下半身で考えるときは、信じるべきでないことを信じてしまうものなのよ」マンディはレコーダーを振ってみせた。「それにわたしの言うことを信じてもらう必要はないわ。このテープに全部記録されてるんだもの。このちょっとした会話を聞いたら、あなたが考えついたことだと思うでしょうよ。すてきじゃない？　わたしがあなたに説得されてるように聞こえるでしょ。もちろんわたしもホッジズにそう言うわ。警察にもね」

グラントは自分が落ち着きを失ってもよさそうなものだと思った。いや、パニックを起こしてもおかしくない。だが反対に、冷たい怒りが胸の内に燃えあがるのを感じた。しかもなぜか不思議なくらい落ち着いていた。

「分け前は半分というのを譲るつもりはない」

マンディがばかにしたように声をあげて笑った。「半分ですって？　十分の一でも多いくらいよ。これはわたしが考えたのよ。仕事をやったのも全部わたし。あなたにしてもらおうと思ってたのは、ホッジズが警察に訴えようとするのをとどめることだけ。それは予定どおりやってもらうわ。議員を恐喝したかどで二十年刑務所に入りたくなければね。もしわたしが捕まったら、あなたも道連れよ」一瞬、笑みを浮かべた。

「悪いわね、グラント。でも、これは一度限りの取引だってことで合意したでしょ。思いっきり楽しまなきゃ」

マンディは得意になっていた。悦に入って自信満々だ。

自信過剰なほどに。

グラントはマンディに銃を向けたままその場に立ちつくしていた。頭にはひとつのことしかなかった。

マンディはレコーダーをポケットに戻すと、彼の手元に平然と視線を向けた。「グラント、銃をしまいなさいよ。撃つつもりがないことは、ふたりともわかってるでしょ」背を向けて、バスルームに向かいかけた。

グラントはブレザーの内側に手を入れ、銃をショルダーホルスターに戻した。「あ、そうだ。撃つつもりはない」出し抜けにマンディに飛びかかり、喉元をつかんでベッドに押し倒した。相手が予想もしていなかったのが痛快だった。倒れた拍子にベッドが大きな音をたてて壁にぶつかった。マンディが叫びだす前に、グラントは彼女にのしかかった。またしてもベッドが壁にぶつかる。彼はマンディを押さえつけ、片手で口をふさいだ。「誰を相手にしているのか、わかってないみたいだな。どっちが主導権を握ってるのか思い知るがいい、この売女(ばいた)が」押し殺した声で言った。

マンディが目をみはる。グラントの突然の逆上に、ついに恐怖を引き起こされたのだ。彼女は抵抗しはじめた。グラントはそばにあった枕をつかむと、マンディの顔に押しつけた。彼女は腕を振りまわし、グラントの顔を引っかこうと爪を立て、彼を押しのけようと足を蹴りあげた。いつもの押し倒され方ではないのだろう。グラントはそう思いながら肘と胸で枕を押さえつけ、マンディの両手をつかんで自分の膝下に置いて動きを封じた。

マンディは死にものぐるいで抵抗した。

グラントはそのまま時間をかけて待った。相手がパニックを起こしていること、自分が優位に立っていることに妙な興奮を感じた。恍惚（こうこつ）としていた。マンディの目に浮かぶ降伏を読み取り、彼は枕を外そうとした。だが、そのとき気づいた。マンディが頭のどうかした狡猾（こうかつ）な女で、本心では決して降伏していないことを。そもそも信頼したのが間違いだったと気づき、その瞬間、自分の愚かさを憎んだ。マンディがなんと言おうと、なんと約束しようと、その口から出る言葉を二度と信頼できない。せっかく綿密に計画したのに、この女のせいでわずかな金すら手に入らないどころか、自分のほうが追いつめられる立場に置かれた。もちろんテープを奪うことはできるが、マンディが口を閉ざしたままでいるとは絶対に思えない。グラントがホッジズを恐喝しようとした事実を、今後いつでも振りかざすことができるのだ。たとえこの街から出ていくようマンディを説得できたとしても、いつかこの女が戻ってきて何か要求してくる日が来ると思わずにいられない。

グラントはこれだけは確信していた。びくびく背後を振り返りながら残りの人生を過ごしたくはないということだ。マンディに弱みを握られたままでいたくない。ふたりは共犯者のはずだったのに、今や信じられるのは自分だけだ。もはやほかの選択肢は考えられない。

だから枕を外さなかった。

思ったより時間がかかった。マンディはどんどん力を失っていったが、それでも抵抗をやめなかった。女が動かなくなってからたっぷり二分が経ってから、グラントはようやく手袋をはめたままの手で枕を外す気になった。

マンディの目は開いたままで、うつろだった。事切れた体を見おろしながら、グラントが最初に気づいたのは、もっと何か感じてもよさそうなのに、何も感じていない自分に対する驚きだった。後悔はない。ただ……何も感じなかった。海兵隊に所属した経歴はあるが人を殺した経験はなく、実際に誰かを殺せば大きな感情の動きがあるだろうと思っていた。

どうやらそうでもないらしい。

グラントは起きあがり、目にかかっていた髪を払った。マンディの体からおりると、早くホテルの部屋から出たほうがいいと思った。できるだけ早く。思考がやみくもに駆けめぐり、アドレナリンが噴きだしている。頭をはっきりさせるのに数秒かかった。作戦が必要だったが、すぐにいい案が浮かび、自分でも驚いた。

ホッジズを使える。

彼の指紋は部屋じゅうに残っている。エスコートサービスには、今夜マンディと過ごしたのがホッジズだという記録があるだろう。ホッジズとマンディが絡みあっているテープを残しておけば、警察はそれが殺しの動機として充分だと考える。かっとなったホッジズが殺したと推測するはずだ。マンディがホッジズを恐喝しようとして、彼がパニックを起こして相手を殺害したという筋書きでいける。

うまくいくはずだとグラントは自分に言い聞かせた。いかないわけがない。そもそも選択肢は多くなかった。死んだ娼婦とホテルの部屋で突然ふたりきりになった者が選びうる筋書きなど限られている。プランAは、とっとと逃げだすこと。プランBは、誰かに濡れ衣を着せることだ。

グラントはマンディが身につけているバスローブのポケットに手を入れ、テープレコーダーを見つけた。それをジーンズの尻ポケットにしまって、上からブレザーで隠す。ビデオカメラをテレビの後ろに戻してからドアへと急ぎ、Tシャツのフードをかぶる。

誰が見ているかわからない。

自分が始めたことにけりをつけるときが来た。

グラントは空になったビールのボトルをテーブルの端に寄せ、ドリスコールが残していった紙幣に数ドル足した。バーの外に出るとコートの襟を立て、湖から吹きつけてくる秋の冷たい風を防いだ。どこか近くで線路を走る高架鉄道が轟音（ごうおん）をたてている。

グラントはドリスコールの指示を思い返した。

〝FBIが何をつかんでいるのか調べてくれ〟

グラントは何がなんでも調べあげるつもりだった。

情報が簡単に入手できないことはわかっていたが、すでに頭を働かせていた。ジャック・パラスが邪魔になるかもしれない。あの男にまつわる噂（うわさ）がほんの一部でも真実なら厄介だ。しかしパラスは敵にまわすべきではない連中を敵にまわしている。それを利用してやれるだろう。

ＦＢＩが何かつかんでいることは間違いない。今のところはそれがグラントに目をつけさせるのに充分な証拠ではないとしても、ものごとをあやふやな状態のまま放置したくない。それがはっきりすれば、対策を練るまでだ。グラントはもう十五年近く、他人の秘密や嘘を隠蔽してきた。それと同じように、今回の件も客観的な視点で確実に片づければいい。もう踊らされるのはごめんだ。過ちは繰り返さない。これからは自分が主導権を握る。

そのためなら、どんなことでもするつもりだった。

9

水曜の午後、キャメロンは予備審問のために法廷へ向かいながら、ほぼ日常生活に戻ったと納得できるほどになっていた。ほぼ。

ありがたいことに、警察の警護は懸念していたほど目障りではないとわかった。日勤の警察官を目にすることはほとんどない。彼らはキャメロンがまだ眠っている午前六時から家の外で勤務を開始する。彼女が出勤するために車で道路に出ると、彼らはうなずいて挨拶してから連邦検事局のあるダウンタウンまで後続する。そして午後六時に夜勤の警察官と交代するまではだいたい何もしない。その週キャメロンは何度か出廷したが、イリノイ州北部地区連邦地方裁判所も第七巡回区控訴裁判所も連邦検事局と同じビル内にあるため、警察官の警護は必要なかった。厳重に警備されている市内で最も安全なビルのひとつで働く者の警護を任されるのは悪くない仕事だ。彼らにちょっとした刺激を与えるために、急にパニックを起こしたふりをしてスターバックスに駆けこむという暴挙を試してみてもいいかもしれない。

夜勤担当の巡査たちとなると話は別だ。警護初日の夜、彼らは時間を割いて自己紹介をしてくれた。キャメロンは自分の置かれた奇妙な状況にもかかわらず、カミン巡査とフェルプス巡査に対して心温まるものを感じた。この三晩で、ふたりの巡査は一種のルーティーンを確立した。職場から自宅までキャメロンについてくると、異状がないかどうか家の中を点検する。そしてキャメロンがトレーニング用の服に着替えるあいだ、外に停めた覆面パトカーで待ち、ジムまでの三ブロックを行きも帰りも彼女と一緒に歩く。ジムでキャメロンがルームランナーから視線をあげると、ジュースバーで彼女を見守るふたりの巡査が視界に入るのだからたしかに奇妙な気はする。だがそれが気に入らないなら殺人犯に自分を差しだすしかないのだと思いだすと、状況の気まずさもなんとかやり過ごせた。

殺人犯が一三〇八号室から出ていくのをのぞき穴から見た瞬間のことは、何度も頭をよぎった。考えれば考えるほど、自分が見ていたことを相手は知るはずもないと確信するようになった。男はドアのほうを一度も見なかった。キャメロンがドアの向こうにいるのではないかと疑っているような仕草もしなかった。

もちろん自らの確信が間違っていると言われたいわけではない。普通に考えて、女性を枕で窒息死させるような殺人犯と自分がつながる可能性が少しでもあるのなら、充分すぎるほど警戒すべきだと固く信じている。犯人が捕まるまでは、ＦＢＩとシカゴ市警に見張ってもらうのも大歓迎だ。

その日の午後に予定されていた予備審問は、キャメロンの予測どおり滞りなく終わった。先週勝訴を決めて以来、入廷するのは初めてだ。法廷に戻るのはうれしかったが、それはその事件に限ってのことではない。被告人はクック郡保安官事務所の保安官で、ＦＢＩが仕組んだおとり捜査のドラッグ取引十二件において〝フリーランサー〟として警護をした罪で告発されていた。

法執行機関に所属する者を起訴するのは、決して気分のいいものではない。それでも、キャメロンはこの事件を担当したいと主張した。犯罪を行う普通の悪党以上に彼女の神経を逆撫(さかな)でする者がいるとすれば、それは制服を着た悪党だ。その被告人はキャメロンの父の職業を冒瀆(ぼうとく)した。したがって同情の余地はない。その事件を担当すれば自分が保安官事務所の不評を買うのは確実だったが、それはしかたがない。不評を買わない事件だけを担当するならサイラスと同類だ。

「検察官からの再主尋問はありますか？」

キャメロンは立ちあがって裁判官に言った。「はい、裁判官。あと何点か確認したいことがあります」ＦＢＩのトラスク捜査官のいる証人席に近づいた。彼はその午後最後の検察官側の証人だ。キャメロンは、裁判官がその日の審理を早く終えたがっていることに気づいた。「トラスク捜査官、反対尋問で被告人側の弁護人がした質問は、あなたが潜入捜査をしていたときに、被告人とあなたが交わした取り決めについてでした。潜入時の被告人との話し合いで、彼がドラッグ取引のための警護を引き受けるという具体的な会話はありましたか？」

トラスク捜査官がうなずいた。「取り決めははっきりしていました。わたしは被告人に五千ドル支払いました。彼はその金と引き換えに、ドラッグの受け渡し時にほかの保安官が介入を試みた場合に備えて監視役を引き受けました」

「あなたがドラッグの受け渡しをしていることを被告人が知らなかった可能性はありますか？」

トラスク捜査官はかぶりを振った。「ありません。毎回受け渡しの前に、被告人が銃を携行していることを確認してから、コカインやヘロインの具体的な取引量を話すようにしていました。それからわたしの相棒の捜査官が買い手のふりをして現場に現れると、被告人がわたしを手伝ってドラッグが入ったダッフルバッグを車に運ぶという流れです。以前、わたしの相棒は被告人から、真夜中にファストフード店の駐車場で受け渡しをするなんて、おまえたちはばかだとからかわれたと言っていました。保安官たちがトラブルが起きていないかどうか一番に確認する場所がそういった駐車場だと言われたそうです。被告人はドラッグの取引をしたいなら駅のほうがいいと教えてくれたと」

弁護人が立ちあがった。「異議あり。今のは伝聞証拠です。削除を申し立てます」

キャメロンは裁判官を見て言った。「裁判官、これは予備審問です」

「異議の申し立てを却下します」

キャメロンは再尋問を終え、検察官席に戻った。検事局は皆忙しく、人手不足でもあるうえに、その予備審問はキャメロンが考えるところの〝単純明快な〟事件に対するものだったため、検察官席に座っているのは彼女ひとりだった。

裁判官が弁護人に目を向けた。「再反対尋問はありますか?」

「いえ、ありません」

トラスク捜査官が証人席からおりた。彼がキャメロンの席の横を通り過ぎるとき、思いがけないことが起こった。

トラスク捜査官が彼女に向けて丁寧に頭をさげたのだ。

キャメロンは驚いて目をしばたたいた。見間違いかもしれないと思った。彼女が気づかなかっただけで、トラスク捜査官には首をかくんとさせる癖があるのだろうか。この三年間、キャメロンが一緒に仕事をしてきたシカゴのＦＢＩ捜査官は皆、証人席からおりても彼女には会釈すらしなかった。どうやらジャックが戻ってきた今、彼らはキャメロンがしたと思われる悪事を〝許す〟ことにしたらしい。

「検察官からはどうですか？」

キャメロンは立ちあがった。「裁判官、こちらの証人は以上です」

裁判官は裁定を下した。「検察官が訴状とともに提出したＦＢＩによる詳細な宣誓供述書に加え、本日の証言を踏まえると、本件を裁判に付するための相当な事由があると判断します。裁判は十二月十五日午前十時に開始します」

残っていた事務的な用件をいくつか片づけると、全員が立ちあがって、裁判官の退出を見送った。弁護人が被告人に何かささやいてから、キャメロンに近づいてきた。

「司法取引をしたい」弁護人が言った。

キャメロンは驚かなかったが、興味も示さなかった。「ダン、悪いけど、それはできないわ」

「クック郡保安官事務所には同じことをしている保安官がほかにもいる。わたしの依頼人が連中の名前を教えると言ってるんだ」

「彼らの名前なら、もうアルバレスから聞いてるわ」アルバレスはＦＢＩが別件で逮捕した一般市民で、何件かのおとり捜査のドラッグ取引でさらなる警護を行った者たちを白状していた。

「だがアルバレスは六月四日のミーティングにはいなかった」ダンは食いさがった。

キャメロンは書類をブリーフケースに入れた。「司法取引に応じる気なら、六月四日のミーティングの時点でとっくにあなたとその話をしていたわ。アルバレスの弁護人とじゃなくてね」

ダンが声を潜める。「頼む、キャメロン。わたしの依頼人にいい知らせを聞かせたいんだ。なんでもいい」

「しょうがないわね。わたしは汚職保安官と取引はしないって知らせてあげたら？」

ダンはキャメロンのことを人でなしと罵ってから、被告人を連れて出ていった。

キャメロンは肩をすくめて彼を見送った。

ああ……法廷に戻れて本当にうれしい。

そのあとキャメロンは連邦検事局に戻り、折り返しの電話をかけたり、翌週に必要な上訴に必要な書類の準備に取りかかる時間はなんとか捻出できるはずだと自分をごまかしたりして数時間を過ごした。六時半になると、あきらめて帰り支度をした。毎日、時間はいくらあっても足りないが、今日は特にそうだ。

その夜キャメロンは、フェルプス巡査とカミン巡査の了解を得てから、ブルーミングデールズのエスカレーターで出会った投資銀行家のマックスとのデートに出かける予定だった。ふたりの出会いは物語のようにぞくぞくするものだった。数週間前、キャメロンは昼の休憩時に靴を買いに行き、検事局に戻ろうと下りのエスカレーターに乗ったところ、携帯電話が振動して新着メッセージに気づいた。それは待ち受けていた判決に関する裁判所からの通知だったため、彼女はエスカレーターを降りて結果に目を通した。読み終えると、自分がどこにいるかを忘れていたキャメロンは、エスカレーターから降りてきた男性の進路にそのまま足を踏み入れた。ふたりはぶつかり、彼女のバッグとショッピングバッグが宙を舞った。

「まあ、ごめんなさい」キャメロンはよろめきながら謝り、言い訳をした。「よそ見をしていたの」

目の前に立っている長身の男性をちらりと見た。彼は長身なだけでなく、ブロンドで、日焼けしていて、魅力的だった。彼女はもはやよそ見をしていなかった。

キャメロンは慎み深くほほえんだ。「あの……どうも」

男性が口を開いた。「何か落としたよ」

彼はしゃがんでキャメロンのバッグとショッピングバッグを拾った。彼女は自分がはためかせているまつげが風を起こしているのを感じた。なんて紳士的なのだろう。それに濃紺のスーツがとてもよく似合っている。その仕立てから高価なスーツだとわかった。

靴箱が開き、買ったばかりのミュウミュウの銀色のストラップがついた十センチのハイヒールが片方のぞいていた。

「しゃれた靴だね」日焼けしたハンサムな男性がほほえましげに言って、キャメロンにバッグとショッピングバッグを渡し、眉をあげて尋ねた。「特別な日のためのものかな?」

「親友の結婚式用よ」キャメロンは言った。「花嫁付添人をするの。彼女は銀色の靴ならどんなものでもいいと言っていたんだけど、これでよかったのかどうか迷っているの。気に入ってくれるといいけど」

ハンサムな男性がにっこりする。「花嫁のことはわからないが、きみを結婚式にエスコートする男性は絶対に気に入ると思うな」

「そういう男性は……まだ探しているところなの」

ハンサムな男性は握手を求めて片手を差しだした。「そういうことなら自己紹介をしよう。マックスだ」

五分後、彼はキャメロンの携帯番号を手に入れて立ち去った。

「じゃあ、すでに結婚式にエスコートしてくれる相手がいた場合、彼はなんて名乗ったんだろうね？」その夜キャメロンがコリンに電話をかけると、彼はそう言ってからかった。

キャメロンは電話を切って、今度はエイミーにかけた。

「十センチもあるハイヒール？　そんなのを履いて、ちゃんとバージンロードを歩ける？」エイミーは靴のことを知りたがった。

「ふたりとも、ちゃんと話を聞いてないのね」キャメロンは言った。

「彼をわたしの結婚式に連れてくるつもり？」

「あのね、六分くらいしか話してないのよ。うっかりしていて誘うのを忘れたわ」

「それはそうよね」エイミーが一瞬、間を置いた。「でも仮に結婚式に連れてくる場合、ステーキとサーモンならどっちを好みそう？　金曜までに、それぞれの人数をケータリング業者に知らせることになっているの」

結婚式にエスコートしてくれる相手がいようがいまいが気にしていないとばかりに

――本当はそんなことはないのに――キャメロンが連れの有無を明言しないせいで、綿密に調整された〝史上最強の結婚式〟の準備が大混乱に陥りかけていた。

「その件に関しては、後日返事をさせてもらえる？」キャメロンはそう言っておいた。

あれからおよそ三週間が経ったが、まだエイミーに返事をしていない。それもステーキとサーモンのどちらにするかという返事だけではない。マックスとは何度かデートをしたが、キャメロンは彼を結婚式に誘いたいのかどうか、まだ決めかねていた。結婚式がシカゴで行われるのなら考えるまでもなかったが、ミシガンまで行ってマックスと週末を過ごしたいか、しかもホテルで同じ部屋に泊まりたいか迷っていた。結婚式で腕を組んで歩く相手として、マックスが見栄えのする男性だということはわかっている。その事実を考慮に入れないわけではないけれど、人柄という点を考慮すると彼は最初の出会いで受けた印象とは違っていた。

最初の頃、マックスがキャメロンの携帯番号をあまりに早く手に入れたのは、自分に自信があるからだろうと彼女は考えていた。でも今はマックスの行動が早かったのは、そうするしかなかったからだと思っている。彼は仕事依存症だった。食べるときも、寝るときも、呼吸をするときも仕事を優先する。キャメロンも仕事に打ちこむことの大切さは理解していた。自分もそうだからだ。しかしこの三週間で、マックスは二度もデートの予定を変更した。謝ってはくれたが、それでも関係を続けるかどうか考慮すべき要素だ。

だからキャメロンは今夜、決心するつもりだった。彼女は三十代の独身女性で、時間をかけて恋愛をする相手を選んでいる暇はない。マックスを採択するか却下するか、決めるつもりだ。

その日の仕事を切りあげて、キャメロンはパソコンを終了させ、ブリーフケースに書類を入れた。彼女がコートを取ってオフィスから出ようとしたとき、電話が鳴った。サイラスからの内線電話だと見て取ると、キャメロンは一瞬、無視して帰ろうかと思った。しかし彼のオフィスは廊下の角のところにある。キャメロンがまだ自分のオフィスを出ていないことはわかっているに違いない。

キャメロンは受話器を取った。「サイラス、もう少しで返事ができないところでした。帰ろうとしていたんです」

「よかった。帰りに寄ってほしい」それだけ言うと、彼は電話を切った。

キャメロンは受話器を見つめた。サイラスとの会話はいつも楽しいことこのうえない。

でもそれは自分のせいでもあるのかもしれない。マルティーノの事件でサイラスから裏切られた過去を彼女は忘れてはいない。しかもサイラスが策略を巡らせたのはあれが最初でも最後でもなく、ほかの検事補たちも同じような目に遭っていた。この三年間、連邦検事局に批判が向けられたときには検事補たちに責任を負わせ、大きな勝利をおさめたときには自分が脚光を浴びるサイラスを、キャメロンは何度も目にしてきた。

検事補の多くはそれを職場での政治的駆け引きの一部としてある程度は受け入れていたが、キャメロンにはその理由がわかっていた。同僚の何人かは彼女と同じく、検事局に入る前に大手の法律事務所で働いていたため、サイラスのようなやり口が通常なのだとわかっていた。つまり食物連鎖のトップにいる法律家が、あらゆる脚光を浴びることになっているのだ。一方で下っ端は実務をこなしながら、いつかトップにのしあがる日を夢見ている。彼らは自分がこなしている実務を、下に位置する者が必然的に引き受けてくれる日を待ちわびている。それが法律家の歩むコースだった。

いずれにしても、サイラスのことはどうにもしようがない。権力者と手を組むのはサイラスが最も得意とするところだ（彼はもう裁判を担当していない）。そもそもサイラスが今の地位につけたのは権力者と手を組んだからだ。そして連邦検事は大統領が任命するため、予測外の事態が起こらない限り、キャメロンもイリノイ州北部地区のほかの人たちも皆、最低でも次の選挙まではサイラスから逃れられない。

だからといって、キャメロンが彼の戯言をすべて受け入れているわけではなかった。むしろその逆だ。この三年でふたりの関係性は大きく変わった。彼女はもはや若手ではない。それどころか検事局での担当件数は最も多く、裁判中や捜査中のものを合わせて常に七十五件前後の事件を扱っている。イリノイ州北部地区の犯罪課にはおよそ百三十名の検察官がいるが、キャメロンの裁判実績はその中でトップだ。彼女は検事局には欠かせない存在となっていて、より大きな影響力を持っていた。そんなわけで、キャメロンとサイラスのあいだには暗黙の了解のようなものがある。すなわちキャメロンの法廷での勝利がサイラスの検事局の評判をあげ、称賛を集めている限り、彼は基本的にキャメロンに口出しをしないということだ。そうすることによって、ふたりは職場での最低限の関係をなんとか保つようになっていた。

しかし油断ならない関係であることは疑いの余地もない。サイラスは検事補たちの忠誠心を求め、うわべだけでも自分に忠誠を示すべきだと考えている。キャメロンはサイラスの近くにいるときは用心しなければならないと絶えず気を張っていた。マルティーノの事件では責めを負うことになったが、サイラスは彼女がそのことを不満に思っていたのを承知していて、それ以来キャメロンを注意深く監視している。

だからこそ彼女は三年前、ジャックを助けるために尽力したことをサイラスに決して知られないよう気をつけていた。

コメントが不適切だという理由でサイラスはジャックを解雇すべきだと要請し、司法省を巻きこんで大騒ぎをした。サイラスが騒いだのはそのコメントがキャメロンに対して失礼だからではなく、問題の本質から人々の目をそらすためだと彼女は踏んでいた。つまりロベルト・マルティーノを不起訴にした自身の決断から世間の注意をそらしたかったのだ。

しかしサイラスには知らないことがあった。キャメロンには司法省に勤めるロースクール時代からの旧友がいた。彼女は秘密裏に動いてその友人にかけあい、ジャックを無条件解雇ではなく異動させることで話をまとめようとした。ジャックのコメントから数日経ったある日の早朝、念のためにデイヴィスのオフィスも訪ねた。その行動にリスクがあるのは承知していたが、デイヴィスがジャックのために闘っていることを知っていたので、彼を信頼しても大丈夫だと直感的に思った。キャメロンはサイラスがジャックを解雇させようとしている状況を説明し、司法省に勤める友人の名前をデイヴィスに教えた。裏で動く者はひとりよりもふたりのほうが効果的だとデイヴィスに言い、自分が来たことは誰にも話さないでほしいと頼んだ。

「きみの目的はなんだ?」デイヴィスはキャメロンをオフィスのドアまで見送りながら訊いた。「ジャックの発言を考えると、きみは彼が解雇されるのを喜ぶだろうと思ってたよ」

キャメロンもまさしくそのことを自問自答していた。答えは単純に、自分の主義に反したくないというものだった。ジャックのコメントにどれだけ腹を立てようと、仕事に私情を挟みたくなかった。今回のような件でさえも。

キャメロンは証拠ファイルを読んだ。サイラスは読んでいないし、司法省の高官たちも読んでいない。彼女は、ジャックがマルティーノの手下たちに捕らえられて過ごした二日間のことを知っている。それを知っていれば、誰でもジャックの仕事への献身ぶりを尊敬せずにいられないはずだ。ジャックは性格面には改善の余地があるかもしれないが、有能なFBI捜査官であることはたしかだ。

「パラス捜査官が解雇されるのを見たいんですか?」デイヴィスの質問に対して、キャメロンは訊き返した。

「もちろん見たくない。ジャックは局内でおそらく一番優秀な捜査官だ」

「わたしもそう思います」そう言うと、キャメロンはドアを開けてオフィスから出た。

そして廊下の反対側で彼女を見つめているジャックに気づいた。

キャメロンは一瞬パニックを起こした。自分がここにいることを誰にも知られてはならなかったのに。しかし彼女は無表情を装い、何も言わずにその場をあとにした。キャメロンはジャックが何を考えたか、すなわち何を早合点したかわかった。彼はキャメロンこそが自分を異動させたのだと――自分に関する苦情を申し立てるためにデイヴィスを訪ねたと考えたに違いない。残念なことに、彼女はその誤解に対して何もできなかった。自分はジャックをかばうためにサイラスを通さずに動いた。サイラスからすれば、キャメロンの行動は多大なる背信行為だ。彼に気づかれでもしたら、キャメロンはその場で解雇されるだろうとわかっていた。だからジャックの誤解をあえて解かず、自分を最悪な女だと思わせておいた。

それでなくても、ジャックはマルティーノの件ですでにキャメロンを憎んでいる。憎まれる要因があとひとつ増えたところで、何かが変わるわけではない。

キャメロンはサイラスのオフィスに行き、ドアをノックした。彼は中に入るよう身ぶりで示した。

「キャメロン、座ってくれ」

彼女はオフィスに入った。政府の基準からしても、広くて贅沢な内装のオフィスだ。

キャメロンはサイラスのデスク前の椅子に腰かけた。「申し訳ありませんが、あまり長居できません。一時間後に行く場所があって、その前に家に寄らなければならないんです」

「時間は取らせない」サイラスが応じた。「きみが大丈夫かどうか確かめたかっただけだ。先週末に起こったことに関してね」言葉遣いは丁寧だが、彼の目にはいらだちがあった。怒りと言ってもいいかもしれない。

キャメロンはサイラスがどれだけ事情を知っているのかわからず、慎重に返事をした。「わたしは大丈夫です。お気遣いありがとうございます」

「曖昧な返事はやめてくれ、キャメロン。ロバーズの事件の捜査のことは知っているんだ。今日の午後、ワシントンDCのFBI長官から電話があって、本件に関する検事局の協力に感謝すると言われた。もちろんわたしにはなんの話かさっぱりわからなかった。部下の検事補のひとりが上院議員が関係する犯罪の目撃者で身辺警護までついていることを、わたしは上司としてきちんと情報共有しているはずだと長官は思ったんだろう。わたしも彼の立場ならそう思うはずだ」

情報がもれてしまったのならしかたがない。キャメロンはなんとかその場を丸くおさめようとした。FBI長官に不意を突かれてサイラスがどれだけ気を悪くしているのかは想像できた。「ゴッドフリー長官に対して気まずい思いをされましたね。申し訳ありません。事件を担当するＦＢＩ捜査官から、誰にも詳細を話してはいけないと言われたんです」

「極秘事件なのはわかるが、自分の部下のひとりが脅迫されたら、わたしとしては知っておく必要がある」

「もちろん本当に脅迫されたのならお知らせします。でも今のところ、予防策として警護されているだけなんです」キャメロンはサイラスの怒りが和らいだかどうかわからなかった。そこで彼の気をそらそうと話題を変えた。「長官からお聞きになったかもしれませんが、事件を担当しているのはジャック・パラスなんです」

サイラスが驚いて目を見開いた。「パラスがシカゴに戻っているのか？　いつ戻ってきたんだ？」

キャメロンは肩をすくめた。「最近だと思います」

少なくとも彼女の考えでは、とにかく問題なのはジャックがシカゴに戻っているということ、そして一時的であれ、彼がキャメロンの人生に再びかかわっているということだった。

「それで、どう思う?」ウィルキンズが訊いた。

ジャックは手で顔をこすり、デスクの向かいにいる相棒を見た。「今後、二度と弁護士にはかかわりたくないな」

予想したとおり、ホテルの監視カメラからはなんの手がかりも得られず、彼らはホッジズ上院議員とそのスタッフへの聞き取りに着手した。当然ながら、ホッジズの弁護士チームは精いっぱい捜査の邪魔をしてくれた。しかし、それでもいくつかの情報が得られた。スタッフの何人かが、ホッジズとコールガール数名の関係を知っていたと認めたのだ。マンディ・ロバーズとの関係を知っていたと認める者さえいた。

そのふたりのうち、ひとり目はアレックス・ドリスコールというチーフスタッフで、ふたり目はグラント・ロンバードというホッジズのボディガードだ。質問されると、ドリスコールもロンバードもマンディ・ロバーズの死亡推定時刻には家で寝ていたと話した。その主張を反証するものも証明するものもなさそうだ。ふたりとも、ホッジズとマンディ・ロバーズとの関係を知っていた。それどころか、あの夜ホッジズが彼女と会う予定だったことも知っていた。ロンバードがエスコートサービスに連絡したとのことで(ホッジズは、〝ごくたまに〟ロンバードに女の手配を頼んでいたことを認めた)、ドリスコールはホッジズに伴われてチャリティディナーに出席し、その際にホッジズとロバーズの逢瀬(おうせ)の予定を聞いたと主張している。

　ふたりともホッジズの女遊びについては特に積極的に話そうとはしなかったが、ホッジズのボディガードとチーフスタッフなのだからそれも当然だろう。そして、ふたりともアリバイはなかったものの、ロバーズの死亡推定時刻には家でひとりで寝ていたという彼らの主張は特に疑わしいものでもなかった(ドリスコールは離婚していて、ロンバードは未婚だ)。しかしふたりの体型は、キャメロンが一三〇八号室から出ていくのを見た男のそれとおよそ一致している。

　証拠としては不充分だとジャックはわかっていたが、ふたりを引き続き捜査する理由としては充分だった。

「ドリスコールとロンバードの通話履歴を調べて、マンディ・ロバーズの番号と相互参照してみよう」ジャックはウィルキンズに言った。「ふたりのここ二年分のクレジットカードの請求書も調べて、何かおかしな点がないかどうか確認すべきだな。それとホッジズからもらった彼を恨んでいそうな人物のリストにもあたろう」

　ウィルキンズが同意してうなずいたとき、電話が鳴った。ジャックが見ると、ロビーにいる警備員からの内線電話だった。

「パラスだ」ジャックは答えた。

「シカゴ市警のカミン巡査とフェルプス巡査がお越しです。スロンスキー刑事からの預かり物を届けに来たとのことです」夜勤の警備員が言った。

「ありがとう。オフィスに通してくれ」ジャックは受話器を置いてウィルキンズを見た。「カミン巡査とフェルプス巡査が来たらしい」顔をしかめた。「スロンスキーがキャメロンの身辺警護を命じたやつらじゃなかったか？」

ウィルキンズは腕時計を見た。「たしか夜勤担当だったと思うが」

「じゃあ、こんなところで何をしてるんだ？」

「訊いてみないとわからないな」ウィルキンズは、ジャックが不機嫌になりつつあることを感じ取ったらしい。「ジャック、愛想よく対応してくれよ。シカゴ市警とは協力して動いてるんだから」

カミン巡査とフェルプス巡査がジャックのオフィスに到着すると、ウィルキンズは立ちあがり、友好的な笑みを浮かべてふたりを迎えた。

「巡査、お疲れさまです。今夜はどんな用件ですか？」

年長の巡査が自己紹介し、年下の相棒を紹介した。「わたしはボブ・カミンで、彼は相棒のダニー・フェルプスです」封のされた大きな封筒を差しだした。「スロンスキー刑事からこれを届けるように言われました。お待たせしていた鑑識からの報告書です」

ジャックは立ちあがり、カミンから封筒を受け取った。「ありがとう」ウィルキンズが横目で自分を見ていることに気づき、ジャックはおれに任せろという視線を返した。「たしか……ふたりはミズ・リンドの警護担当だと思っていたんだが、われわれの勘違いだったかな？」

「いや、勘違いじゃありません」カミンが答えた。「夜勤担当です。ミズ・リンドは感じのいい女性です。ジムに行く道中、いつも話がはずむんですよ」

「へえ……ウィルキンズ捜査官もわたしもちょっと気になっているだけなんだが、今夜の彼女の警護は？」

カミンが問題ないというように手を振った。「大丈夫です。今夜はほかの警察官と急に交代することになったんです」

「交代……なるほど。どういった事情で？」

「今夜はミズ・リンドに例のデートの予定があるので」カミンは説明した。

ジャックは首をかしげた。「デート？」

フェルプスが割って入る。「ほら、あのブルーミングデールズのエスカレーターで出会った投資銀行家のマックスとのデートですよ」

「その話は聞いてないな」

「ああ、あれはいい話だ」カミンが請けあった。「エスカレーターを降りるときにぶつかって、ショッピングバッグの中の靴箱が開いたのを見たマックスが、〝しゃれた靴だね〟って言ったそうです」

「ああ……いわゆる〝キュートな出会い〟ってやつですね」ウィルキンズがにやりとして口を挟んだ。

ジャックは相棒に鋭い視線を向けた。「なんだって？」

「〝キュートな出会い〟だよ」ウィルキンズは説明した。「ロマンティック・コメディ映画によくある、男女が初めて出会う運命的なシーンを〝キュートな出会い〟と言うんだ」顎をさすりながら、その状況に思いを巡らせた。「そうか……ジャック、彼女がほかの男と〝キュートな出会い〟を果たしたんなら、きみにとっては悪い兆候だな」

ジャックはその言葉がどういう意味なのか考え、しばらくしてからはっと気づいて相棒をまじまじと見据えそうになった。

フェルプスが首を振った。「いや、どうでしょう。彼女はまだその男でいいのかどうか迷ってるみたいです。そいつは私生活に仕事を持ちこむ悪癖があるそうです。でも親友の結婚式が近づいてるから、ミズ・リンドはすごくプレッシャーを感じてるんです。エスコートしてくれる男性を見つけるのに、あと十日ほどしかないから」

「花嫁付添人だし」カミンが言い添える。

ジャックは三人の男たちを見つめた。ぺちゃくちゃさえずっているが、まるで外国の言葉のようで、何を言っているのかわからない。

カミンがフェルプスのほうを向いた。「正直に言って、相手はコリンでいいと思うけどな。コリンはリチャードとは別れたんだし」

「ああ、でもミズ・リンドが言ってただろう。コリンと支えあうのは終わりにすべきだって。ほかの人たちとの関係にも支障をきたしはじめてるんだからな」

信じられない。ジャックは髪をかきむしりたい気分で頭に手をやった。だがキャメロンのせいで禿(はげ)ができたら、彼女への怒りが倍増するだけだ。「交代の話はどうなった?」

「ああ、忘れてました。交代はスロンスキーの提案なんです。デートの場所が〈スピアージャ〉だってわかったから。知ってます?」フェルプスが尋ねた。

ジャックはうなずいた。食事をしたことはないが、どんな店かは知っている。五つ星レストランだ。シカゴではトップクラスの店で、マグニフィセント・マイル地区の最北にある。ミシガン湖のロマンティックな景色を望めることで有名だ。

「スロンスキーはその店の夜勤の警備員をしている警察官を知っていて、ミズ・リンドがレストランにいるあいだはその男に警護を任せようと考えたんです。そいつはレストランの中から外まですべて知りつくしてますから」カミンが言う。

フェルプスがカミンを肘で軽くつついた。「もうひとつ言い忘れてるぞ」

カミンがむっとした顔になって腕組みをした。「スロンスキーは、そいつのほうがレストランになじむからと言ったんです。どういう意味かは知りませんけどね」

ジャックの視線は、カミンが着ている色あせたデニムシャツの折り返した袖に吸い寄せられた。両方とも謎の赤いソースで汚れている。

「それでミズ・リンドをレストランで降ろして、入店を確認しました。あとは帰るときに迎えに行くことになっています。彼女から電話があるはずです」フェルプスが言った。

ジャックはその案を信用できない気がした。スロンスキーがキャメロンの身辺警護に別の男を手配したことが気に入らない。だがそれをいうなら、フェルプスとカミンに対してもだ。会ってから三分ほどしか経っていないが、このふたりにキャメロンを任せるのも心もとない気がする。しかし文句を言える根拠がないこともわかっていた。

今回の警護に関してはスロンスキーが担当しているし、彼らもよくよく考えて行動しているのだろう。それにしても、デートの話を聞くだけで気分が悪い。

ジャックは自分の心の内を暴露するようなことは口にせず、鑑識の報告書を届けてくれたことへの礼だけ言って、ふたりをさっさと見送った。ジャックにとってはどうでもいいマックスという男とキャメロンのことで、また無駄話を始められたらかなわない。〝キュートな出会い〟だかなんだか知らないが、そいつが彼女の靴を気に入ったからといって自分になんの関係がある？　ジャックにはふたりの物語が〝くだらない出会い〟に聞こえた。

「ジャック、よく我慢したな」カミンとフェルプスが帰ると、ウィルキンズが褒めた。「一度も睥睨（へいげい）しなかったじゃないか」

「まだ睥睨の話がしたいのか？」

ウィルキンズが答える前に、また電話が鳴った。ジャックは答えた。「パラスだ」

内線電話の相手は支局の代表番号に応対するオペレーターで、コリン・マッキャンからジャック宛の電話だと言った。

ジャックは眉をひそめた。「つないでくれ」

「仕事中に邪魔をして申し訳ない」電話がつながったとたん、コリンが言った。

「キャムのことなんだけど、誰に連絡していいかわからなくて。彼女が関係している事件が極秘だということは承知している」

「何かあったのか？」ジャックは尋ねた。それを聞いたウィルキンズがジャックを見やる。

「心配ないとは思うんだが、キャムは今日デートなんだ。たぶん……会話に夢中になっているだけかもしれない」

ジャックは歯を食いしばって自分を抑えた。これ以上そのくだらないデートの話をするやつがいたら……。「それで、何が言いたい？」

「携帯電話にかけても出ないんだ。何度かかけてみたけど、留守番電話につながってしまう」

「電源を切ってるんじゃないか？」ジャックは言った。女物の靴フェチらしいマックスとの夜を邪魔されたくないのだろう。

「そうは思えない」コリンが言った。「ぼくが知る限り、キャムは電源を切っていたことがない。仕事のためにいつも電源を入れている」

それを聞いてジャックはしばらく考えた。「わかった……どうなっているのか確かめよう」電話を切るとウィルキンズに言った。「マッキャンからだ。キャメロンが携帯電話に出ないらしい。電波が届いていないだけだと思うが、確認するしかない」

自分の携帯電話からスロンスキーにかけたものの応答がなく、ジャックは折り返しの電話がほしいとメッセージを残した。

彼は顔を曇らせた。「フェルプスとカミンは、今夜キャメロンを警護している男の名前を言っていたか？」

ウィルキンズがかぶりを振る。「いや」

ジャックはすぐさま〈スピアージャ〉の番号を調べてかけた。二十秒後、電話を切った彼のいらだちのレベルは急上昇していた。「録音メッセージになる。〝通常の営業時間内にかけられた場合は、しばらく経ってからおかけ直しください〟だと。ふざけるな」ウィルキンズに訊いた。「カミンかフェルプスの番号はわかるか？」

「わからない」

最高じゃないか。だったら至急動く必要がある。「署に連絡して、ふたりを呼びだしてもらおう。誰か状況をわかっているやつに連絡が取れるまで落ち着かない」

「レストランまでは三キロ程度だ」ウィルキンズが言った。「ぼくがここで待機してシカゴ市警とキャメロンに電話をかけつづけるから、きみはレストランに行って直接確認してみたらどうだ？　バイクなら十五分で行って帰ってこられる」

ジャックはうなずいた。ちょうどそうしようと思っていた。キャメロンが携帯電話に出ないくだらない理由は山ほどあるが、くだらなくない理由の可能性を考えるといてもたってもいられない。早急に動く必要がある。彼はバイクのキーをつかんでジーンズの尻ポケットに入れた。「フェルプスとカミンはキャメロンがレストランに入るのを確認したと言っていたから、それだけはたしかだな。レストランに電話がつながったら、スロンスキーが交代を頼んだ警察官にすべて問題ないかどうか確認してくれ。そいつと連絡が取れたら教えてほしい。たぶん取り越し苦労だろう」

「でも、そうじゃなかったら？」ウィルキンズが訊いた。

ジャックはデスクの一番上の引き出しを力任せに開けると、予備の銃を出した。サブコンパクトのグロック27だ。彼はそれを足首のホルスターに固定した。「もし問題が発生したのなら、おれが解決するまでだ。着いたらすぐにな」

なぜなら、ジャックは自分の証人に手出しをさせないからだ。

たとえ今回の証人でも。

六分後、熟練の運転者で身分証を持つＦＢＩ捜査官でなければ死か逮捕を覚悟するほどの超スピード違反で街を走り抜け、ジャックは高層タワーのワン・マグニフィセント・マイルに着いた。愛車のトライアンフを正面に停めて、移動させられないようロビーの警備員に身分証を見せる。エスカレーターを駆けあがり、〈スピアージャ〉の大理石でできた入口に足を踏み入れた。

レストランの支配人が奥から急いで出てきた。「申し訳ございません。お待たせしましたでしょうか……今夜は思ったより混んでおりまして。ご予約はされていますか?」一息を整えながらジャックのジーンズ姿に気づき、怪しむような目つきで見た。

ジャックはまだ身分証を手にしていた。「FBIのジャック・パラスだ。客のひとりを捜している。名前はキャメロン・リンド、髪は栗色で三十代前半、身長は百六十センチくらいの女性だ」

支配人は身分証を念入りに確認した。「そういったお客さまの情報は他言しないよう警備のアンディから言われております。特に今夜はそうした情報を求められた場合、彼に連絡するよう指示されています」

シカゴ市警もその点だけは指導が行き届いているらしい。「じゃあ、そいつに連絡してくれ。そのあいだに店内を確認させてもらう」ジャックはそれ以上待たずにメインダイニングルームへ入り、周囲をすばやく見まわした。レストランのフロアは二層構造になっていた。まずメインのダイニングエリアがあり、そこから少しさがったエリアには、床から天井まである大きな窓に沿ってテーブルが並んでいる。天井にはきらびやかなシャンデリアが設置されているが、店内は薄暗い。おそらく街とミシガン湖の夜景を引き立てるためだろう。そのせいで、メインエリアの客をざっと確認するのに少し時間がかかった。キャメロンは見つからず、ジャックはバルコニーの手すりに向かうと、低層エリアのテーブルに彼女がいないかどうか見まわした。キャメロンは窓際にある左から二番目のテーブルに座っていた。ひとりだ。

ジャックは一瞬動きを止め、ただ……見つめた。バルコニーから見える光景に息をのむ。

湖の景色にではない。

テーブルに置かれたキャンドルのやわらかな明かりが、キャメロンの長い栗色の髪を金色に光らせていた。ノースリーブの黒のワンピースが、ジャックも認めざるをえない美しい体の曲線をあらわにしている。

キャメロンは座って窓の外を眺めていた。彼女が手にしたワイングラスからひと口飲む様子に、ジャックは目を奪われた。キャメロンは沈んだ様子に見える。腕時計を見てから脚を組んだので、ワンピースの腿の部分に入ったスリットが開いた。

テーブルにワインメニューしかないことにジャックは気づいた。特別捜査官でなくても、どういう状況かわかる。彼にとってはどうでもいいことだが、あんなふうにレストランで女性に待ちぼうけを食らわせるなんて、あの悪名高いマックスはろくでなしに違いない。

ブレザーのポケットに入れたジャックの携帯電話が振動した。ウィルキンズからだった。

「レストランの警察官に連絡がついた。アンディ・ザッカーマンという男だ。キャメロンは無事だと言っている」ウィルキンズが報告した。

「ああ、おれも自分の目で確認したところだ」ジャックは応じた。「どうやら無事らしい。携帯電話がどうなっているのか訊いてから、また連絡する」

彼は電話を切ると、キャメロンのテーブルに近づいていった。

10

キャメロンは腕時計を見た。明らかにデート用のおしゃれをしている女性が、街でも有数のロマンティックなレストランのテーブルにひとりでいるとき、どのくらいの時間が経てばまわりは気の毒そうな目で見はじめるのだろう。

このワインだけは飲んで帰ろう。その夜をまったくの無駄にしたくなくて、二〇〇六年物のスタッグス・リープ・プティ・シラーを奮発して頼んだのだ。

マックスは約束をすっぽかした。

厳密に言うと、メールをくれたのだから、すっぽかされたわけではないのかもしれない。そう、まるで電話をかける時間が惜しいとでもいうようにメールですまされたのだ。顧客との打ち合わせで足止めを食らい、デートに間に合わないらしい。テーブルに案内されて座った直後にメッセージが届いたのは、見事なタイミングだった。ウエイターが注文を取りに来ると、キャメロンは席を立つこともできず、飲み物を頼んだ。〝ええ、一杯でいいわ。仕事が大変だった日は、香り豊かなローヌのヴァラエタルワイン（ラベルにブドウの品種名が記載されたワイン）を取りそろえた五つ星レストランにひとりで来て息抜きすることにしているの〟といった感じの、上品でさりげないオーラを醸しだせていますようにと願いながら。自分で言うのもなんだが、ワンピースのスリットと気合いの入ったすばらしいハイヒールを見れば、いくら彼女が取り繕ったところで誰も、ウエイターでさえもだまされないだろう。

まずは気持ちを落ち着けようと最初のメールにすぐに返信をせずにいると、またマックスからメールが来て、デートはいつに変更すればいいかと訊かれた。もういい。二度とチャンスはないのだという思いをこめて、キャメロンは今月の予定を確認してからまた連絡すると返信した。それに対してさらに一、二回はマックスからメールが来るかもしれないと思い、キャメロンは着信音がほかの客の迷惑にならないよう、携帯電話の音量をさげた。正直に言うと、彼女自身もその時点でマックスに邪魔をされたくないと思っていた。

ワインを飲みながら窓の外を眺めた。湖の景色に目を奪われつつ、三十代の独身女性がひとりでレストランに座っているときに考えそうなことをじっくり考える。親友がもうすぐ結婚するのに、自分には結婚式にエスコートしてくれる男性もいない。喜びの瞬間を分かちあう相手もいない。コリンはいるが、彼はデートの相手ではない。それがたいした問題ではないことはわかっている。とりわけ最近直面した深刻な問題に比べたら、デートの相手がいないことなどささいな問題だ。けれども運命の神が恋愛面でひとつふたつご褒美をくれるというのなら、あれこれ文句をつけずに受け取っただろう。

「マックスはどうした？」

その声に驚いてキャメロンが視線をあげると、ジャックがテーブルのそばに立っていた。

運命の神は明らかに彼女をからかっているらしい。

キャメロンは眉をひそめた。「ここで何をしてるの？」完璧だ。この瞬間この場所でまさに出くわしたかった人だ。

「携帯電話にかけても出なかった。故障してないか？」ジャックは不機嫌に見える。まあ、意外ではない。

「故障はしてないと思うけど」キャメロンはバッグから携帯電話を取りだし、どういう状態にしていたか思いだした。「ああ……音量をさげていたの。レストラン内のざわめきで着信に気づかなかったみたい」ジャックを見あげた。「かけてくれたの？

何かあった？」

「コリンから連絡があったんだ。きみにかけても応答がないからと、焦っておれにかけてきた。それでおれたちもきみとレストランの両方にかけてみたが、つながらなかったんで直接確認しに来たというわけだ」ジャックは説明した。

　キャメロンはどっと疲れを感じ、手で髪を梳いた。長い一日だった。法廷で弁護士とやりあい、そのあとサイラスと相対し、最後にデートの相手から待ちぼうけを食らわされた。ジャックの顔にもやりあう気満々といった表情が浮かんでいるが、彼女にはその気力が残っているかどうか自分でもわからなかった。

「ごめんなさい。こんなことになるなんて考えもせずに音量をさげていたの。無駄骨を折らせて申し訳なかったわ。好きなだけ睥睨して。今回はその資格があるわよ」

　ジャックはキャメロンの向かい側に座った。

「でも、いちおう言わせてもらうと」キャメロンは続けた。「ザッカーマン巡査がバーカウンターでひと晩じゅうわたしのことを見ていてくれるから、自分が危険な状態にあると考える理由はひとつもなかったのよ。それと念のために言っておくけど、携帯電話の電源を常に入れておけとは言われてなかった。警護の一環としてそうしてほしかったのなら、こんなことが起こる前にはっきりわたしに伝えておくべきよね」

どうやらごくわずかな気力なら残っていたらしい。

ジャックが腕をテーブルに置いた。「今までに聞いた中で一番ひどい謝罪だな」

「これまでの経緯を思い返してみたのよ。わたしにも三十パーセントの非はあるけど、そっちだって三十パーセントくらいは謝る必要があるんじゃない？」

「なるほど」

キャメロンはジャックがまだ何か言うだろうと思って待った。「今ので終わり？もっと反論してくるかと思ったのに。睥睨と小言を添えてね」

「お望みなら少しくらいは毒づいてやってもいいが」

彼女は笑いをこらえた。「その必要はないわ。気持ちだけいただいておくから」

ふたりは一瞬沈黙し、互いを用心深く観察した。

「それはそうと、デートの相手はどうしたんだ？」

「直前になって仕事に捕まったらしいわ。この三週間で三度目よ」キャメロンは最後のひと言をつけ加えた理由が自分でもわからなかった。

ジャックが焦げ茶色の瞳で彼女を見つめた。「靴を選んだ日、もう少し幸運だったらよかったのに」

彼にはいつも驚かされる。「マックスとの出会いをどうして知ってるの？」

「カミンとフェルプスは情報通だからな。きみの身辺警護を命じられて大いに楽しんでいるみたいだ」

「意外かもしれないけど、わたしのことを好意的に見てくれる人もいるのよ」

「おれも以前は好意的に見ていた」ジャックが静かに言った。

レコードが突然止まったかのように、場が静まり返った。

この一週間、キャメロンとジャックは過去のことを決して口にせず、その話題を避けてきた。しかし彼が話の口火を切った今、キャメロンは逃げだすか、正面から立ち向かうかしかなかった。そして彼女は逃げだすタイプではない。

「お互いさまだったのね」

その言葉にジャックが一瞬考えこむ。「今は協力関係にあるんだから、三年前のことを話しておいたほうがいいかもしれないな」

キャメロンは何気ないふうを装ってワインをひと口飲んだ。慎重に言葉を選ぶ。

「話しあったところで、お互いのためにいいことはないと思うわ」

「おれがリポーターに言ったことは間違っていた。口に出したとたんに気づいたんだ。あのときは……きつい時期だったから。謝ろうと思っていた。まあ、謝る機会もなかったが」ジャックの返事に彼女は驚いた。

その言い分はキャメロンも予想していた。ジャックは自分がFBIを解雇されかけていたことを知らず、異動になったことで彼女を責めている。キャメロンの中には本当のことをぶちまけてしまいたいという気持ちもあった。だがジャックはマルティーノの件であらゆる面において彼女に対して怒っていたので、今、真相を告げられてどう反応するかわからない。論理的に考えて、ジャックを信頼すべきだと考える正当な理由はない。だからキャメロンはその話題を避けた。「あなたの気持ちはわかったわ」話を終わらせたくて、あっさり返した。

ジャックが表情をこわばらせる。「言うことはそれだけか？」

「あの件でわたしに言えることはもうないもの」何か言ってしまうと、サイラスに情報がもれるリスクを冒すはめになる。

「あんなことをした理由を話せるだろう。おれの発言できみが頭にきていたのはわかるが、街から追いだしたいと思うほどおれが目障りだったのか？」

キャメロンはこの話題を終わらせるべきだと思った。「今さら話しあっても、いい結果にはならないわ」

ジャックが身を乗りだした。テーブルの中央に置かれたキャンドルのやわらかな光で、彼の焦げ茶色の瞳がきらめく。「キャメロン、あの朝、きみがデイヴィスのオフィスから出てくるのを見たんだ」

キャメロンは怒りのあまり冷静さを失った。彼女も身を乗りだし、はねつけるように言い返した。「あなたは自分の見たいように見ただけよ」

ジャックの表情に驚きが浮かび、キャメロンは言いすぎたと思った。

「くだらないわ。ジャック、この話は終わりよ」彼女は立ちあがり、これ以上何も言うまいと決意してその場をあとにした。

11

　キャメロンは建物のロビーで待ちながらジャケットを羽織り、ウエストでベルトを締めた。シカゴの十月にしては暖かい夜だったが、それでもシカゴの十月だ。ノースリーブのワンピースを着ているときに〝暖かい〟と感じるかどうかは人による。

「巡査、ここからはわたしが引き継ぐ。ありがとう」

　ジャックの声を聞いて、スロンスキーが警護の代わりを命じた巡査とキャメロンは振り向いた。ジャックがエスカレーターを降りてくる。

「パラス捜査官、ありがとう。でも引き継ぐ必要はないわ」彼女はそっけなく言った。「カミンとフェルプスが来るまで、ザッカーマン巡査と待っているから大丈夫よ」

　ジャックはキャメロンを無視し、ザッカーマンに身分証を見せた。「ジャック・パラスだ。さっきわたしの相棒と電話で話したそうだから知っていると思うが、ミズ・リンドが関係している捜査の管轄権はＦＢＩにある。わたしが、彼女が無事に家に送られるのを見届ける」

ザッカーマン巡査がうなずき、キャメロンにおやすみの挨拶を告げて去っていった。巡査が行ってしまうと、彼女はジャックをにらみつけた。「なぜこんなことをするの？」

「まだ話が終わってないからだ」

「終わってるわ」

ジャックは首を振った。「まだだ」彼が近づいてくる。あまりに近くへ寄られたため、キャメロンはジャックの顔を見るのに頭を後方に傾けたほどだ。「あの朝、おれが自分の見たいように見ただけだと言ったのはどういう意味だ？」ジャックが答えを求めて彼女の顔を見つめた。「おれはほかに何を見るべきだったんだ？」

キャメロンは一歩も引かなかった。「あなた流の尋問テクニックなのかもしれないけど、その手にはのらないわ」

「必要とあらば、見事な尋問テクニックを発揮してやる」

「わたしにはゆっくり話しあうつもりがないんだから、せっかくの尋問テクニックも無駄になるわね」

「家に向かうあいだに気が変わるだろう」

キャメロンがその意味を理解するのに一瞬、間があった。「あなたとは帰らないわよ」

ジャックが形ばかりにうなずく。「もうカミンとフェルプスに連絡して、直接きみの家に向かうよう言ってある」

「どうしてそんなことをするのよ？」

「言ったじゃないか。まだ話が終わってないからだ」ジャックがかすかに笑みを浮かべた。「問題ないだろう？　おれのそばにいると自信を失ってしまうのか？」

キャメロンは眉をあげた。自信を失う？　まさか。「わかったわよ。じゃあ、さっさとすませましょう。車はどこ？」

「車はおれのアパートメントの前の通りに停めてある」ジャックは彼女の背後を指さした。「あれで帰るんだ」

キャメロンは振り向き、建物の前に停止しているバイクを見た。彼女はバイクの専門家ではない。それにはほど遠いので、のちにその夜のことをコリンに説明したとき、ジャックがどんなバイクに乗っていたのかと山ほど質問を浴びたキャメロンにできた精いっぱいの返事は、〝いいえ、あれはハーレーじゃなかった。それに、いいえ、あのよく見るスポーツバイクのたぐいでもなかったわ〟だった。

彼女はその銀色と黒のバイクを観察しながら、どう見ても悪い男っぽいと思った。とはいえ、どこか洗練された控えめな悪さだ。ジャックによく似合っている。

それでもバイクであることに変わりはない。

「バイクに乗るつもりはないわ」キャメロンは言った。

「乗ったことがないのか？」ジャックが訊く。

「ええ、わたしはそういうタイプじゃないもの」

「乗ったことがないのに、どうして自分のタイプじゃないと思うんだ？」

「だいいち、危険でしょう」

「下手なやつにかかればな」ジャックはバイクのほうに歩いていって、またがった。

キャメロンは反論しようとしたが、言葉が出なくなった。

癪に障るが、バイクにまたがった彼は悔しいくらいにセクシーだ。

ジャックがうなずく。「乗れよ。帰るぞ」

キャメロンはバイクに歩み寄った。「ワンピースを着ているのに、どうやって乗ればいいのよ？」

ジャックはまばたきひとつせずに言った。「腿の部分にスリットが入ってるだろう。ちょうどいい」

なるほど。

彼はワンピースのスリットに気づいていたのだ。

キャメロンがワンピースを引きあげてバイクにまたがると、脚の大部分があらわになった。しまった。彼女はジャケットで脚を隠しながら、ジャックにどの程度見られただろうかと思った。顔をあげて彼の表情を探ると、余すところなく見られたことがわかった。

「ほら、ワンピースでも大丈夫じゃないか」ジャックの目には、キャメロンの見慣れない楽しげな輝きがあった。

キャメロンはバッグのストラップを手首に巻きつけて脚の上に置いた。つかまるところはないかとシートを探る。「どこにつかまればいいの?」

「おれだ」

なんて適切なのだろう。「やっぱりカミンとフェルプスに来てもらったほうがいいかも」キャメロンは落ち着きなく言った。

「もう遅い」ジャックはキャメロンのほうに手を伸ばしてシートの後ろからフルフェイスのヘルメットを取った。「試してみないとわからないだろう。意外に気に入って驚くかもしれない」ヘルメットを彼女に渡した。「かぶれよ」

「あなたのは？」

「おれは大丈夫だ」

自分がヘルメットをつけないなら、少なくとも安全運転はしてくれるだろう。そう願うしかない。キャメロンがヘルメットをかぶると、ジャックは轟音とともにエンジンをかけた。キャメロンは思わず彼の腰に手をまわし、振り落とされないようにつかまろうと前方にすり寄った。

走りだしたら話せなくなるだろうから、出発前にヘルメットのサンバイザーをあげて身を乗りだし、バイクのエンジン音にかき消されないように大声で言った。「ばかな真似はしないでよ。親友のエイミーの花嫁付添人をすることになってるんだから。ギプスをはめてバージンロードを歩くことになったりしたら、彼女に張り倒されるわ。それに結婚式のために十センチのハイヒールを買ったのよ。松葉杖をついてたら、さまにならないわ」

言い終わると、彼女はサンバイザーをさげた。

ジャックが振り向き、またキャメロンのサンバイザーをあげた。

「心配するな。初めてらしいから、じっくり優しくしてやるよ」ウインクをしてサンバイザーをさげた。

キャメロンは再びサンバイザーをあげた。「すてきなほのめかしだこと。わたしがうれしがるとでも――」

ジャックがまたしてもサンバイザーをさげて彼女を黙らせた。「悪いが、おしゃべりは終わりにしよう。気が散るからな」

キャメロンはヘルメットの中で悔しい思いで口を閉じた。こんな危なっかしいバイクに乗ってふたりとも死ぬはめになったら、最後の言葉を言えなかった無念で怒りまくるだろう。

しかし出発して建物から遠ざかるうちに、ジャックへの腹立ちよりバイクへの不安のほうが勝ってきた。キャメロンはさらにきつく彼の腰に腕をまわした。ミシガン・アヴェニューを半ブロックも行かないうちに信号で停まる。先に進むとレイク・ショア・ドライヴだ。彼女はサンバイザー越しに交差点の信号が黄色から赤に変わるのを確認し、さらに青に変わると目を閉じた。バイクは信じられないスピードで発進した。

キャメロンが目を開けると、ふたりはオーク・ストリートのアンダーパスを走っていた。あっという間に上に出ると、右手一面に広大なミシガン湖が見えた。湖の荒々しい波が砕けるのを眺め、キャメロンは思わず街のお気に入りの景色に見とれた。ジョン・ハンコック・センターを始めとする高層ビルが湖岸に威風堂々と立ち並び、ネイヴィー・ピアの観覧車の明かりがきらめいている。極寒の二月になるとキャメロンはいつも自分がなぜシカゴに住んでいるのか自問するが、この景色がその答えだ。

リンカーンパーク動物園を抜け、港を走りながら、彼女は前に向き直ってジャックに身を寄せた。風は冷たかったが、ジャケットを着ているうえに、風のほとんどはジャックが受けている。認めるのは悔しいけれど、バイクに乗るのは……最高だ。アドレナリンが騒いでいる。数分後、ベルモント港でレイク・ショア・ドライヴをおりるためにバイクのスピードが落ちると、キャメロンはサンバイザーをあげた。

「遠まわりして」ジャックの耳元で息をはずませながら言った。

バイクのエンジン音ではっきりとはわからなかったが、ジャックが含み笑いをもらすのをたしかに聞いた気がした。さらにスピードが落ちると、キャメロンはリラックスし、彼の腰にまわした手の力を緩めた。右手がなんの気なしにジャックの腹部を撫でてしまい、それに反応して彼の腹筋が岩のように固く引きしまるのを感じ取る。

キャメロンがベッドをともにすることを考えはじめたのはその瞬間からだった。

言い訳をさせてもらうなら、そもそもジャックはキャメロンがこれまでに目をつけた中で――そして今は手までつけている中で誰よりもセクシーだ。おまけに両脚で彼を挟んでいることも救いにならない。脇道をゆっくりと走りながら、彼女は必死にみだらな妄想を止めようとした。ところが交差点でバイクが停止すると、キャメロンはジャックがエンジンをかけるときに手をハンドルバーだかクラッチだか、なんだか名前を知らないそれをどんなふうに握るかに気づいてしまった。まるで愛撫するかのように握っている。キャメロンはその手が愛撫できるほかのものを想像しはじめた。ジャックの力強い手は、彼女を持ちあげたりおろしたり、ひっくり返したり、壁に押さえつけたりできるだろう……その時点で、キャメロンはロープでもつけて引きあげてもらわなければ抜けられないほど、自分が妄想の沼にはまりこんでいることに気づいた。はしごがなければ抜けだせなくなってしまう。

そこでのふたりは佳境に入っていた。ジャックとウィルキンズが身辺警護について知らせに家へ来た日のことを、キャメロンは頭の中で描き直していた。そこにはキャメロンとジャックしかおらず（彼がどうやって家に入ったのかは不明だが、細かい点はどうでもいい）、キャメロンはシャワーから出たところだった（でもメイクは完璧で、髪もちゃんと整っている）。ジャックはベッドルームでキャメロンを待っていて（実生活でそんなことをしたらストーカーだが、物語を進めるためには待っていてもらわないと困る）、〝協力的な目撃者になってもらえないか？〟と意味ありげなことを言い、彼女も意味ありげな返事をする（自分の具体的なせりふはまだ浮かんでいないが、このあたりで会話はもはや不要となってきている)。キャメロンはバスタオルを床に落とし、ジャックのもとに向かう。それ以上の言葉はなく、ふたりはベッドに倒れこんで——。

家の前に引き戻された。

バイクが停止し、キャメロンは現実に戻ってまばたきをした。われに返るのに少し時間がかかり、彼女は座ったまま、自分が一緒にいる男がジャック・パラスであるという事実に集中しようとした。ふたりの浅く苦々しい歴史の中で、彼の存在は自分にとってトラブルでしかなかった。

キャメロンが動かないことに気づいたジャックが、振り返って彼女のサンバイザーをあげた。

「大丈夫か?」

キャメロンは自分を取り戻した。「ええ……大丈夫よ」ヘルメットを取ってジャックに渡すと、なんとか取り澄ました表情を装った。そう自分では思った。

ジャックがキャメロンをしげしげと見つめる。「顔が赤いぞ?」

キャメロンは肩をすくめた。「そんなことはないわ。風にあたって頬に赤みが差しているかもしれないけど」

「フルフェイスのヘルメットをかぶっていたのに?」

そうだった。

もう行かないと。

ワンピースとハイヒールという格好でできうる限り早く、キャメロンはバイクから降りた。ジャックは縁石のそばにバイクを停めたので、その段差のおかげで降りるのが楽だった。

彼女はきびきびとうなずいて別れの挨拶をした。「送ってくれてありがとう。おやすみなさい」正面の門に向かう。

「待て。入る前に家を確認しないと」

そのことを忘れていたキャメロンは立ちどまった。「ああ、そうね。じゃあ、来てもらえる?」キャメロンが肩越しに言い、門に着いて手を伸ばすと、ジャックの手が彼女の手をつかんだ。

「おれをとっとと追い返したいのか?」

キャメロンは振り向いた。「そうよ」

ジャックは意外なものでも見たかのように一瞬動きを止めた。彼女に一歩近寄る。

「どうしてそんな目でおれを見るんだ?」

ああ、もう……困った。

キャメロンはなんとかごまかそうとした。「どういう目よ?」門を開け、玄関前の階段に向かう。

ジャックが詰め寄る。「その目だよ」

キャメロンは手すりに手を置き、ゆっくりと階段をのぼった。「気のせいじゃない?」

ジャックはゆっくりとかぶりを振った。「違う」

「初めてバイクに乗ったから、きっと興奮したんだわ」嘘だ。違うものにのる想像をしたから赤面しているのかもしれない。

恥知らずだ。

ジャックが口を引き結ぶ。「なんなんだ、キャメロン」彼女についてドアに向かいながら、口調にいらだちをにじませる。けれどもいらだちのほかに……何かまったく違う感情もあるようだ。「そんな目で見られて、おれはどうすればいいんだよ?」

「無視すればいいわ。自分がわたしを憎んでいることだけ考えていればいいのよ」

「ああ、そう考えようとしている。本当に」

キャメロンはドアの前でジャックに捕まった。彼にこの鼓動が聞こえてしまうだろうか。心臓が早鐘のように打っている。

　ジャックが彼女の腰に片方の手をまわす。軽く触れられただけだが、キャメロンは息をのんだ。背中がドアに押しあてられているので、動いているのは胸だけだ。期待に呼吸が浅く速くなっている。

　ジャックがキャメロンの開いた唇に視線を落とした。もう片方の手で彼女のうなじに触れ、頭を後ろに倒させた。あまりにセクシーな焦げ茶色の瞳に射すくめられ、キャメロンは腹部が熱くなるのを感じた。

　そうしようと思えば、彼を押しのけられる。

　でも、そうしたくない。

　ジャックが視線を和らげた。「キャメロン」かすれた声に、彼女はその場で溶けてしまいそうな気がした。彼が何をしようとしているのか察して目を閉じる。ジャックの唇が自分のそれに触れそうになるのを感じたそのとき、彼は――。

　動きを止めた。

　キャメロンは困惑して目をしばたたきながら、ジャックが体を引くのを見つめた。

「見物人がいる」彼がくぐもった声で言う。

　キャメロンはジャックの肩越しに、見慣れた覆面パトカーを認めた。家の前の通りに停まっている。フェルプスとカミンだ。

「いつからいたの？」

「ついさっきだ。車が停まる音がした」ジャックが家のドアを手で示した。「鍵はあるか？」

彼女は頭をはっきりさせようとしながらうなずいた。「バッグに入ってるわ」鍵を出してドアを開ける。

ジャックはキャメロンの横をすり抜けて家に入った。「玄関で待っていてくれ。カミンとフェルプスから見えるところで」そう言うと、家の点検にかかった。

キャメロンはたった今ふたりに起こった出来事を頭の中で整理しようとしながら、その場で待った。もう少しで大きな過ちを犯すところだったということを頭はすぐに納得したが、体のほうはその考えをすんなり受け入れたくないようだ。

しっかりしなさいと彼女が自分に言い聞かせていると、ジャックが二階から階段をおりてきた。

「問題なしだ」彼が近づいてきて言った。

キャメロンは玄関の脇のほうに移動した。ジャックに対する最大の防御は、物理的に距離を置くことだ。

ジャックはキャメロンがすばやく体を引いたことに気づいた。「おれが出たら、鍵をかけるのを忘れるな」ぶっきらぼうな口調で言う。

彼はドアの外に出ていった。

自分はどの時点であんな愚か者になってしまったのだろうか。ジャックはそう考えながら、階段を駆けおりた。

もう少しでキャメロンにキスをするところだった。あのときフェルプスとカミンが到着しなければ、ジャックはキスをしていただろう。

どう考えても大きな過ちだ。少なくともその点では、ふたりの意見は一致を見るに違いない。

バイクから降りたときのキャメロンの表情に、一瞬不意を突かれた。あの表情が何を意味するのかはわからないが、ジャックはすでに自分を取り戻していた。キャメロンは彼の証人だ。いや、そんなことよりも彼女はキャメロン・リンドだ。つまり、近寄ってはならない相手なのだ。前回キャメロンに近づきすぎてしまったとき、もう少しでやけどをするところだった。大やけどだ。二度とあんな目に遭いたくない。

ジャックはシカゴに戻ってこられたことを喜んでいた。人づきあいの悪い彼は友人が多いほうではないが、妹と二歳になる甥っ子が街の近くに住んでいる。今度はシカゴに定住するつもりだったから、もう失敗はできない。特にキャメロンに関係することは要注意だ。

ジャックは家のまわりを歩きながら、窓もドアもすべて安全であることを確認した。点検を終えると正面の門を閉め、縁石近くに停めた覆面パトカーに向かった。カミンとフェルプスに見られていたかどうかわからないが、ジャックが近づいていっても、ふたりはにやついたり唖然としたりしていない。いい兆候だ。

ジャックが車のそばまで行くと、助手席側のウィンドウが開いた。年長の巡査の表情を目にしたとたん、ジャックは悪い兆候だと思った。

カミンがわかっていると言いたげににやりとした。「だから彼女をレストランから送りたかったんですね」

フェルプスがシートから身を乗りだす。「ミズ・リンドはもう、銀行投資家のマックスとは結婚式に行かないってことですか？」

ふたりが何も見ていないという望みはついえた。

12

街の西側ではグラントが真剣な顔つきで、〈クラブ・リオ〉と赤いネオンが光るバーに向かっていた。銃とショルダーホルスターを身につけていないので裸も同然の気分だったが、こんな場所に銃を携行しようとするのは死にたい願望がある者だけだ。

グラントがバーのドアを開けると、サルサのリズムを刻む大きな音がどっと押し寄せてきた。彼が中に足を踏み入れるや、イヤホンをつけた全身黒ずくめの用心棒にボディチェックをされた。グラントはミスター・ブラックにはどこで会えるのかと用心棒に尋ねた。仲介者から聞いたのはその名前だけで、このクラブでミスター・ブラックとの面会を求めろと言われたのだ。用心棒はクラブの奥にある無人のブースが並んでいるところを顎で示した。

グラントは角のブースを選んで席についた。大音量で音楽が鳴っているので、自分と〝ミスター・ブラック〟の会話を誰かに聞かれるとは思わなかったが、ここに来た目的とリスクを考えれば盗み聞きされる可能性は排除したい。ウエイトレスが注文を取りに来て、グラントはウイスキーをストレートで頼んだ。飲むつもりはないものの、こういった場では見かけが大事だ。極度に緊張していると思われたり怪しまれたりしたくない。

ウエイトレスが飲み物を持ってくると、彼はブースの席にもたれ、クラブの中央のフロアで踊るダンサーたちを見るのに気を取られているふりをした。二曲目の途中で、長身で痩せ型の四十代くらいの男がテーブルに現れた。濃い色のジーンズに、白のコットンシャツの襟を開けてだらしなく着ている。短く刈りこんだブロンドに染めた髪。まくりあげた袖から出ている腕には、びっしりとタトゥーが刻まれている。グラントの予想していた人物像とはまったく違った。

「ミスター・ブラックか？」グラントは尋ねた。

「あたりだ」男がかすれ気味の声で言い、テーブルの向かい側に座った。「ロンバード、FBIの捜査に関する情報が知りたいらしいな」

グラントは相手がなぜ自分の名前を知っているのか、訊かないことにした。「ロベルト・マルティーノが手を貸してくれるかもしれないと聞いたんだ」

ミスター・ブラックがチェリーという銘柄の煙草(たばこ)に火をつけ、テーブル越しに煙を吐く。「マルティーノは人に手を貸したりしない。人がマルティーノに手を貸すんだ。ひとつ訊かせてくれ。ホッジズ上院議員はおまえがここにいるのを知ってるのか？」

グラントは相手がなぜ自分の上司を知っているのかも訊かないことにした。「ホッジズに知らせる必要はない。彼のチーフスタッフがおれをここによこしたんだ」ドリスコールに言われたから来ただけだという見え透いた嘘をついた。もっとも、この会合を誰かに嗅ぎつけられる可能性は低い。〈クラブ・リオ〉は秘密がもれるような場所ではないからだ。

「なんでおれが議員のチーフスタッフのことを気にかけてやると思うんだ？」ミスター・ブラックが尋ねる。

「やつは有力者とつながりがあるからだ。ホッジズとのコネが、いつかあんたのボスの役に立つかもしれないだろう」

ミスター・ブラックが煙草を吸いこみながら、グラントの言ったことを吟味した。

「まあな。役に立たないかもしれんが」

「ホッジズ議員とマルティーノには共通の敵がいると知ったら、もう少し興味を持ってもらえるかな？」グラントは訊いた。

「マルティーノには山ほど敵がいる。どの敵のことを言ってるんだ？」

「ジャック・パラスだ」グラントがミスター・ブラックの目を観察していると、彼はそれが誰かすぐにわかったようだった。「知っているみたいだな」グラントは確かめた。

ミスター・ブラックがうなずく。「ああ……ジャック・パラスなら知ってる。出会ったときは違う名前を名乗ってたがな」先ほどよりもはるかに関心を抱いている様子だ。「パラスの何を知ってるんだ?」

「あんたたちの組織にやつが潜入していたことはわかってる」グラントが言った。「やつがマルティーノをだまして、手下の何人かを片づけたことも」

ミスター・ブラックは一瞬黙りこんだ。「ロンバード、おまえの目的はなんだ?」

「パラスはホッジズが巻きこまれた殺人事件の捜査を指揮している。FBIはおれたちに何かを隠している。連中が何を隠しているのか探れと、チーフスタッフから頼まれた。この件で手を貸してくれたら、やつはもちろん感謝する。議員の最高顧問として、いつか借りを返すつもりでいるに違いない」グラントがドリスコールの腹づもりを誇張して言ったのは、マルティーノが借りを返してもらいに来たとき、自分ではなくドリスコールに処理してもらおうと算段したからだ。

そこへウエイトレスが無言の合図を受けたかのようにどこからか現れ、ミスター・

ブラックの前に灰皿を置いた。彼は煙草の灰を落とすと、その先端を灰皿に押しつけて火を消した。ミスター・ブラックが次の一本を吸うのを見ながら、グラントは自分の申し出を相手が熟考していることがわかった。

「こう考えてみてくれ。おれたちに手を貸すことで、パラスの捜査を台なしにできるんだ」グラントはまた口を開いた。「やつが何を隠してるか知らないが、誰にも知られたくないほど重要な証拠であることは間違いない」

ミスター・ブラックは席にもたれ、おかしくもなさそうに笑った。「こっちにはなんの得もないのに、おまえはおれたちがその情報をくれてやると確信してるみたいだな。マルティーノがどれだけパラスを嫌ってるのか高く見積もりすぎてるようだ」

「そうか?」

ミスター・ブラックはしばらく無言だった。やがて煙草をひと口吸って立ちあがった。「待ってろ」

グラントはゆっくりと息をついた。何人かのならず者を従え、証拠が残らないようトランクの内側にビニールシートを貼った車に乗って戻ってこないところをみると、ミスター・ブラックは何ごとかを相談しに行ったらしい。

彼は数分後に戻ってきて、テーブルに折りたたんだ紙片を放った。「その男が手を貸してくれる。土曜の夜十時に、そこに書いてある場所で会えばいい。ロンバード、おまえはおれたちに借りができた。チーフスタッフやほかの誰でもない、おまえがだ。その男がどんな情報を握っているかは知らんが、きっと役立つだろうよ」

グラントは怒りがわき起こるのを感じたが、表情には出さなかった。彼もその情報が役立つことを願っていた。あてにしていた。

紙を開き、そこに書いてある名前と住所を見る。からかわれているのかと思って相手を見あげた。「本当にこいつが?」

「そうだ」ミスター・ブラックはブースから出て、人混みに消えていった。

グラントは手にした紙をもう一度見た。驚きの展開だ。その男と個人的な面識はないが、もちろん名前は知っている。アメリカの政治や法執行機関に携わっている者なら、それもシカゴ在住なら誰でも知っている。

サイラス・ブリッグズのことは。

13

ジャックはウィルキンズと飛行機から降りながら腕時計を見た。到着が予定より三時間遅れた。これこそ空の旅の醍醐味だ。

そもそもジャックは、飛行機が遅延する前から機嫌が悪かった。ウィルキンズと搭乗を待っているときにデイヴィスから連絡が入り、捜査の進捗状況を訊かれたからだ。デイヴィスがＦＢＩ長官からプレッシャーをかけられているのは知っている。そうなると、今度はジャックがデイヴィスからプレッシャーをかけられる番だ。そして残念ながら、報告できることはほとんどなかった。

この三日間で関係者たちの話を聞いたものの、進展はない。まず、マンディ・ロバーズとホッジズ議員の関係に嫉妬していた可能性のある、彼女の古くからの顧客と元恋人たちをあたってみた。ロバーズの男関係においては手がかりはゼロだった。ロバーズは娼婦としてのテクニックに優れていたので顧客たちから気に入られていたようだが、彼らの誰ひとりとして彼女がほかの男たちと寝ていることを特に気にしていなかった。その点は元恋人たちも同様だった。たとえ気にする男がいたとしても、ロバーズと精神的な深いつながりを感じていた者は少数だろう。彼女は仕事としてすべきことをしただけで、しかも見事なテクニックを披露していたらしいけれども、その過程で個人的な関係を築くことはなかった。

奇妙なことに、ジャックはマンディ・ロバーズの人物像になぜか共感のようなものを覚えた。仕事によっては、相手とある程度の距離を置く必要がある。つまり、すべきことをするために個人的な感情を排除するのだ。そう思っているからこそ、キャメロンの件でリポーターに感情を爆発させてしまった自分に誰よりも驚いた。大きなプレッシャーがかかる状況でさえも、冷静さを失ったことがほとんどなかったからだ。それなのにキャメロンときたら、彼をいらだたせるのが頭にくるほどうまい。

そういえば、今週は常に〝頭にきている〟気がする。どこを向いても、彼を激怒させることしか能がないやつらにばかり出会っているかのようだ。ウィルキンズとの出張中もいらだちの連続だった。

ふたりが昨日ニューヨークに飛んだのは、ホッジズに恨みを抱いている可能性のある人物のリストにあたるためだった。そのリストは主に、最近ホッジズが上院銀行・

住宅・都市問題委員会の委員長に任命されたことを念頭に作成したものだ。ホッジズは金融機関、特にウォール街の投資銀行やヘッジファンドのさらなる規制と監視を断固として主張している。彼が委員長としてまず発案したのは、不適切な取引慣行や株式市場の崩壊に関する上院調査公聴会を開くことだった。その発案により、ホッジズはウォール街の最高経営責任者(CEO)たちから大きな不興を買った。

ジャックは、ホッジズの弁護士たちより扱いにくい弁護団など存在するはずがないと思っていた。ところがこのニューヨーク出張で、自分が間違っていたことを思い知らされた。ジャックとウィルキンズはリストに載っていたヘッジファンドと投資銀行のCEOの多くと最終的には会うことができたが、彼らと対面した時間は難儀そのものだった。彼らのうちのほとんどの者はジャックの執拗(しつよう)さに根負けし、そうでない者もウィルキンズの愛嬌(あいきょう)に屈服した。しかし何人かの頑固者たちは、FBI捜査官とは誰とも話したくないときっぱり拒絶した。全体的に見て、大変な日々だった。

ニューヨーク滞在中に、ジャックはシカゴ支局の調査専門家に命じて、その週に話を聞き取った人々全員の写真をファイルにまとめさせた。飛行機の到着が遅れなければ、ウィルキンズと支局に寄ってファイルを受け取り、そのままキャメロンの家を訪ねて写真を見せるつもりだった。あの晩、殺人が起こる前に、たとえばロビーやレストラン、望むべくは十三階でキャメロンが犯人を見かけた可能性がある。ファイルの中にその人物の写真があれば、見覚えがあると彼女が気づくかもしれないと願っていたのに。

「どうする？」ユナイテッド航空のターミナルを通り抜け、昨日の朝に車を停めた二十四時間営業の駐車場に向かいながら、ウィルキンズが尋ねた。「もう夜の七時十五分だ。キャメロンを訪ねるには遅いかな？　もっと早い時間に行くと伝えていたんだ。彼女は今夜は予定があるって言ってたから、もう家にいないかもしれないな」

ジャックは相棒を見た。「なんの予定だ？」

ウィルキンズが肩をすくめる。「それは言ってなかったな。なぜ気にするんだ？」

「別に。訊いただけだ」ジャックは携帯電話を出してカミンにかけた。水曜の騒動があってから、カミンとフェルプスにいつでも連絡ができるように、ふたりの番号を尋ねておいた。

カミンが応答し、キャメロンがまだ在宅していることが確認できた。「しばらく家にいると思います。女友だちが何人か訪ねてきて、腰を落ち着けたみたいですから」

ジャックは礼を言って電話を切った。水曜の夜に起こりそうだった出来事について、カミンに何か言わせるチャンスを与えたくない。ジャックにとっては〝起こりそうだった〟という点が重要だった。もし本当にキャメロンにキスをしていたら、ジャックもその事実を認めざるをえない。認めるだけでも不本意だ。しかし実際はキスをしそうになっただけなのだから、何も起こらなかったかのごとく振る舞うこともできるわけで、むろんそうするつもりだった。

「どうして直接キャメロンに電話をかけて、今から行ってもいいかと訊かないいんだ？」ウィルキンズが尋ねる。

「訊いたら断られるからな。明日じゃだめなんだ」明日はジャックがシカゴに戻って初めての休日で、甥っ子をシェッド水族館に連れていく予定だった。「それに月曜はキャメロンも仕事に戻るだろう。職場でこの話はしたくない。彼女がこの件でＦＢＩに協力していることは、誰にも知られてはならないからな」

「ジャック、彼女に会いたいなら、素直に認めろよ」

「ああ、会いたいよ。写真を見てもらうためにな」

ウィルキンズはわかっていると言いたげにジャックの肩を軽く小突いた。「じゃあ、そういうことにしておこう」

片意地を張っていると、あとで泣きを見ることがある。

この日もそうだ。

ジャックはその光景を目のあたりにしながら、キャメロンの家の前に立ちつくした。窓越しに見えるのは、少なくとも十五人から二十人の女性たちだ。

「女友だちが〝何人か〟訪ねてきたと言ってただろう」ジャックはカミンに詰め寄った。ふたりはフェルプスとウィルキンズを従えて覆面パトカーの前に立ち、二十代後半から三十代前半の女性がまたひとりキャメロン宅の玄関前の階段をのぼっていくのを通りから見つめた。女性はジーンズにハイヒールを履いて、ピンク色のギフトバッグを持っている。彼女が玄関のベルを鳴らすと、しゃれた装いの華奢(きゃしゃ)なブロンドの女性がドアを開けた。女たちの騒々しい金切り声と抱擁が起こり、ドアが閉まって静けさが戻った。

カミンが肩をすくめる。「さっきは本当に数人だったんです」

「バチェロレッテ・パーティを開いているらしいと、電話で教えてくれてもよかったんじゃないか？」

「あなたたちがすぐに来るとは思わなかったんですよ、パラス捜査官」

ジャックは自分が招いた結果だと気づいて口をつぐんだ。

「あのピンクのギフトバッグはなんだろうな？」ウィルキンズがいぶかしげに訊いた。

ウィルキンズの横には、フェルプスが同じく目を見開いて感心した顔で立っていた。

「ゲームをするそうですよ。それぞれ、自分がいつもはいているような下着を買ってくるんです。それが誰の下着か、花嫁があてるらしい。外したら、罰として一杯あおる。あてたら、あてられた女性が飲む」

「キャメロンは、エイミーに悪趣味なゲームだと思われないかと心配してたんですが、エイミーのいとこがぜひやろうと言ったらしいですよ」カミンがつけ加えた。

ジャックはふたりに一瞥をくれた。「きみたちはあのパーティに夢中なんだな」

フェルプスがにやりとする。「キャメロンみたいな女性が下着の話を始めたら、夢中になって聞くしかないでしょう」

「どうだい、ジャック？　できそうか？」ウィルキンズが訊いた。

「何を？」

「二十人分の下着を誰のものかあてるんだよ。キャメロンの下着がどれかあてられると思うか？」

ジャックはこれまでにナイフや銃、そのほか人が考えうるあらゆるものを突きつけられて尋問されたことがあるが、ウィルキンズの質問ほど答えに窮したものはなかった。

なぜならジャックは今、キャメロンの下着のことを考えていたからだ。

「その方面は特に詳しくないからな」ぶっきらぼうに答えた。「おまえならわかるのか?」

「いいや。でもぼくは、三日前の晩に彼女にキスをしようとしたわけじゃない」ウィルキンズが言った。

ジャックはカミンとフェルプスをにらんだ。「何から何まで報告しあってるのか?」

ウィルキンズに向かって顎で促した。「帰るぞ」

ウィルキンズは首を振った。「冗談だろう。キャメロンに写真を見せるために来たんだから、見せに行こう」

ジャックは家を指した。「本気であそこに入っていくつもりか?」

ウィルキンズがうれしそうに目を輝かせる。「ああ、もちろん。相棒なんだから、きみも一緒だ」

「バッグは神聖なるものだから探るべきじゃないと言ってたやつが、バチェロレッテ・パーティに押しかけるのか? バッグを探るよりたちが悪い」

ウィルキンズが待ちきれないといった様子で両手をこすりあわせた。「ああ、でもバチェロレッテ・パーティに参加できる機会なんて二度とないからね」

「おまえはＦＢＩ捜査官なんだぞ、ウィルキンズ」ジャックは諭すように言った。「ああ、それに独身でもある。ジャック、あの家には飲んでショーツを見せあっている魅力的な女性が二十人もいるんだ。悩む必要もないだろう」ウィルキンズは車から離れ、家へと向かった。

「おまえは〝いい捜査官〟だから言うのは簡単だ。非難されるのはおれだ」ジャックはあとに続きながらぼやいた。

ウィルキンズがにやりとした。「だから絶好のチャンスなんだ」

キャメロンは、チーズやフルーツやトリュフが残ったトレイを全部しまえるところはないかと冷蔵庫の中を探していた。エイミーのいとこのジョリーンが冷蔵庫のドアの向こうから顔をのぞかせた。

「ねえ、ストリッパーはいつ来るの？」

キャメロンはかぶりを振った。「言ったでしょう、ストリッパーは呼ばないって」

彼女は声を潜めた。今夜、一度でもエイミーに〝ストリッパー〟という言葉を聞かれたら大変なことになる。花嫁付添人であるキャメロンは、パーティで許容できるお遊びの詳細なリストをエイミーから渡された。そして間違いなく、裸の男はリストに載っていなかった。

予想どおり、エイミーのもうひとりのいとこであるメラニーが、冷蔵庫のドアの向こうから顔を出した。ジョリーンとメラニーはまるでブックエンドのごとくペアで行動する。ひとりを見かけたら、必ずもうひとりも金魚のふんのようにくっついている。

「わたしたちはエイミーに怪しまれないようにそう言ってるだけだと思ってたわ」メラニーが言った。

キャメロンは、ふたりが何かに対して不満があるときは率直にそう表明せず、〝わたしたち〟という言葉を使って遠まわしに非難してくることに気づいていた。

「そうよ。わたしたちはみんなを驚かせるために、あなたが見え透いた嘘をついたと思ってたのに」ジョリーンが続けた。

「費用の問題なら、わたしたちが喜んでカンパするわよ」メラニーが言い添える。

キャメロンは言いたいことをのみこんだ。ふたりは裸の男を呼ぶためなら、時間も金も惜しまないと言っている。時間と金は、ふたりが今までさんざん出し惜しみしていたものなのに。しかしキャメロンは同じ花嫁付添人のよしみで作り笑いを浮かべた。

「お金の問題じゃないの。ストリッパーはなしだとエイミーと約束したのよ。ごめんなさいね」その交換条件として、キャメロンは自分が婚約した際は同じくストリッパーはなしという約束をエイミーから取りつけた。しかし現状を鑑みれば、つまりキャメロンに（1）恋人がいないこと（2）恋人ができそうにないことを考えれば、エイミーが約束を果たす機会は訪れそうにない。今、キャメロンに間違いなく起こっているのは困難や難局のたぐいだ。まずはマックスとの問題が起こり、次に玄関でジャックとキスをしそうになったあの非現実的な問題が起こった。

きっと心的外傷後ストレス障害（PTSD）だとキャメロンは結論づけた。絶対そうだ。なにしろ殺人現場の物音を聞いたのだ。そういった状況下では、非現実的でおかしな行動を取ることがあっても不思議ではない。

エイミーがキッチンに入ってきた。「キャメロン、玄関に誰か来てるわよ。男性が」いとこふたりがもの欲しげな視線を交わしながら目を輝かせる。〝ストリッパーが到着したんだわ〟

エイミーが非難がましくキャメロンを指さした。「約束したわよね。その男性がわたしの考えている職業の人だったら、覚悟しておきなさい。あなたの番になったら十倍にしてお返ししてやるから」

キャメロンは笑顔でエイミーをやり過ごし、玄関に向かった。「心配無用よ。頼んでおいたリムジンの運転手が到着したんだわ」

エイミーはキャメロンについてキッチンから出るなり、階段を駆けあがって二階に向かった。

「大丈夫だってば……ストリッパーじゃないわよ」キャメロンは笑った。

「ちょっとメイクを直してくるの」エイミーがキャメロンの視界から姿を消しながら言った。

キャメロンはのぞき穴を確認した。驚いたことに、リムジンの運転手ではなかった。彼女はドアを開けた。

「ウィルキンズ捜査官」外に出て、プライバシーを守るためにドアを半分閉めた。「何かあったの？」

ウィルキンズがにっこりする。「パーティを開いているみたいだね。何か特別なお祝いかな？」

「親友のエイミーのバチェロレッテ・パーティよ」

「バチェロレッテ・パーティだって？　きみは言わなかっただろう？　ぼくたちも知っておきたかったな」

「ぼくたちって？」

「ジャックがそのへんをうろついてるはずだ。家の周囲を点検するとか言ってね。F

BIが時間稼ぎをするときの合言葉みたいなものだな。それはともかく、電話で話した写真を見せに来たんだ」ウィルキンズがドアの向こうをのぞこうと首を伸ばした。

「今日の午後のもっと早い時間に見せに来ると言っていたじゃない」

「飛行機の到着が遅れたんだ。でも、しかたがないな……きみは忙しそうだから、また別の機会にしよう」ウィルキンズはキャメロンが今まで見た中でも間違いなくトップクラスの〝いい捜査官の笑顔〟を振りまいた。

キャメロンは苦笑してうなずいた。「うまいわね。今回はコーヒーすら持ってきてないのに。二十分くらいですむ？」

「十五分ですむよ」ウィルキンズは請けあった。

彼女は家に入るように身ぶりで示した。「みんなには、わたしが担当している訴訟の件で話しに来たって言っておくわ。例の事件のことは誰にも言ってないから」自分が予防策として警護されていることはコリンとエイミーにしか話していない。

キャメロンの背後でドアが開いた。ジョリーンとメラニーが立っている。

「誰にも言ってないってなんのこと？」ジョリーンは知りたがった。そしてウィルキンズを見るとにんまりした。「やっぱりね！　キャメロン、もう少しで引っかかるところだったわ。あなたがわたしたちを失望させないってことはわかってたのよ」ウィルキンズを上から下までじろじろ眺めた。「あら、ちょっと痩せ型なのね。せめて全裸にはなったほうがいいわよ」

「なんの話だい？」

「あなたをストリッパーだと思ってるのよ」キャメロンは説明した。

ウィルキンズはその言葉に気をよくしたらしい。「ああ、そういうことか。失礼、ぼくはただのＦＢＩ捜査官なんだ」

メラニーがウインクをする。「そうみたいね」

「制服みたいなのは着なくていいの？」ジョリーンが訊いた。「そのほうが本物っぽく見えるのに」

「ぼくは特別捜査官だからね。制服を着るのは訓練生だけだ」

いとこふたりは納得した顔になって互いを見やった。「新しいやり口ね」

キャメロンがウィルキンズに身分証を見せたらどうかと言おうとしたとき、ジャックが階段をあがってきて玄関に到着した。

「遅くなってすまない」ぶっきらぼうにうなずく。

いとこふたりはジャックをひと目見るなり、口をぽかんと開けた。ジーンズに襟元を開けたシャツ、黒のブレザー。いとこたちがどう判断したのか、キャメロンは正確にわかっていた——背が高くて、浅黒くて、ハンサムな顔だとかなんとか。セクシーで、罪作りで、引きしまった体型うんぬん……だからどうしたというのだろう。キャメロンはそうした面には注意を払っていない。

ジョリーンが手を伸ばしてキャメロンの服の袖をつかみ、脇のほうへと引っ張っていった。

「信じられない……彼を呼ぶのにいくらかかったの？」小声で尋ねる。

キャメロンは一瞬、間を置いた。「派遣会社は何も言ってなかったわ。全裸になってもらうのにいくら払えばいいのかは本人に訊いてみたら？」

ジョリーンとメラニーが顔を見あわせた。「それもそうね」

キャメロンはふたりがジャックに話しかけようとしているのを見て、こっそり笑った。

14

「提示された金額はほんの少し、おれが希望する額に足りなかった」

その声を聞いて、キャメロンは手を伸ばしかけていた戸棚から振り返った。ジャックがドアのところに立っている。

彼女は笑みを浮かべるまでに一瞬かかった。「それは残念だったわね」

体に合うようセーターの位置を直す。Vネックの黒のセーターは襟ぐりが深く、ゆったりとしたデザインだ。先ほどグラスを取ろうと戸棚に手を伸ばしたとき、セーターの首の部分が肩までずり落ち、下に着ているキャミソールがあらわになっていた。

ジャックはキャメロンがセーターを引きあげるのを無言で見つめていたが、やがて身ぶりで戸棚を示した。「手伝おうか?」近づいてきて、持っていたファイルを戸棚の下にあるカウンターへ置く。

「ええ……そうね。もっとグラスが必要なの。十センチのハイヒールを履かなくてはならないかもと考えはじめていたところよ」指さしながら口を開く。「左側にあるグラスをお願い。白ワインが好きな人がこんなにたくさんいるとは思わなかったわ」

「いくつ取ればいい？」

「とりあえず、二脚お願い」

ジャックは腕を伸ばしてグラスを取ると、キャメロンに手渡した。

キャメロンはグラスを受け取りながら、内心で驚いていた。この瞬間だけでも、ジャックとこうして普通に会話ができるなんて。どうか彼があの夜のことについて何か言いだしませんように。そう願いつつ、背を向けてアイランドカウンターにグラスを置いた。

「それで、あなたとウィルキンズはバチェロレッテ・パーティによく乱入するの？」グラスにワインを注ぎながら尋ねた。こうしてごく普通に振る舞っていれば、ジャックも調子を合わせてくれるだろう。そうすればふたりとも、自宅の玄関前の階段で起きた、思いがけないささやかな遭遇について忘れられるかもしれない。

ジャックがカウンターに寄りかかった。「念のために言っておくが、中へ入ろうと言いだしたのはウィルキンズだ」

「そのウィルキンズはどこにいるの？」

「リビングルームだ。あいつをストリッパーだと勘違いしている二十人ほどもいる女性たちに囲まれてる。おれは避難するのが一番だと考えてここに来た」

「軍隊式に、〝ひとりたりとも戦場に置き去りにしない〟というわけじゃないのね」

「もしウィルキンズが悲鳴をあげたら、おれも援護射撃に向かってあいつを連れ戻す」ジャックはファイルを掲げた。「この件について質問してかまわないか？　きみを長く引きとめてパーティを中座させたくない」

キャメロンはうなずき、カウンターの椅子に座った。ジャックは御影石(みかげいし)のカウンターに写真を広げると、最初に二枚並べて彼女をちらりと見た。

「何よ？」

「今夜どれくらい飲んだ？」ジャックがうたぐり深そうに尋ねる。

「あなたが心配するほど飲んでないわ」

なんて友好的なやり取りだろう。キャメロンが顔をしかめて答えると、ジャックも一瞬、しかめっ面を返してきた。うっかりしていると見逃しかねないほど短い時間だったけれど。

「どれくらいだ？」ジャックが再び尋ねる。

「ワインをグラス一杯だけよ。まさか今夜、わが家のキッチンで写真を確認させられるとは思ってもいなかったんだもの」

「あてられたのか？」

「あてられたって、何を？」

「下着ゲームだ」ジャックが落ち着かない様子で身じろぎをする。余計なことを口にしてしまったと気にしているようだ。

キャメロンは片方の眉をあげると、詰問口調で尋ねた。「下着ゲームについて何を知っているというの、パラス捜査官？」

ジャックが冷笑を浮かべる。「おれが知りたいと思っている以上のことだ。さあ、写真を見てくれ」キャメロンの前にさらに三枚写真を置いた。「ゲームのあと、下着はどうなるんだ？」

「花嫁が全部、新婚旅行へ持っていくの」

「なるほど」ジャックはさらに写真を並べた。全部で十五枚ある。「さあ、ゆっくり時間をかけて、ここにある写真を一枚ずつよく見てほしい。きみがエレベーターで見かけた人物、あるいはロビーや廊下ですれ違った人物がいるかもしれない。殺人事件が起きた夜、あのホテルにいた人物を見つけられたら、捜査の大きな突破口になる」

「たしか、この全員が事件の夜はペニンシュラにいなかったと主張しているんじゃなかった？」

「ああ、死亡推定時刻にはそうだ」ジャックは二枚の写真を指さした。「このふたりの男がホッジズのスタッフだ。チーフスタッフのアレックス・ドリスコールとボディガードのグラント・ロンバードで、ふたりとも翌朝早くにあのホテルに行ったと言っている。彼らの供述によれば、ホッジズはおれから話を聞かれたあと、ふたりに電話をかけている」

キャメロンはまずドリスコール、次にロンバードの写真に意識を集中させ、そのあと残りの者の写真にも目を通した。見終えると、写真を重ねてカウンターに置いた。

「残念だけど、誰にも見覚えがないわ」

「この一週間で、あの夜目撃した男について新たに思いだしたことはないか？」

キャメロンは一瞬考えこんだ。何かが気になっている。記憶の片隅に何かが引っかかっている……でもなんだかわからない。つかもうとするとするりと逃げてしまう。

「特にないわ。あまりに突然のことだったから」

ジャックが髪に片手を差し入れて目を閉じた。何気ない仕草のせいで、彼はとても普通に見える。

「疲れているみたいね」キャメロンは言った。

ジャックは目を開けると、いつもより優しい表情を浮かべた。「このところ、長い一日が続いているだけだ」

「ここにいたのね」エイミーが大股でキッチンへ入ってきた。「キャメロン、あの下着ゲームは何？　あんなゲームを許した覚えはないわ」

「あなたのいとこに言って。彼女たちのアイデアよ」

「花嫁付添人としてパーティを問題なくやり遂げるのがあなたの厳粛な任務のはずよ」

キャメロンは笑い声をあげた。「厳粛な任務ですって？　こういうことになると、あなたは本当に頭がどうかしてしまうのね」

「そうね、つい感情的になってしまったわ」エイミーがジャックに注意を向けた。「パラス捜査官……こうして個人的に会えるなんて光栄だわ。ほら、あなたのことはニュースで何度も目にしたから。ええと、あれはなんのニュースだった？　ああ、そうだった。世界の半数の人が見ている前で、わたしの親友を侮辱してくれたんだったわね」

ジャックはキャメロンに向き直った。「きみはおれが偶然立ち寄ったときにいつでも怒鳴りつけられるように、友人を待機させてるのか？」

「いいえ。でもそれは、次回のためのいいアイデアかもしれない」キャメロンはエイミーに説明した。「先週の日曜、彼はコリンと会ったの」

「へえ。怒れる友人代表として、どっちがより辛辣だった？　わたし？　それともコリン？」

「どっちも最初は威勢がよかったが、最後には勢いを失ってたな」

「なんてことと」

キャメロンはジャックが笑いをこらえようとしているのを視界の隅でとらえた。

「そろそろウィルキンズの救出に行かないと。下着ゲームが始まると聞いたら、あいつをここから引きずりだせなくなる。キャメロン、時間を取ってくれてありがとう。見送りは無用だ」

ジャックがキッチンから出ていくと、エイミーが言った。「彼ったら、あなたのキャミソールから目が離せない様子だったわね」

キャメロンは自分の姿を見おろして、セーターがまたしても肩までずり落ちていることに気づいた。ドライクリーニングに出さずに手洗いしたせいで、型崩れしてしまったのだろう。彼女はセーターを引っ張った。「ジャックは一度もそんなふうな目で見てないわ」

「あなたがわたしに話しかけている隙に見てたのよ。ところでウィルキンズ捜査官から、家の前で待機している男の人たちじゃなくて、自分とジャックと一緒にバーへ行こうと誘われたの」

「だめよ」

「もう遅いわ。イエスって答えておいたから」

「どうして勝手にそんなことをするの？」

「今夜、すべてがどう展開するのか興味があるの。ジャックが戸口に姿を現したとき、わたしは階段の上に立って、あなたが彼を見る目つきを観察していたから」

キャメロンはいらだって両手をあげた。「〝彼を見る目つき〟ってどういう目つきよ？」どんな目つきであれ、今後はそんな目つきをしないよう細心の注意を払わなければ。

エイミーがにんまりする。「『トムとジェリー』で、トムが何日も何も食べないでお腹をすかせてると、ジェリーがハムみたいに見えてくるシーンがあるでしょう？　あれと同じ目つきよ」

「絶対にだめだ」

ジャックはキャメロンの家の玄関前に立ち、ウィルキンズと言い争っていた。相棒であろうとなかろうと、どこかで境界線を引く必要がある。バチェロレッテ・パーティも、下着にまつわるゲームもごめんだ。それにあの黒いセーターの肩から灰色のシルクのキャミソールを、細身のスカートからほっそりした脚をのぞかせていたキャメロンも。そのせいで、今までキャメロンを嫌ってきた理由が曖昧になりつつある。

「もう遅い。フェルプスとカミンには、あと二時間はぼくたちがキャメロンを警護するとすでに伝えた」ウィルキンズが言った。

ジャックが確認したところ、まだ覆面パトカーは通りに停まっている。「まだあそこにいるじゃないか。最初の計画に戻すと伝えてくる」

「なあ、ジャック、〈マナー・ハウス〉に行ったことがあるかい？」

ジャックはあざけりの笑みを浮かべた。「おれたちのここでの任務は、流行の最先端のクラブに行くことじゃない」

「ということは、答えはノーだな。ぼくは行ったことがある。オープンしてまだ数カ月のときだ。三階建ての大きな建物で、もともとは世紀の変わり目に建てられた大邸宅らしい。そういう古い家がどんなかは知っているだろう？　とにかく部屋と廊下だらけで、暗がりも多い。特にそのクラブが雰囲気作りのために照明を落としているからなおさらだ。身を潜めるための場所はいくらでもある。しかもあのクラブは人でごった返していて、音楽も騒々しい。誰かがちゃんと注意を払っていないと、女性は即刻トラブルに巻きこまれてしまう」ウィルキンズが真顔で言う。「キャメロンはぼくが警護すべき証人でもある。フェルプスとカミンはいいやつらだが、この任務はぼく自身が担当したい。もしきみに異論がなければ」

ジャックはしばし無言のままだった。今、聞かされた言葉を理解し、謙虚に自分の誤りを認めるには時間が必要だった。

「ぼくにこんなことを言いだされて、不意を突かれただろう？」ウィルキンズがにやりとした。もういつもの彼に戻っている。

「威張るな。ショックだが十年に一度くらい、おれだって間違えることもある」

その夜の十時、グラントはミスター・ブラックから言われた場所に車を停めて待っていた。実際、足を運んでみてわかったのは、紙片に書かれた住所が街の西側にある人けのない倉庫だということだ。さらに五分後、この場所こそ、三年前に大々的にニュースで報じられたのと同じ倉庫だと気づいた。ジャック・パラスとマルティーノの手下たちのあいだで、伝説的な銃撃戦が繰り広げられた倉庫だ。しかも噂が本当だとすれば、パラスが逃げだす前に丸二日間拷問された場所でもある。

グラントはにわかに不安になった。もしかしてはめられたのか？ 可能性はある。だが、すぐにその考えを振り払った。ミスター・ブラックがこの場所を選んだのは、マルティーノを裏切るとどんなひどい目に遭うか思い知らせるためだろう。だがそれ以外の意図がないとは言いきれない。

グラントは女をひとり殺している。

特にその事実を思い悩んだりはしていない。むしろ今までのほうがもっとひどい事態の後始末を依頼され、それをこなしてきた。一連の仕事を通じて、あまたの不愉快きわまりない人物たちに対処してきた。だがロベルト・マルティーノのようなタイプの男たちとの仕事はまったくの別物だ。残念ながらあの殺人事件の捜査には、ＦＢＩまでが首を突っこんでいる。関与しているのがシカゴ市警だけなら、なんとでもなるという自信があった。だがどんな情報を握っているにせよ、あのＦＢＩ捜査官のジャック・パラスは厄介だ。

そういう心配をしなければならないのが気に入らない。

そのときタイヤが砂利を踏みしめる音が聞こえ、倉庫の前に黒のメルセデスベンツが停まった。グラントは車を出て、ベンツに近づいていった。

ベンツのドアが開いて降りてきた運転者を見ると、グラントはにやりとした。さすがはマルティーノ。その友人も驚くほど高い地位にある重要人物だ。

「これはこれは連邦検事。こんな状況で会うことになるなんて、なんという皮肉だ」

サイラス・ブリッグズはびくびくしながらあたりを見まわしている。マルティーノによほど弱みを握られているに違いない。

「普通なら、わたしはこんなことはしないんだ、ロンバード」

グラントはベンツにゆったりともたれた。「おれも初めてだ。だが上院議員があんたの助けを必要としてる。それにミスター・ブラックから、あんたが助けになるはずだと言われた」

「上院議員は何を必要としているんだ?」

「情報だ。ＦＢＩは何かを隠しつづけている。それがなんなのか知りたい」

サイラスがあざけりの笑い声をあげた。「ということは、ホッジズは本当にあの女を殺したのか?　まさかそんな一面があったとはな。それで、おまえが後始末を頼まれたわけか?」

「まあ、そんなところだ」

サイラスがグラントを注意深く見つめる。「ふむ……あるいは犯人は上院議員ではないのかもしれないな。おまえが自分の引き起こしたごたごたの後始末をしているのかも」

グラントはサイラスに一歩近寄った。「質問は控えるべきだな。ロバーズの事件の捜査に関する情報を教えろ」

サイラスが緊張していることを悟られまいと必死になっているのを、グラントはすぐに察知した。相手の目を見れば一目瞭然だ。このタマなしめ。検事局の面汚しだ。マルティーノはかなり以前からサイラスを買収していたのではないだろうか？

「その捜査は極秘扱いだ」サイラスが答えた。

「寝言は寝てから言え。くだらないことを言ってないで、パラスがつかんでる情報を教えろ」

グラントが見守る中、サイラスの額には玉の汗が浮かんでいる。

「言っただろう、極秘扱いなんだ。しかもわたしは捜査にかかわっていない」

「そんな戯言を信じると思ってるのか？　しかたがない。シカゴの連邦検事がアメリカ最大の犯罪組織の親玉から賄賂を受け取っていたという情報をリークしてやるか」

サイラスの額にさらなる汗が浮かび、生え際から流れ落ちていく。

グラントは首を傾けた。なんだかおもしろくなってきた。「何をそんなにためらっているんだ？」

サイラスが咳払いをした。「目撃者がいる」

とっさに自衛本能が働いたあと、グラントはすぐに冷たい怒りを覚えた。

目撃者。

グラントはサイラスの襟首をつかんだ。サイラスが驚きの表情を浮かべ、おびえた目をするのを見て満足感を覚える。

「目撃者は何を見た？」もう少しでサイラスの顔につばを吐きかけそうになった。

「わからない。本当だ」サイラスが口ごもりながら答えた。「パラスが彼女を警護している。わたしが知っているのはそれだけだ。誓ってもいい」

彼女。つまり目撃者は女だ。くそいまいましい女がまたひとり現れた。

グラントは襟首をつかんだ手に力をこめ、サイラスの体を揺さぶった。「女の名前は？」サイラスがためらうのを見て、もう一度大きく揺さぶった。「答えろ」

サイラスが息をのむ。

「キャメロン・リンドだ」

15

〈マナー・ハウス〉に到着すると、一行はすぐにＶＩＰルームに通された。キャメロンが数週間前に予約を入れていたおかげだ（ジャックのＦＢＩの身分証が威力を発揮したせいもあるだろう）。

ジャックはキャメロンの横に並んで枝付き燭台（しょくだい）がずらりと並ぶ廊下を進みながら、あたりを見まわした。

「興味深い場所だな」

実際、そのとおりだ。〈マナー・ハウス〉という名前からもわかるように、このクラブはもともと領主館（マナー・ハウス）だった。三階建てのどのフロアにも部屋がたくさんあり、どの部屋も〝世紀の変わり目〟というこの大邸宅ならではのテーマを感じさせるデザインだ。図書室や書斎、それにビリヤードルームまである。まるでボードゲームの〈クルー〉の世界に入りこんだみたいだったと、バチェロレッテ・パーティのためにこの場所を訪れたあと、キャメロンはコリンに冗談を言った。

そうやってあらかじめ下見をして予約を入れたため、キャメロンはクラブ内の詳細を知っていた。〝マスタースイート〟という名のVIPルームは階上にある。先頭にウィルキンズが、最後尾にジャックと彼女がつき、一行はオーク材の広い階段をのぼり、一番上にたどり着くとVIPルームへ足を踏み入れた。キャメロンはジャックがおもしろそうに目を輝かせたことに気づいた。

「実に興味深い」彼は部屋の隅にある、凝った装飾が施されたキングサイズの天蓋付きベッドを見つめた。

キャメロンが見守る中、エイミーやほかの女性たちはさっそくベッドに腰をおろすと、真剣な面持ちでなんの飲み物を注文するか相談しはじめた。いとこたちが声を張りあげて注文したのは甘いカクテルの〝やわらかい乳首（バタリー・ニップル）〟だ。

「この目新しさが薄れるまでに、あと一年はかかるわね」キャメロンはジャックに話しかけた。

エイミーがつかつかとやってくると、片手を突きだした。「ねえ、見て。ジョリーンから今、こんなものを渡されたの」開いた手のひらの上には、ビーズのネックレスがあった。プラスティックでできた小さな男性器と避妊具がテープで留められている。

「あら、あなたがいつもほしがってるものじゃない。ただのペニスネックレスよ。結婚式で身につけたら幸せになれる、〝何か新しいもの（サムシング・ニュー）〟にすればいいわ」キャメロンは答えた。

「これはだめ」エイミーは言った。「みんなからも取りあげて……いいわ、わたしがやる」キャメロンとジャックが見守っていると、エイミーは足早にベッドへ戻り、女性たち全員にバッグを開けるよう言い放った。

「彼女はちょっと……こういったことすべてに対して神経質になってるみたいだな」ジャックが言う。

　キャメロンはペニスネックレスを自分のバッグへ押しこんだ。「そういう時期なのよ。ありがたいことに、一週間後に結婚式を挙げればそれも終わるわ。本当はとても優しい性格なの」とはいえ、ここでエイミーについて詳しく説明するつもりはない。ただ父が殉職したとき、彼女の存在が神からの授かりもののように感じられたのは事実だ。キャメロンはひとり娘であるうえに、父と母は離婚していたため、父の葬儀はすべてキャメロンが手配しなければならなかった。だが彼女は精神的にまいっていて、それどころではなかった。そんなときエイミーがスーツケースを引いて戸口へ現れ、何も言わず二週間家に泊まりこみ、すべての手配を整えてくれたのだ。あのときのことを思えば、モンスター花嫁（ブライドジラ）の相手をするくらいお安いご用だ。

　ウィルキンズが来て、キャメロンにクラブソーダとおぼしき飲み物を手渡した。

「前回来たときは、VIPルームになんて入れなかった」そばを通り過ぎていくウエイトレスを見つめる。彼女は花火が飾られたウオッカのボトルを運んでいた。「誰も教えてくれなかったよ。この店に、あんな世紀の変わり目のメイドみたいな格好をしているウエイトレスがいるなんて。まぶしくってしょうがない」

　キャメロンは自分の見通しが甘かったことを認めて頭を傾けた。「目新しさが薄れるまでに、あと二年はかかるかもしれないわね」

「これこそ、ぼくが待ち望んでいた任務だ」

「いい気分でいられるうちは、なんとでも言っていればいい」ジャックは身ぶりでバーテンダーにクラブソーダのお代わりを頼むと、ウィルキンズに答えた。「本当の任務はこんなものじゃない」

「そうか。ネブラスカよりもずっとましだというわけかい？」ウィルキンズが冗談まじりに言う。

　ジャックは部屋の向こう側のベッドに座っているキャメロンを一瞥した。エイミーやほかのふたりの女性たちと話をしながら笑っている。手ぶりを交えながら何か言ったとき、セーターがまた肩までずり落ち、キャミソールの細いストラップがあらわになった。彼が見守る中、エイミーの腕に片手を伸ばしたはずみでキャミソールもずり落ち、黒いレースのブラジャーらしきものがちらりと見えた。「たしかに悪いことばかりじゃない」気づくとそうつぶやいていた。

ジャックがウィルキンズに視線を戻すと、相棒が意味ありげな表情でこちらを見ている。

「何も言うな」

「なんのことだ?」ウィルキンズが無邪気に尋ねた。「ああ……もしかしてこの店に着いてから、きみがどうしてもキャメロンから目を離せずにいることについては言及したりするべきじゃないという話か? それは口にするなと?」

「彼女を見守るのはおれの……おれたちの仕事だ」

ウィルキンズがうなずく。「もちろんだ」

ジャックは小声で悪態をついた。少なくともネブラスカでは、女性を何度か見やったところで、〝仕事上の理由〟として許されたものだが。

もう一度キャメロンを盗み見る。もちろん彼女の安全を守るためだ。セーターがまたずり落ちて鎖骨が見えている。そのあともずり落ちつづけ、ジャックをじらすようにやわらかそうなクリーム色の肌が少しずつあらわになっていく。灰色のシルクのキャミソールのストラップもだ。あのストラップなら、この歯で引きちぎれるだろう。キャメロンのあの肩。どうしても目を離すことができず、頭がどうにかなりそうだ。ジャックは罵りの言葉を吐き、ウィルキンズに向き直った。「ところで、あのセーターはどうしてやったらいいんだ？　キャメロンがまともに服を着ていられないのはあのセーターのせいだろう？　サイズを間違えて買ったんだろうか？　本当に、誰かがジャケットを着せてやる必要がある」バーカウンターから立ちあがった。「ちょっと行って、すべて安全かどうか確かめてくる」

エイミーが身を乗りだし、キャメロンの耳元でささやいた。「ジャックは今、行きつ戻りつしているわ」

「逐一動きを報告してもらう必要はないのよ」キャメロンはささやき返した。「彼が何をしているか知りたいなら、自分で見るから」

今、まさにそうしようとしている。彼女が部屋の反対側を見やって、バーカウンターのあたりをうろついているジャックの姿を確認したとき、彼が振り返った。ふたりの目が合うと、ジャックは部屋を横切ってキャメロンのほうに向かってきた。獲物をつけ狙う黒豹(くろひょう)のようだ。何を言いに来ようとしているのかわからないが、厳しい目つきから察するに、捜査官として何か意見するつもりなのだろう。

隣に座っていたエイミーは目をみはり、全身から腹立たしいほどの魅力を発しながら近づいてくるジャックをうっとりと見つめている。「ねえ、気が変わったわ。もしこれが大仕掛けなサプライズで、彼がわたしのためにストリップをしてくれるなら反対しない。ええ、反対なんてするもんですか」

エイミーの言葉を聞きつけ、ほかの女性たちがいっせいにおしゃべりをやめ、彼女の視線の先を見つめた。ジャックは近づいてくると、まるでスルタンを待ち望むハーレムの女たちのようにベッドに座っている女性たちの前に立ち、キャメロンを見おろした。

「話がしたい」

「いいわ。どうぞ」

「ふたりきりでだ」

キャメロンにしてみれば、こんなふうに命令されるのは気に入らない。でももしジャックが安全面の問題について話しあうつもりなら、ここで騒ぎを起こしたくない。

だからさりげない表情のままベッドからおりたのだが、はずみでスカートがめくれ、片方の脚がちらりと見えてしまった。どうしてジャックの前でばかり、こんな偶然が起きるのだろう。心の中でつぶやきながら、彼のあとについてVIPルームから出た。

ジャックに腕をつかまれたまま通路をしばらく進み、薄暗い廊下で立ちどまらされた。

「まさかわたしを殺すつもりじゃないわよね？」彼の真剣そのものの表情を見て、キャメロンはからかうしかなかった。

「今日は殺さない」

ジャックがようやく腕から手を離し、廊下を行ったり来たりしはじめる。キャメロンはなぜ彼がこれほど興奮しているのかわからなかった。でもこうして見つめていても、今はジャックがハムのようには見えないことに満足していた。

むしろ、とろりとしたフォンダンショコラだ。女性なら舌なめずりをして最後のひとかけらまで味わわずにいられない、とても罪深くて、甘美で、内側にとろける熱さを秘めたデザート。それがジャック・パラスという男だ。

キャメロンは現実に意識を戻した。「それなら、あなたが今から言おうとしていることをわたしにあてろというの？　それともこれがどういうことかあなたの口から言いたいの?」

「もうわかっているはずだ」

なんてこと。ジャックは今ここで、わが家の玄関前での例の〝絶対に起こりそうもなかったこと〟を持ちだそうとしている。

「捜査について?」そうであってほしいと祈る気持ちで尋ねた。

だが彼が浮かべた表情を見て、改めて思い知らされた。ジャック・パラスは軽く扱える男性ではない。

キャメロンは壁にもたれた。こうすれば、少しは気が楽になるかもしれない。

ジャックが足を止め、彼女を見つめた。

「あの夜の話し合いを終わらせたい」ジャックは近づいてくると、キャメロンの横の壁に片手をついた。「きみはデイヴィスのオフィスから出てきたあの朝について、おれが自分の見たいように見ただけだと言った。どういうことか説明してくれ」

キャメロンは反抗的な目つきでジャックを見あげた。こうやって脅かせば、相手がなんでも話すと思っているのだろうか? ジャックならそうかもしれない。相手が誰であれ、最終的には話を聞きだせるのだろう。でも自分にはすでに免疫がある。彼の官能的な魅力にだって負けない。だけど、なんていい香りなのだろう。シャンプーの香り？　アフターシェーブローションのはずはない。なぜならジャックの首元には、たった今ベッドから起きだしてきたばかりのような無精髭がうっすらと生えている。

　本当に免疫なんてあるのだろうか？

「またその話？」キャメロンは無関心を装いながら尋ねた。

　ジャックはもう片方の手も壁につき、完全に彼女を閉じこめた。

どうにもこうにもならない状況に効果的なのはユーモアだ。「これは不法監禁だわ、パラス捜査官」

「そうかもしれない。だったら、今からきみに違法な尋問をするまでだ」ジャックがキャメロンの目を見つめた。「最初から振り返ろう。三年前のマルティーノの事件からだ。きみは不起訴の判断をしたのは自分だと言った」

「そんな会話を今ここでするつもり？　こんな状況で？」キャメロンは身ぶりでふたりの距離の近さを示した。

　ジャックがゆっくりと笑みを浮かべる。「実際、話をするには完璧な状況だと思うが」先ほどより優しい声だが、視線はキャメロンに据えたままだ。「さあ、話すんだ、キャメロン。あの朝、おれはデイヴィスのオフィスから出てくるきみを見た。なぜきみは――」

そのとき照明が落ち、クラブ全体が深い暗闇に包まれた。

キャメロンはジャックの片手が彼女の腕にかけられ、彼のもう片方の手が胸をかすめたのを感じた。ジャックは銃を抜くべく、片方の手をブレザーの下に伸ばしたのだろう。

彼女はどうにか暗闇に目を慣らそうとした。ＶＩＰルームから甲高い笑い声や騒ぎ声が聞こえているが、そこ以外は静まり返っているようだ。しばらくして、そう感じたのは音楽が止まったせいだとキャメロンは気づいた。

「停電したの？」ジャックに尋ねる。

「そうみたいだな」床をきしませながら誰かが近づいてくる足音がする。ジャックはキャメロンを壁から引き離して命じた。「おれの後ろにいろ」彼女に背中を向け、銃を構える。

廊下の向こう側に人影が立っていた。

ジャックは体の位置をずらして前に立ち、キャメロンを隠そうとした。

「ジャック、ぼくだ」暗がりからウィルキンズの声が聞こえてきた。「ふたりとも大丈夫か？」

ジャックは銃をおろし、窓から差しこむ月明かりであたりがよく見えるところまでキャメロンを連れていった。

「建物全体が停電してるのか?」

「ああ、ぼくが知る限りでは」ウィルキンズは答え、キャメロンを見つめた。

こんなに真剣な顔をしているウィルキンズは見たことがない。キャメロンは何よりもそれに恐怖を感じた。

「何かわたしに関係があると思う?」

男性たちはどちらも答えようとしない。「確認してくれ」ジャックがウィルキンズに言った。「おれは彼女についている。何かわかったら携帯電話にかけろ」

ウィルキンズはうなずくと、その場から離れた。

ジャックがキャメロンの手を握る。「おれから離れるな」

彼女はひどく混乱していた。何もかもがあっという間に変わってしまった。冷静で落ち着いた態度を保つよう、自分を戒めなければ。

「何が起きたか判明するまで、きみをもっと安全な場所に連れていく」

キャメロンがジャックに導かれて歩きだすと、VIPルームのドアのところに立っていたエイミーにぶつかりそうになった。エイミーが視線を落とし、ジャックの銃を見つめる。「いったい何ごと? キャメロンをどこへ連れていくつもり?」

「今はここから離れなければならない」ジャックがキャメロンの耳元でささやいた。

「大丈夫だから」キャメロンはエイミーに言った。「ほかの子たちと一緒にいてね」

エイミーが何か言いだす前に、ジャックがキャメロンの腕を取って歩きだした。


暗闇の中、ジャックは人でごった返している廊下を進んだ。彼とは違い、ほかの人々はクラブの突然の停電を楽しんでいる。

今、目指すべきは狭い空間だ。ドアに鍵がかかるとありがたい。

二階にはそういった部屋がなかったため、見つけた裏階段をのぼり、キャメロンを三階へと連れていった。最初に見えた右手にある部屋はドアが閉まっていた。ジャックは勢いよくドアを開いて入った。

小さな部屋だ。きっとオフィスだろう。デスクの上にいた男とほとんど服を着ていない女が飛びあがった。

「何ごとだ?」男が驚き半分、怒り半分の様子で尋ねる。

「あんたは誰だ?」ジャックは質問に答えず、逆に質問した。

「このクラブの支配人だ。おまえこそ誰だ?」

ジャックは手ぶりでドアを示した。「出ていけ」

「ばかな。ここはおれのオフィスだ」

今回、ジャックは銃でドアを示した。「出ていけ」

支配人があんぐりと口を開けてうなずく。「わかった。行くよ」女性の腕をつかんで慌てて出ていった。

ジャックは背後にあるドアの鍵をかけると、キャメロンの手を放し、室内の様子を確認した。南側の壁沿いに小さなふたり掛けのソファとスチール製の書類キャビネット、デスクとキャスター付きの椅子がある。クローゼットやほかのドアはないが、非常階段に通じる大きな窓がひとつあった。試してみたところ、窓は簡単に開いた。緊急時には役立つだろう。

キャメロンが押し黙ったままであることに気づき、ジャックは彼女のそばへ近づいた。「大丈夫か?」

「ええ」言葉とは裏腹に、キャメロンは部屋じゅうを休みなく歩きまわっている。

「ドアには近づくな。窓にもだ。部屋の真ん中にいてくれ」

「そうね、ごめんなさい」キャメロンが足早にデスクのほうへ向かい、自分とドアのあいだにデスクを挟む位置に立つと、手にしていたバッグを見おろしてデスクに置いた。「これってただの偶然よね?」

「そう確信できたらそう言う」

月明かりを受けたキャメロンが不安そうに唇を噛むのが見える。だが、そのあと彼女は平気そうにうなずいた。「わかったわ」

キャメロンのけなげな様子に、ジャックはどうしようもなく心を惹(ひ)かれた。

「だが、もしきみの気分がよくなるなら言っておこう。あのドアから誰が入ってこようが、おれはちっとも気にしてない。そいつにきみをどうこうさせるつもりはない」

暗闇の中、キャメロンが驚いた顔でこちらを見つめている。ジャックは彼女に背を向けてドアへ近づき、耳を澄ました。

ジャックの指示に従うことに決めたのか、キャメロンが口をつぐんだ。室内にしばし奇妙な沈黙が流れる。それを破ったのは彼の携帯電話のバイブ音だった。

ジャックがポケットから携帯電話を取りだすと、ウィルキンズからだった。「状況は？」

「問題なしだ」

「何かわかったことはあるか？」ジャックはドアの前から離れずに尋ねた。

「このブロック全体が停電しているようだ」ウィルキンズが言った。「支局を通じて〈コモンウェルス・エジソン(ComEd)〉に問いあわせたところ、どうやら電気系統がダウンしたらしい。こうしてぼくたちが話しているあいだにも、復旧チームが現場へ向かっている」

ジャックは大股で窓辺に近づき、外の様子を確認した。周囲の建物もすべて明かりが消えている。携帯電話に向かって低い声で訊いた。「これが仕組まれた可能性はあるのか?」

「いや、なさそうだ。この地区の責任者にも現場監督にも話を聞いたが、停電の原因は地中の送電線にある。深夜の工事作業員のずさんな仕事のせいで、通りの向かい側にある教会に水道管を設置するのにちょっと深く掘りすぎたらしい。ただの偶然だよ、ジャック」

たしかに教会の前には〈ComEd〉のトラックが数台停まっていて、作業員たちがうろついているのが窓から見える。ジャックがキャメロンに視線を移すと、彼女はこちらを見つめていた。通話が終わるまでひと言たりとも聞き逃さないとばかりの真剣なまなざしだ。「助かった。VIPルームで落ちあおう」

「今、どこにいるんだ?」ウィルキンズが尋ねる。

「三階にあるオフィスだ。二、三分で下へ行く」ジャックは電話を切り、銃をショルダーホルスターに戻した。「問題なしだ」

キャメロンが大きく息を吐きだす。「よかった。ここに来るのは今夜のパーティの予定にはなかったことだから」スカートの皺を伸ばし、バッグを手に取った。「ほかの人たちと合流するのね？」

「ああ」

ジャックはドアへ向かうキャメロンのあとからついていったが、彼女はドアノブに手をかけたまま動きを止め、肩越しに振り返った。またしてもセーターがずり落ちる。

「本当にありがとう……」キャメロンは口をつぐんだ。「どうかしたの？」

ジャックはキャメロンの背後に立ち、いまいましいキャミソールのストラップを見つめて一瞬考えた。シルクのキャミソールと彼女の素肌、どちらがやわらかいのだろう？　もし賢明な男なら、そんな疑問の答えなど考えないはずだ。

どのみち、ジャックはキャメロンに手を伸ばした。

彼女のセーターに手をかけるとそっと引きあげ、キャミソールのストラップまで引っ張りあげたところで手を止めた。「今夜、これを見るたびに頭がどうにかなりそうだった」

キャメロンの声はかすかに震えている。「この前、自分で洗濯したときに台なしにしたみたい」

ふたりのあいだの空気がたちまち濃密になったように感じられた。

「もう行かないと」ジャックはとうとう言った。このオフィスから今すぐ出る必要がある。自分が後悔するようなことを、ふたりともが後悔するようなことをしでかす前に。

キャメロンがうなずいて前を向き、デッドボルトを外してドアノブに手をかけ……動きを止めた。

ジャックはドアが開かれるのをひたすら待った。だが彼女はドアノブをまわそうとしない。ジャックは手を伸ばして、ドアノブにかけられたキャメロンの手に重ねた。

「キャメロン、ここから出なければならない」喉から絞りだすような声で言う。

「わかっているわ」

それでもなお、ふたりとも動こうとしなかった。ジャックは手を彼女の手から離し、デッドボルトの上に置いた。

こうするべきでないことは百も承知だ。

だがドアに鍵をかけた。

キャメロンが震える息を吸う音が聞こえた瞬間、衝動的に彼女の肩から長い髪を払い、華奢な鎖骨に唇を押しあてていた。

先ほどの疑問の答えがわかった。キャメロンの素肌はシルクのキャミソールなどとは比較にならないほどやわらかかった。

静かなうめき声をあげながら、キャメロンはジャックの胸に顔をうずめた。自分が何をしているのか、どうしてこんなことをしているのかと一瞬、不思議に思う。だがジャックから首筋にキスの雨を降らされ、今の質問の答えを考えるのは先延ばしにすることに決めた。

腰にジャックの両手が置かれる。彼に体の向きを変えられたのか、自分でそうしたのかわからず、きっとどちらでもあるのだろうが、ふと気づくとジャックに向きあっていた。目を熱っぽく輝かせたジャックに口づけられた瞬間、たくましい体に手を伸ばしていた。

ジャックは怒りに任せた荒々しいキスをするだろうと考えていたのに、予想に反して彼のキスは最高だった。ジャックはゆっくりと時間をかけ、口と唇と舌を駆使しながらキャメロンを味わっている。小さな背中に手をまわされて強く引き寄せられたとき、彼女は床にバッグを落とし、ジャックの豊かな髪に指を差し入れた。

ふたりの体がドアに叩きつけられた。

ジャックは舌と舌を絡めながら、片手をそっとキャメロンの顎の先に移した。きっと自制心を働かせようとしているのだろう。でも、まだこのままでいたい。キャメロンは両手で彼の顔を包みこみ、キスのペースを緩めた。からかうようにジャックの唇を優しく噛んでから、すぐに舌を軽く這わせる。それを繰り返して主導権を握った。ジャックが喉の奥から低いうなり声をもらすと、キャメロンの両手をつかみ、ドアに押さえつけた。

キャメロンは遅まきながら気づいた。ジャック・パラスは断じてもてあそばれるような男ではない。

彼は情熱的に舌を絡め、キャメロンの腿のあいだに立つと、下腹部を押しつけてきた。その部分はこわばっている。今までそんなそぶりさえ見せていなかったのに、自制できなかったに違いない。それこそキャメロンが知りたかったことだった。

ジャックは彼女を求めている。

その事実に酔いしれながら、ジャックの唇に喉元の敏感な部分をたどられて目を閉じる。彼の顎髭のちくちくした感触にいやおうなく興奮をかきたてられ、全身に火がついた。

「ジャック」キャメロンはささやいた。

「言ってごらん」彼が耳元で言う。

ジャックの新しい一面を見る思いだ。防御の壁が取り払われた今、改めて彼の顔を見つめている。

両手を押さえつけられたまま、キャメロンは体を弓なりにそらした。「あなたに触れさせて」もっと直接ジャックを感じたかった。

ジャックは体を引き、キャメロンの全身にくまなく視線を這わせると、彼女の両手を放した。キャメロンは彼のブレザーを脱がせ、ショルダーホルスターの下に両手を滑らせた。なんて硬い胸の筋肉だろう。指先から伝わってくる筋肉のしなやかさに溺れそうになる。

「触れられるだけじゃ、もの足りないな」ジャックがかすれた声で言う。

荒々しいキスをしてキャメロンを息も絶え絶えにさせると、彼女のセーターのボタンを外して脱がせた。

「きみを見たい」

キャミソールの前部分とブラジャーを一気に引きさげる。胸にひんやりとした空気を感じ、キャメロンは息をのまずにいられなかった。指先で胸の頂をもてあそばれて、全身が震えだす。ジャックの手のひらに片方の胸を持ちあげられたとき、彼女はさらなる愛撫を求めて、思わず体を大きく弓なりにそらした。するとジャックは顔をうずめ、胸の頂を口に含んだ。

たちまちキャメロンは脚のあいだに熱いものを感じ、その場にくずおれそうになった。それでもジャックは愛撫をやめようとしない。尖った頂のまわりに弧を描くように舌先をゆっくり滑らせたかと思うと、今度は頂を猛然と口に含んだ。そのあいだも片手をキャミソールの下に滑らせ、もう片方の胸を愛撫しはじめる。

キャメロンはすべてをさらけだしている心もとなさを感じつつも、信じられないほど官能的な気分をかきたてられていた。頭の中で〝すぐにやめなさい〟という声が聞こえる一方で、悪魔のような別の声も聞こえている。〝今回だけは流れに身を任せなさい〟

キャミソールをさらに下へ引きさげられ、唇でもう片方の胸を探られて、キャメロンは低くうめいた。そんなふうにうめけば、さらなる愛撫を促すだけだとわかっているというのに。

そのときドアをノックする大きな音がして、ふたりとも飛びあがった。

エイミーの叫び声が聞こえてくる。「キャメロン？　中にいるの？」

キャメロンのヒップの近くにあるドアノブをガチャガチャまわされ、彼女もジャックも凍りついた。

エイミーが再び叫ぶ。「キャメロン？　ねえ、大丈夫？」それから廊下にいる誰かに話しかけた。「ふたりともVIPルームへ戻ると言ってたのよね？」

「ああ、ジャックがそう言っていた」ウィルキンズの声だ。

「もう一度、携帯電話を鳴らしてみて」

ジャックの携帯電話が振動しだした。先ほどキャメロンが床に落としたブレザーからバイブ音が聞こえてくる。彼女がジャックをじっと見あげた瞬間、ふたりのあいだに何かが突き抜けて……あっという間に消えていった。

ジャックは体を離すと床からブレザーを拾いあげて携帯電話を取りだし、ウィルキンズに、何も問題はない、すぐに外へ出ると答えた。そのあいだ、キャメロンは床から自分のバッグを拾いあげ、キャミソールの前部分を引っ張りあげてブラジャーの位置を直し、窓辺へ近づいた。こんな気詰まりな状況なので、夜の暗闇がありがたく感じられる。

彼女がセーターのベルトを締めたとき、部屋の反対側からジャックの声がした。

「キャミソールのストラップがちぎれてる」ジャックがひっそりと言う。

「ええ、わかってるわ」キャメロンは切れたストラップをセーターの中へ押しこんだ。

そうしなかったとしたら、エイミーとウィルキンズにすぐに見とがめられただろう。唇が腫れぼったくなっているが、それは自分でもどうにもできない。彼女はドアへ近づいた。

「用意はいいか？」ジャックが尋ねる。

「ええ、大丈夫よ」嘘だ。でもエイミーがこうして外で待っている以上、自分の感情を分析している暇はない。こんなときこそ気のきいた言葉か冗談で返すべきなのだろう。どうにか落ち着きを取り戻し、いつものふたりに戻れる言葉を。けれども何も思い浮かばない。「もう出ないと」

ジャックは最初ためらっていたが、一瞬で仕事モードに頭を切り替えてドアを開けた。キャメロンが彼の脇を通り過ぎたとき、一瞬だけ目と目が合った。それ以外、先ほど起きた出来事を思いださせるそぶりは、ふたりともいっさいしなかった。

薄暗い廊下でエイミーがウィルキンズと一緒に待っていた。最初ふたりは戸惑った様子だったが、すぐにおもしろがっているような表情になった。

ふたりに近づきながら、キャメロンはさりげなさを装おうと努めた。「すべて問題ないと確認が取れるのをこの部屋で待ってたの」

エイミーはキャメロンを脇のほうへ引っ張っていった。「ふたりともおりてこないから心配していたのよ」

「そうよね。本当にごめんなさい」

エイミーがちらりとキャメロンを見る。「そのキャミソール、新しい着方にしたのね」

キャメロンは自分を見おろし、片側の肩がむきだしになっていることに気づいた。セーターがいつの間にかずり落ち、ちぎれたキャミソールのストラップが丸見えだ。まったく。家に帰ったらただちに、このいまいましいセーターを燃やしてしまおう。

16

ドアがノックされる音を聞き、キャメロンはパソコンから顔をあげた。ドアから顔を突きだしたのは、隣のオフィスにいる検事補ロブ・メロッコだ。

「今日の罪状認否はどうだった？」

「予想どおり、向こうは無罪を申し立ててきたわ」キャメロンは答えた。「これで流れが変わるでしょうね。陪審はすべての件において有罪判決を下すはずよ」被告人は北部郊外にある少年サッカーチームのコーチで、パソコンに児童ポルノ画像をダウンロードした罪で起訴されていた。もし彼の弁護士が少しでも良識のある者なら、この件は絶対に裁判にはならなかっただろう。

実際のところ、非常に醜悪な裁判で、キャメロンも危うく冷静さを失いそうになった。そんな被告人と一緒の法廷にいること自体が不快でたまらず、心が疲弊してしまった。

「なぜいまだにそういう事件を引き受けてるんだ？　新しいやつらに任せたらいいのに」

いつもならそんなことはしないのだが、キャメロンはどうにか笑みを浮かべ、ロブの思いやりに感謝の意を表した。「わたしなら大丈夫」うんざりしながら両手を髪に差し入れ、椅子の背にもたれる。「あなたのほうはどんな調子？」

「例の市会議員を贈収賄で起訴したところだ」

「やったわね」キャメロンは感心して言った。「詳しく聞かせて」

それからしばらく、ふたりは自分たちが担当する案件のぞっとするような話や、この地区で特に意地の悪い裁判官についての噂話をし、さらには公判準備室の掃除をどの職員にさせるべきかを話しあった。キャメロンの秘書から電話がかかってきて、会話が中断された。

「コリンが会いに来ているわ」キャメロンが受話器を取ると秘書は言った。わざわざラストネームまで言う必要はない。この四年間、コリンが頻繁に訪れるため、秘書もすっかり彼と仲よくなっていた。

「ありがとう。通して」手を振って立ち去るロブに向かって、キャメロンはうなずきかけた。すぐにコリンがオフィスへ来た。

「電話でひどく疲れている様子だったから」コリンがドアのところで言う。一時間前、キャメロンは電話で短い時間、彼と話していた。「だからきみを誘拐しに来た」

「きつい裁判があって大変な一日だったの」キャメロンは腕時計を確認した。「でもまだ四時よ。オフィスを離れるわけにはいかないわ……あまりに早すぎるもの」

　コリンが笑い声をあげる。「きみはこのところ、仕事やらエイミーのバチェロレッテ・パーティやら、ここでは話せないもろもろの用事をこなすのやらでへとへとだから、休む必要がある。さあ、行こう。〈４０４ワインバー〉でおごってあげるから」

　心惹かれる誘いだ。キャメロンはいたずらっぽい顔で彼を見つめた。「さてはコラムを仕上げたところなのね？」コリンが仕事を終えたときはいつもこんな感じだ。

「今日一日大変な思いをした一番の親友と豊かな時間を過ごしたいと思うのは、そんなに悪いことかな？」コリンが無邪気に尋ねる。「今日、洞察とウイットに富んだ特別なコラムを書けたかどうかは、明日の紙面で確認してほしい。スポーツに関する写真入りのコラムが掲載されるはずだから」

　キャメロンはコリンに向かって苦笑いを浮かべた。なんだかおもしろくなってきた。デスクには片づけなければならない書類が山ほどたまっているし、コリンも凡庸な人々のあいだにいる神のようにひどくうぬぼれた気分の様子だ。でも今は、一番の親友と飲むのがそんなに悪い考えではないように思える。

だからオフィスのみんなを驚かせる行動に出た。検察官として過ごしたこの四年間で初めて、まだ早い時間なのに仕事を切りあげることにしたのだ。

ハーパー巡査がキャメロンの家の二階と三階の確認を終えて、キッチンに入ってきた。

「すべて異状なし」一階を確認中の相棒のリーガン巡査に話しかけた。「そっちは?」

リーガンがうなずく。「同じく異状なし」

キャメロンは警察官たちについて玄関まで行き、ドアに鍵をかけた。

「今から彼らは何をするつもりだろう?」コリンが尋ねる。警察官たちが歩きまわっているあいだ、コリンはカウンターに腰をおろしていた。

「わたしたちについてバーまで行って、夜勤の警察官が来るまで外で見張っていてくれるの」

「どうしてジャックがいたほうがおもしろいだろうという気がするのかな?」コリンがからかう。

「ジャックとのことは……ここのところ、ちょっと複雑になってきてるの」

複雑だと感じているのはキャメロンだけかもしれない。土曜の夜、廊下で待っていたウィルキンズとエイミー、さらにはバチェロレッテ・パーティの残りの面々と合流したあと、キャメロンがジャックに話しかけたのは〝ありがとう〟のひと言だけだ。ジャックとウィルキンズに自宅まで車で送ってもらってエイミーと降り、異状がないかどうか確認してもらったあとに感謝の言葉を口にした。ちなみにジャックが返してきたのは〝どういたしまして〟のひと言だけだ。それ以来、ジャックとは会ってもいなければ彼から連絡もない。

それはいいことなのだろう。この五日間、自分の気持ちを整理する時間を与えられたのだから。ジャックとはあのナイトクラブのオフィスで、〝絶対に認めたくないこと〟をしてしまった。でもそれは、ここ最近の出来事によるＰＴＳＤのせいにすぎないと考えることにした。停電で大きな不安をかきたてられ、いらだっていたところに偶然ジャックが居合わせただけだ。そして彼に胸の頂を口で愛撫された。

〝言ってごらん〟

〝あなたに触れさせて〟

あの夜の出来事を思いだすたびに頬を赤らめずにはいられない。自分が問題なく心を開いてジャックとコミュニケーションを取ることができたのは明らかだ。

キャメロンはコリンに土曜の夜の出来事について話した。ただし、きわどい部分はほとんど省略した。われながら妙だと思う。普段からコリンにはなんでも話しているのに。けれどもジャックとのあいだの出来事はごく個人的なことに感じられる。

「最高のパーティを見逃した気分だな」話を聞き終えるとコリンは言った。「きみとジャックはこれからどうなるんだい？」

「どうもならないわ」キャメロンは語気を強めた。コリンはＰＴＳＤのくだりを聞き逃したのだろうか？　少なくとも六回は口にしたのに。「土曜の夜のことはなんでもない。ただ偶然そうなっただけよ」

コリンが疑わしげな目でキャメロンを見つめる。「少なくとも、自分で自分をごまかすことはしてほしくないな」

たしかにそうだ。「わかったわ。わたしは肉体的にジャックに惹かれている」キャメロンはしぶしぶ認めた。こうして大声を出して認めたのだから、自分にしてみれば大きな一歩だ。「惹かれない人がいると思う？　あなただって彼を見たでしょう？」

「ショルダーホルスターをつけた、最高に熱くてセックスアピールが強烈な男。ああ、ぼくもよく知ってるよ」

「ええ。でも肉体的な欲求は克服できると思う。だってジャックは三千万人もの前で、わたしを無能呼ばわりした男よ。少しでも自尊心がある女なら、そんな男に惹かれたりしない。そうでしょう?」

「もしそうなったりしたら、運命の皮肉だな」コリンが同意する。

「それにジャックはわたしに好感さえ持っていないいんだもの」

コリンが頭を傾けた。「そんなことを心配しているのかい?」

「いいえ、心配なんかしていない。ただそう思ってるだけよ。これまでのいきさつを考えると、土曜の夜の出来事を特別なことだと見なすのは愚かだわ。あれはただ、ジャックも肉体的にわたしに惹かれたせいで起きたことだもの」キャメロンは口をつぐんだ。「つまり彼もわたしも同じ状態だったということ。幸いにも、それだけだったのよ」

コリンはキャメロンの分析をおもしろがっている様子だ。「このことを整理するには、少しアルコールが必要だ」

キャメロンは手をひらひらさせた。「整理する必要なんてないわ」身ぶりで自分の服を示した。「でもバーへ行く前に、このスーツは着替える必要があるわね」

「一緒に行くよ」コリンはスツールからおりると、彼女とともにキッチンを出た。

「来客用のベッドルームを確認したいんだ。ホワイトソックスのスウェットシャツが見つからなくて、たぶんここに泊まったときに忘れたんじゃないかと思ってね。あるいはリチャードが出ていったときに持っていったのかもしれない」

キャメロンはコリンのあとから階段をのぼった。「あれから彼とは話をしたの?」

「いや、一度も。電話か、せめてメールくらいは来るだろうと思っていたけど、リチャードは明らかに――」

ふたりとも、まさか攻撃を受けるとは思ってもいなかった。

キャメロンたちが二階に着いたとき、黒い人影が目にも留まらぬ速さで向かってきた。コリンが前にいたため、キャメロンは男がどこから姿を現したのかもわからなかった。男は手にした何かでコリンの頭を殴りつけた。コリンがうめき、廊下にくずおれる。キャメロンは彼の名前を叫んだ。

全身黒ずくめの男が振り向く。目出し帽をかぶっていて、目と口に空いた小さな穴以外、顔は隠れている。キャメロンは男が黒い手袋をはめていることに気づいた。

手にしているのは銃だ。

銃口をまっすぐキャメロンに向けている。

キャメロンはたちまち足がすくんだ。廊下に倒れているコリンを見やる。彼はぴくりとも動かない。

銃を手にした男が近づいてくる。

キャメロンは一歩あとずさりし、ゆっくりと階段をおりはじめた。男がついてくる。

「何が望みなの？」彼女は聞こえるか聞こえないかの小声で尋ねた。

男が一歩踏みだし、手袋をはめた手をあげて指さした。

〝おまえだ〟

17

　ジャックは街外れにある店〈ザ・トライアンフ〉を出ると、キャメロンの家の前に停められた覆面パトカーに近づいた。ここにはたっぷりと時間をかけて来た。湖のまわりを十五分ほどかけてドライブしてきたのだ。きたるべき冬の寒さに備えてバイクを倉庫にしまい、フォード・クラウン・ヴィクトリアに乗り換えた。冬の移動手段としては実用的だが、運転していてもバイクほど強烈な手応えは感じられない。

　ジャックが近づいていくと、日勤の年長の巡査ハーパーが運転席側のウィンドウをおろした。

「彼女は数分前に戻ってきたばかりです。マッキャンと一緒にいます」

　キャメロンがひとりでないと知り、ジャックは落胆した。先ほど彼女のオフィスに電話をかけ、秘書からすでに帰宅したと聞かされたときは本当に驚いた。同時に、この思いがけない偶然のタイミングを利用しない手はないと考えた。ずっとふたりきりで話したかった。自宅でなら誰にも邪魔されずに話ができると考えて来たのだ。

ジャックはハーパーに礼を言うと、正面の門へ向かった。

ここ数日、キャメロンと話すのを意識的に避けてきた。土曜の夜、自分の取った行動にわれながら驚いたからだ。もともと衝動的なタイプではない。この仕事は衝動に駆られることが命取りになる。あるいはもっとひどい事態にもなりうる。どうにか生き延びたものの、マルティーノの手下たちに拷問されたあの二日間は最悪だった。それでもなんとか生還できたのは、いかなる痛みを与えられても正気を保ちつづけたからだ。だから二日間ずっと地獄の苦しみを味わわされながらも、反撃に出る適切なタイミングをひたすら待ちつづけることができた。

ただ今回は〈マナー・ハウス〉でキャメロンとのあいだに起きた出来事のせいで、ひどく落ち着かない気分だ。いつもとは調子が違う。普段は周囲の人々に対して防御の壁をさげることはめったにない。そんなことをすれば、無防備になってしまう。

だがどういうわけかキャメロンは、その壁を難なく乗り越えてきた。今、ジャックのあらゆる本能が告げている。〝彼女とはできる限り距離を置け。これまで以上に手厳しい態度を取るようにしろ。ロバーズの事件の捜査を終えたら振り返ることなく立ち去るんだ〟

ひとつだけ、引っかかっていることがある。

〝あなたは自分の見たいように見ただけよ〟

彼女がもらしたあのひと言が、ずっと心の奥底に引っかかっている。キャメロンは何を言おうとしたのだろう？　よくわからない。だがジャックが司法省から異動を言い渡された日の朝、彼女がデイヴィスのオフィスにいた理由がほかにあるなら、どうしても知りたい。

絶対に知る必要がある。

今回はキャメロンから具体的な話を聞くまで、彼女の自宅から出るつもりはない。答えが得られるまで粘るつもりだ。今日こそ答えを知りたい。

ジャックは玄関に通じる階段を大股でのぼり、ベルを鳴らした。

応答がない。

もう一度ベルを鳴らしてみる。

やはり応答がない。

ジャックは通りに停まっている覆面パトカーを振り返った。

運転席にいたリーガン巡査がウィンドウをおろし、肩をすくめた。「きっと裏庭にいるんでしょう。さっきわれわれが家の中を確認しているとき、マッキャンが今から一杯やるようなことを言ってました。たぶんテラスに座ってくつろいでるんですよ」

ハーパー巡査が車から降りてきた。「一緒に確認しに行きましょうか？」

たぶんキャメロンはテラスに座ってアルコールを飲んでいるだけなのかもしれない。だが〝たぶん〟では不充分だ。

ジャックは階段を一段抜かしでおりながら指示を出した。「ひとりは玄関で警戒を続けて、ベルをずっと鳴らしていてほしい。もうひとりは家の東側からまわりこんで確認してくれ」

ジャックは銃を掲げると反対側からまわりこみ、建物の側面へ出た。どの窓にも異状はないように見える。慎重にひとつずつ窓から室内をのぞきこんだが、何も見えないし何も聞こえない。

慎重な足取りで裏庭へ向かったものの、キャメロンとコリンの姿は見あたらない。足音をたてないようにしながらテラスに通じる階段をのぼり、建物に背中を押しつけた。一方の側にはドアがあり、反対側には窓がひとつある。ドアは重厚なオーク材の枠以外すべてガラス製だ。だが窓にはカーテンがかけられているから、この身を隠せるだろう。ジャックはできる限り体を隠しつつ、窓の向こう側をのぞいた。

異状は見あたらない。

キッチンとリビングルームには誰もいなかった。

だが警察の警護なしにキャメロンが外出するはずがない。

ジャックは銃を握る指先に力をこめた。自身の姿が室内から見えないよう細心の注意を払いつつ、窓から内部の様子を詳しく調べる。

そのとき何かが目に留まった。たちまち心拍が跳ねあがる。

キッチンの向こうの、ちょうど階段の反対側にある壁に装飾を施した巨大な鏡がかけられており、それにキャメロンが映っていた。彼女は階段の途中に立っている。

背後に黒い目出し帽姿の男が立っていた。キャメロンの頭に銃を向けている。

玄関のベルが鳴り、男がそちらの方向を見た。キャメロンに銃を強く押しあてて騒ぐなと警告しているのは明らかだ。

家の東側から突然ガンガンという大きな音が聞こえ、ジャックは慌てて窓から離れた。騒々しい音は門のほうから聞こえてくる。ジャックは心の中で悪態をつかずにいられなかった。ふたりの巡査のうちのどちらかが不必要に大きな音をたてているのだろう。ジャックは再び室内をのぞいた。

キャメロンと目出し帽の男は消えていた。

階段をあがったに違いない。ジャックは物音をたてないように気配を消し、階上のバルコニーへと通じている非常口へ向かった。二階のバルコニーに到着し、マスターベッドルームの外にあるフレンチドアを目指す。片手をそっと伸ばし、ドアノブを確認すると、施錠されていた。彼はできるだけ室内にいる者の視界に入らないよう注意しつつ、ガラスをのぞきこんだ。

キャメロンがベッドルームに入ってきた。銃を持った男がすぐあとに続く。男は片手でキャメロンの襟首をつかんで前に進むよう押しながら、もう片方の手に持った銃を彼女の頭に押しあてていた。

「わたし、あなたの顔なんて見なかったわ。こんなことをする必要なんてないのに」キャメロンが言う。

彼女の声にまぎれもない恐怖を聞き取り、ジャックは激しい怒りに駆られた。窓越しに発砲できるよう銃を掲げる。

だが男はわずかな動きを察知した。窓を見てジャックに気づいた瞬間、キャメロンを自分の正面に立たせ、銃を一発撃った。もはや一秒たりともキャメロンを目出し帽の男とふたりきりにしておけず、ジャックは体を引いてフレンチドアに向けて二発撃ち、ガラスを割った。

そして室内に飛びこんだ。

ベッドルームの床に片膝をつく。砕け散ったガラスの破片をものともせずに床を転がり、すばやく身を起こして男に銃口を向けた。

男は片方の腕をキャメロンの首にまわし、銃を彼女のこめかみに押しあてている。

「彼女を放せ」ジャックはうなるように言った。

男はキャメロンの首にまわした腕にさらに力をこめると、彼女を盾にしてあとずさりしつつベッドルームから廊下に出た。

ジャックはふたりのあとを追った。銃口を男に向けたまま、キャメロンを避けて撃つことができるタイミングをひたすらうかがう。「この家の全方位を警察官が警戒している。もう逃げ場はない。武器を置いて彼女を解放しろ」一瞬たりとも目を離さず、男の特徴をつかもうとする。身長百八十センチ、体重八十キロといったところか。キャメロンが語った目撃情報とほぼ一致する。目出し帽からのぞく目を見て、ひとつ新たな情報を得た。男の目は茶色だ。

ジャックの警告を聞き、男は体をこわばらせたが、次の瞬間キャメロンのこめかみにさらに強く銃を押しあてた。

男が何を言いたいのか、ジャックには痛いほどよくわかった。

〝引っこんでろ〟

男と、男がキャメロンに向けた銃から視線を離さないまま、ジャックは口を開いた。

「彼女を撃てば、盾を失うことになる」キャメロンをちらりと見る。顔面蒼白（そうはく）だ。彼女は何度もまばたきをし、涙が頬を伝っている。

ジャックは余計な感情を表に出さないよう必死に自分を戒めた。だが生まれて初めて、まぎれもない恐怖を感じていた。

男が階段まであとずさりする。ジャックは視界の隅で、コリンが微動だにせずに廊下に倒れているのをとらえた。男はキャメロンを引きずりながら階段をあがっていく。首にまわされた腕を男に無理やり引っ張られて、キャメロンはむせそうになっている。ジャックはひたすらふたりのあとについていった。これまでに二度、安全を確認した際に覚えた、キャメロンの家の部屋の間取りを頭に思い浮かべながら。

「この家から逃げたいなら、彼女を解放する必要がある」ジャックは警告した。「人質を連れて逃げることはできないぞ」

男からはなんの反応もない。階段は三階で途切れ、傾斜した天井と天窓のある開放的なバルコニーに出た。ジャックの左側は仕事部屋で、右側は家具のないがらんとした広い部屋だ。今いる位置からは見えないが、その広い部屋の北側の壁にあるドアが屋上テラスに続いているのは知っていた。

男はためらいもせず、ジャックの右側にある部屋へキャメロンを引きずっていく。そのあとを追いながら、ジャックは改めて気づかされた。男が何時間隠れていたか知らないが、男の頭にはこの家の間取りが完璧に叩きこまれているのだろう。

案の定、男は外へ通じるドアへ向かった。一瞬動きを止め、キャメロンの首にまわした片方の腕と肘で彼女を押さえつけると、自分の体に引き寄せた。それからキャメロンの顎の下に銃口を押しあて、空いたほうの手でドアの鍵を開けた。

キャメロンがあまりに不安定な位置にいるため、ジャックが銃撃することはままならない。侵入者の腕に焦点を合わせても、狙いが外れたら一巻の終わりだ。

何か話しかけなければ。彼女にとって救いの手となるような言葉を。「キャメロン、おれを見るんだ」

「ジャック」キャメロンはささやき、懇願する目で彼を見つめている。

男がドアを押し開け、キャメロンを外へ引きずりだしたとき、階下で大きな物音が聞こえた。木が蹴破られるような音だ。階下のドアを壊したのだろう。ジャックは両手で銃を掲げながら屋上を横切ってふたりを追った。背後にある傾斜のついた壁のせいで、今いるテラスからは下の通りが見渡せない。つまり階下にいる巡査たちがどうしているのか、ジャックは目視で確認できないということだ。

男は着実かつすばやい足取りで、屋上テラスの奥にある壁に向かって進んでいく。常にキャメロンを盾にし、絶対に隙を見せようとしない。男は無言のまま、裏庭を見おろせる反対側の壁にたどり着くと、左右をちらりと確かめた。一階下にある非常口を探しているに違いない。

そのとき、男がジャックに向き直った。

すべてが一瞬のうちに起きた。男が突然キャメロンの体から銃を外し、ジャックに銃口を向けて撃鉄を起こした。

「やめて！」キャメロンが叫び、男が発射すると同時に銃をつかむ。弾はジャックの足元のすぐ近くにあたって、木製の床が粉々に砕け散った。キャメロンが男と向きあって争っているせいで、ジャックは男に狙いを定められず、ふたりに向かって飛びだした。

銃声がとどろき、キャメロンがよろよろとあとずさりする。

「キャメロン！」ジャックは叫んだ。

テラスにくずおれた彼女に駆け寄って抱きとめる。キャメロンのブレザーに血がしみだし、じわじわと広がっていく。ジャックがキャメロンを抱えているあいだに、男は駆けだして屋上の壁を越え、階下にある非常口をめがけて飛びおりた。

「逃げられてしまう」キャメロンが真っ青な顔でささやく。「わたしのことは放っておいて」

それができたらいいのに。

銃を掲げたハーパーとリーガンがドアから入ってきた。

「犯人は非常口から逃げた！」ジャックは叫ぶと、傷の具合を確かめようとキャメロンの体をそっと床におろした。

巡査ふたりが非常口に向かって駆けだしたとき、階下から銃声が何発か聞こえ、ふたりとも頭を低くした。その一瞬の隙に、男は逃走したに違いない。巡査たちが再び走りだす。

ジャックはキャメロンに意識を集中し、ブレザーのポケットから携帯電話を取りだし、救急隊員と応援を要請した。

「コリンは大丈夫？」ジャックが電話を切ると、キャメロンは尋ねた。

「ああ、救急車が今こっちに向かってる。もう大丈夫だ」ジャックは彼女のブレザーをそっと脱がせた。「キャメロン、あんなことをするなんて、いったい何を考えてたんだ？」

「あいつにあなたを撃たせたくなかったの」

「おれなら前にも撃たれたことがある」ジャックは血がキャメロンの肩から出ていることに気づいた。一瞬も無駄にしたくない。彼女のシャツのボタンを上からふたつ外し、もっとよく怪我(けが)の状態を確かめようとする。

キャメロンは目を閉じた。「本当のことを言って。どれくらいひどい傷？」

ジャックはためらった。

キャメロンがおびえた顔になる。「なんてこと……そんなにひどいの？」

ここは正直に話すのが一番だろう。「今まで見てきた銃創の中で十段階評価するとしたら、これは……」

キャメロンが目を見開く。

「〇・二というところだな」

彼女は身を起こした。「〇・二？　ブレザーからしみでるほど出血してるのよ。たった〇・二のわけがないでしょう？」

「今までたくさん銃創を見てきたから、評価が少し厳しいかもしれない」ジャックはキャメロンのブレザーの肩口についた血のしみを見た。「だが今一番大切なのは、きみがよくなるということだ」ふいに息苦しくなる。今までＦＢＩや陸軍特殊部隊でさまざまな現場を目撃してきたが、先ほど銃声のあと、彼女があとずさりしたときの光景がどうしても頭から離れない。

「〇・二であろうとなかろうと、とんでもなく痛いわ」

「いいことだ。これできみも、銃を持った男に立ち向かって命を危険にさらすような真似はしなくなるだろう」

「ああ、ありがとう。あなたの代わりに撃たれるのは、これを最後にするわ」

「ああ、まったくだ」ジャックは低くうなった。

キャメロンがどうにかいたずらっぽい笑みを浮かべる。「わたしのことを心配してくれているのね、パラス捜査官」

「声の調子からすると、もう心配する必要はないみたいだな」

サイレンの音が聞こえ、家の前に救急車が到着した。

「もう行ったほうがいいわ。あいつを捕まえて」キャメロンが言う。

ジャックは彼女を見おろし、腕の中であやすように揺らすとかすれた声で答えた。

「ああ、必ず捕まえる」

だが彼はその場にとどまっていた。

18

キャメロンの家の前の通りは大騒ぎになっていた。パトカーや覆面パトカー、FBIの覆面車両、救急車がずらりと停められ、警察官や捜査官たちが至るところに散らばっている。救急隊員がFBIチーム数人と駆けつけたあと、ウィルキンズも到着した。そのあとすぐにスロンスキー刑事が部下たちとともに現場に姿を見せた。

キャメロンの肩の傷に包帯を巻いてくれた救急隊員は、歩道の縁石に停めてあった救急車へ彼女を連れていった。車のバックドアが開いていて、通りを向いた状態でコリンが座っていた。別の救急隊員から脳震盪の兆候がないかどうか、目を確認されていたのだ。

だがキャメロンの姿に気づくなり、コリンは隊員を押しのけて救急車から飛びだしてきた。

「ああ、よかった」コリンがキャメロンの体に腕をまわし、きつく抱きしめた。「いくら言ってても会わせてもらえなかったんだ。犯人がここにいないことを確認できるまで、きみを隔離しておかなければならないと言われた」

「スロンスキーが言うには、巡査たちは犯人を路地で見失ったそうよ」

コリンが体を引き、キャメロンの血のついたシャツに目を留める。「きみが撃たれたと聞いて気を失いそうになったよ」

「わたしなら大丈夫。救急隊員からは、何針か縫う必要があるけど本当に運がよかったと言われたの。弾が肩先をかすめただけですんだみたい」キャメロンは手を伸ばし、コリンの頭部にある醜い傷跡を避けて髪を脇へ撫でつけた。「具合はどう？　頭は痛むの？」

コリンがこぶに触れた。「ああ、ひどく痛む。ただ、ここよりはるかに傷つけられたのはぼくのプライドだ、本当にすまない、キャム。きみの身に起きたことを考えると……ぼくが守るべきだったのに」

キャメロンはコリンの腕を取り、強く握りしめた。「大丈夫。もう終わったんだから」

「運のいいことに、頼りになる騎士が駆けつけてくれたからね」コリンが言う。

キャメロンはふと考えた。ジャックがガラスのドアを破って救出に駆けつけてくれたあの瞬間は一生忘れられないかもしれない。あのあと屋上テラスで救急車の到着を待っていたとき、彼の頰骨のところに切り傷があることに気づいた。さらに到着した救急隊員にキャメロンを引き渡すべくジャックが立ちあがったとき、両手にもいくつか傷があるのが見えた。彼がどれほど大きな危険を冒してくれたかというまぎれもない証拠だ。キャメロンのために。

パトカーの脇でハーパー巡査とリーガン巡査と立ち話をしていたスロンスキーが、救急車の横にいるキャメロンに気づいて近づいてきた。

「自宅の安全の確認は終了しました。部下があなたを病院まで送りますので、そこで詳しい話を聞かせてもらいます」

「本当に真剣に確認したんだろうな？」ジャックの声がした。キャメロンが肩越しに見ると、ジャックはウィルキンズを従えて玄関から出てくるや、リーガンとハーパーに足音も荒く歩み寄った。「彼女のベッドルームを確認したのはどっちだ？」

ハーパーが最悪の事態に備えるように背筋を伸ばした。「わたしです」

「クローゼットの中に入ってちゃんと確認したのか？」

「ええ、クローゼットは見ました」

ジャックは怒りの表情を浮かべ、無言のままでいる。

「ただ……クローゼットの中まで入ったわけじゃありません」ついにハーパーが認めた。

スロンスキーがジャックとウィルキンズのところに歩いていく。「何を見つけたんだ？」

「クローゼット内のワンピースが何枚か落ちていた。ラックから叩き落とされたんだ」ウィルキンズが答えた。

「それに絨毯に靴跡がふたつ残されていた。サイズは二十九センチ、明らかに男のものだ」ジャックが言った。「スロンスキー、きみの部下たちをこの事件の捜査から外す。管轄なんてどうでもいい」

ジャックは挑むように周囲を見まわした。話は終わったと言わんばかりに。

キャメロンは救急車に体をもたせかけた。少し考える時間がほしかった。

コリンが彼女の手を取る。「大丈夫かい？」

キャメロンはうなずいた。「ええ、考えごとをしているだけよ」それに必死で胃の中のものを戻さないようにしている。

殺し屋が彼女のベッドルームのクローゼットに隠れていた。

奇妙にも、今しがた起きたあれこれよりも、そのことに最も自分の領域を侵されたような衝撃を覚えていた。今日の午後、予期せぬ早い時間にオフィスを出た。自分でもそんな時間帯に自宅に戻るつもりはなかったのに——そんな思いが先ほどから頭の中をぐるぐるとまわっている。

警察官とFBI捜査官がドアと窓をひとつ残らず調べたが、犯人が侵入した形跡は発見できなかった。つまりあの殺し屋は、証拠を残さずに解錠することができるのだ。しかもキャメロンに襲いかかっているあいだも恐ろしいほど冷酷で落ち着き払っており、ひと言も口をきかなかった。それらを考えあわせると、あの男が素人でないことは火を見るよりも明らかだ。衝動からそうしたのではなく、自分の行動の意味をきちんと理解していたに違いない。

でも正直に言うと意外だった。プロの殺し屋が自宅に侵入するなら絶対に夜だろうと考えていた。それが午後四時とは。夜よりもはるかに目撃される危険性が高い時間帯だ。犬の散歩をする人や、子どもを学校へ迎えに行く人もたくさんいる。そろそろ仕事を終えて帰宅する人も増えはじめるのに。

そう考えると、あの殺し屋はキャメロンに監視がついていたのを知っていたことになる。自宅に忍びこむには、彼女が仕事に行っているときしかないと気づいていたのだ。ひとたび自宅へ戻れば、キャメロンは常に警察の監視下に置かれるのだから。

何度も思い返さずにはいられない。あの男が二階にいるのを目にした瞬間も、身につけていた薄気味悪い黒の目出し帽や手袋も。こめかみや顎の下に押しあてられた銃口の感触や、発砲されたときの轟音も。これから何週間も悪夢にうなされるはめになるだろう。間違いない。今にして思えば、あの男にずっと監視されつづけていたのだ。彼女がどんな日常生活を送っているか、あの男はすべて知っていたのだ。そう考えると……自分のことを強い女性だと思ってきたけれど、今はそうは思えない。今回の一件はほとんど耐えがたく感じられる。

でもあくまで〝ほとんど〟だと、心の内で強調する。これから何週間も悪夢にうなされるかもしれないが、たとえ何者であれ、あの男のせいでぼろぼろになったりはしない。たとえぼろぼろになったとしても、それを表に出さない方法をどうにかして見つけなければ。

スロンスキーとの怒りに満ちた言い争いを終えたあと、ジャックがキャメロンに近づいてきた。「おれがきみたちと一緒に救急車に乗る。ウィルキンズは自分の車で追いかける。病院に到着したら、きみたちから詳しい話を聞きたい」

「少なくともぼくの話は短くてすむ。事件のあいだ、ずっと気を失って床に伸びていたんだから。われながら感心するよ。なんて勇敢で役に立つ男だろうってね」コリンは皮肉っぽく言うと、救急車に乗りこんだ。

「デイヴィスと話した」ジャックはキャメロンに言った。「病院での治療がすんだあと、きみとおれとウィルキンズに会いたがっている。デイヴィスのオフィスで」視線を彼女の肩に落とした。「何針か縫う必要があるそうだな」

ジャックはこれ以上ないほど真剣な表情をしている。

「ああ、もうやめて」キャメロンは言った。「もしあなたがそんなふうに親切な態度を取りつづけるつもりなら、わたしのほうが癇癪を起こしてしまいそう。それに正直に言えばこの襲撃の件が片づくまでは、それ以外の異常事態については考えたくない」

ジャックが一瞬、彼女を見つめた。「きみはたいした女性だな、キャメロン」

それから手を差し伸べて、キャメロンが救急車へ乗りこむのを手伝った。

19

キャメロンとウィルキンズは、デイヴィスのオフィスの外にある椅子で待たされていた。もう午後九時だ。長い一日を終えてオフィスから出てくるＦＢＩ特別捜査官たちが、彼女を興味津々で見つめている。

デイヴィスが最初に話したがったのはジャックだった。しかも一対一でだ。隣でウィルキンズが唐突に椅子から立ちあがり、行きつ戻りつしはじめる。それを見てキャメロンにはすぐにわかった。自分が締めだされているのが気に入らないのだろう。率直に言えば、それは彼女も同じだ。あくびするふりをしながら頭を後ろに倒し、デイヴィスのオフィスのガラス窓から室内の様子を確かめてみようとしたが、カーテンが引かれているため何も見えない。だがもしかして、ひと言ふた言だけでももれ聞こえてくるかも……。

「すでに試してみたけど、だめだった」ウィルキンズがぽつりと言った。「ふたりとも声を抑えてる」

「何について話しあっていると思う?」

「きみについてだ」

「ええ、それはわかってるわ。でも具体的にわたしの何について?」

ウィルキンズがドアをちらりと見る。「わからない」

キャメロンは頭を傾けてガラス窓を示した。「ジャックは面倒な状況に陥っていると思う?」

しばしためらったあと、ウィルキンズは答えた。「やっぱりぼくが同席すべきだ」

そのときオフィスのドアが突然開いた。デイヴィスが出てきてウィルキンズにうなずいてみせ、キャメロンにも中へ入るよう身ぶりで示す。「ミズ・リンド、よければ来てほしい」

キャメロンがウィルキンズのあとからオフィスに入ると、部屋の隅にあるデイヴィスのデスクの前の椅子にジャックが腰かけていた。表情からは何も読み取れない。

キャメロンがジャックの隣の椅子に座ると、ウィルキンズは彼女の向かいに腰をおろした。デイヴィスが自分の席に座り、両手の指を組みあわせる。キャメロンが彼のオフィスを訪れた三年前と同じく、真剣な面持ちだ。

「ミズ・リンド、支局の特別捜査官として深く陳謝する。今さら言ったところでしかたないかもしれないが、シカゴ市警の責任者を呼びつけて、今日の午後きみの身辺警護にあたっていた巡査たちに厳しい懲戒処分を下させるつもりだ。今回の事態にわたしは激しい怒りを感じている。二度とこんなことは起こさないと約束する」

「ありがとうございます。パラス捜査官がたまたま来てくれて本当に運がよかったんです。今日の彼の行動は称賛に値します。もしパラス捜査官がいなかったらどうなっていたかは想像もつきません」キャメロンは言った。

「今、ジャックと話したんだが、きみの身辺警護はFBIが引き継ぐ必要があるという彼の意見にわたしも賛成だ。今日襲撃された事実を考えると、二十四時間態勢で警護することになるだろう。今後犯人がきみの家に侵入したり、職場はもちろん、きみが行こうとするあらゆる場所についてきたりする危険性がある。そこでジャックにこの件の捜査主任を任せることにした。彼もすでに同意している」

キャメロンはなんの反応も示さないよう注意した。視界の隅にジャックの姿をとらえる。彼もまた無表情を保ったままだ。デイヴィスのオフィスでジャックの隣に座っているのが奇妙に思えてしかたがない。土曜の夜、ふたりのあいだにあんなことがあったのに、こうしていつものように仕事をこなしているなんて。

「今回の身辺警護はかなり立ち入ったレベルのものになると思う」デイヴィスが続けた。「だが残念ながら、それしか方法がない」

「しかたがありません。わたしも今日みたいなことは二度とごめんです」キャメロンは答えた。「今回に限っては、喜んで不自由を受け入れるつもりです」

「ジャックが警護の指揮を執るとなれば、その代わりを務める、日々の捜査の責任者が必要になる」デイヴィスがウィルキンズに向き直った。「サム、ジャックからおまえが適任だと推薦された。おまえなら責任をまっとうできると言われたんだ」

ウィルキンズは柄にもなくしばし言葉を失ったあとに答えた。「ジャックとあなたがぼくを信頼してくれて本当に感謝します。でもジャックとぼくは相棒です。今後もジャックとともにこの任務にあたりたいんです」

デイヴィスが含み笑いをもらす。「心配する必要はない。ジャックからそう簡単には逃れられないぞ。おまえたちは相棒のままだ。ただ、それぞれ違う責任を負ってもらうことになる。ジャックは引き続きミズ・リンドの件を担当し、おまえにはここでわれわれのチームを引っ張ってもらう」

ウィルキンズがにっこりした。「そういうことなら、喜んで引き受けます」

「そう言ってくれると思っていたよ」デイヴィスは応じた。「さて、そろそろ今日の事件について考えなければならない。マンディ・ロバーズを殺した犯人は、どうやってミズ・リンドが目撃者であることを知ったんだろうか？　ＦＢＩでそれを知るのはわれわれ三人だけだ。いや、長官も捜査にミズ・リンドが関係していることには気づいているだろう。サム、おまえにはまず、シカゴ市警の中でこの事実を知る者を全員リストアップしてほしい。今日の襲撃を見ればわかるように、情報がもれているのは明らかだ。しかしそれを逆手に取れば、こちらが優位に立てる。情報をもらした者さえ見つけることができたら、その人物から殺人犯へたどり着けるはずだ」

「くれぐれもシカゴ市警への対応は慎重にな」ジャックはウィルキンズに警告した。

「意図的であろうとなかろうと市警の中に極秘情報をもらしたやつがいるかもしれないとほのめかせば、向こうはいい気がしないはずだ。こっそり探りを入れたほうがいい」

「心配には及ばない。さりげなく情報を探るのは得意なんだ。それに市警以外にも考慮に入れなければならない面々がいる。土曜のバチェロレッテ・パーティに集まった女性たちだ。彼女たちはあの日、ミズ・リンドがぼくとジャックに警護されていたのを見ている。そのうちの誰かがうっかり、襲撃犯の関係者にその情報をもらした可能性も考えられる」

「女性たちの名前ならすぐに答えられるけど、彼女たちの誰かが情報をもらしたとは思えないわ」キャメロンは言った。「誰もあなたとジャックがわたしを監視していた理由を知らないんだもの」

ジャックはキャメロンに話しかけた。「きみの友だちや家族はどうだ？　何か話してあるのか？」

「コリンとエイミーには少し話したけど、具体的な話はほとんどしてないし、あのふたりがほかの人に話すとは思えない。彼らを除けば、あとは誰にも話していないわ」

デイヴィスが椅子の背にもたれた。「つまり、われわれはシカゴ市警に意識を集中させればいいわけだな。それ以外の可能性として考えられるのは、土曜の夜にミズ・リンドと一緒にいた女性たちということになる。ところでジャック、最新の報告書にはたしか、おまえとサムが週末にバチェロレッテ・パーティに参加したとは書かれていなかったはずだ。どうしてそこだけ抜け落ちているのか不可解だな」

「ミズ・リンドが出席を予定していたナイトクラブはセキュリティが万全ではありませんでした。その点を踏まえ、直前になっておれたちも参加することに決めたからです」

「うまい答えだな」デイヴィスが言う。

「まったくです」ウィルキンズが感動した様子で一も二もなく同意した。

「お伝えしておきたいことがあります。わたしがロバーズ殺害事件の目撃者だと知っている人をリストアップするなら、サイラスもそのひとりです。ゴッドフリーからそのことを聞いたようです」キャメロンはFBI長官の名前を挙げた。「間違いありません。先週長官からサイラス宛に、今回の捜査に対するわたしの協力を感謝する電話がかかってきたそうです」

サイラスの名前を聞き、デイヴィスが一瞬動きを止めた。「きみが今回の事件にかかわっていることを、サイラスが誰かに話した可能性はあるか？」

「彼も連邦検事として、そんなことをしないくらいの分別はあるはずです」キャメロンは答えた。

「そう願いたいな」デイヴィスが同意する。

それから話題はジャックとウィルキンズのニューヨーク出張に変わった。ジャックがデイヴィスに説明するのを聞きながらも、キャメロンはジャックの頰にある切り傷を見つめずにいられなかった。病院の緊急治療室で、彼女が肩に受けた〝〇・二レベル〟の銃創を五針縫ったあと、医師はジャックに頰と両手に受けた傷を看護師に処置してもらうよう言った。しかしジャックはそれを拒み、キャメロンのそばから片時も離れようとしなかった。

このところ、ふたりのあいだにあまりに多くのことが起きている。まずは自宅の玄関前で〝絶対に起こりそうもなかったこと〟が、続いて土曜の夜に〝絶対に認めたくないこと〟が起きた。ジャックと自分のあいだに何が進行しているのかよくわからない。でもこうして彼の顔の切り傷を見ていると、ひとつだけはっきりしていることがある。

自分がジャックを信頼していることだ。

ジャックが二十四時間態勢で身辺警護をしてくれることになった今、彼にも彼女を信頼してもらう必要がある。そのためには三年前に起きた出来事について、洗いざらい打ち明けなければならない。

今夜にも。

その夜、自宅アパートメントに戻ったグラントは戸口で立ちどまり、壁にいきなり体を押しつけられ、背後から手錠をかけられるのを覚悟した。

だが何も起きなかった。

彼は息を吐きだし、少なくともその事実に慰めを見いだした。ということは、さすがのパラスもまだ、自分があの目出し帽の男だとは特定できていないのだろう。とはいえ、このままずっと見つからずにいられるかどうかは定かでない。

今日の午後は計画どおりにはいかなかった。いや、それはあまりに控えめすぎる言い方だ。

グラントは照明をつけずにアパートメントに静かに入り、窓という窓からあたりの様子をくまなく確認した。三階の自宅から眼下に広がる通りを慎重に見おろす。普段とは違った様子が見られないだろうか？　建物の前に停まっている不審な車は？　夜のこの時間帯に偶然通りかかった、犬を散歩させている者は？　建物の裏手にある路地で都合よく酔いつぶれているホームレスは？

何も見あたらない。

マンディ・ロバーズから脅迫されて以降、グラントは激怒に駆られたうえに、今度は被害妄想に見舞われている。そのふたつはいい組み合わせとは言いがたい。

キャメロン・リンドはあれほど早く職場から帰宅すべきではなかった。それに自宅に友人を連れてくるべきでもなかった。だがどんな予期せぬ事態になろうと、自分が現場からやすやすと姿を消せなかったわけではない。

建物の前に停めた車の中で待機していた巡査たちが相手なら、簡単に対処できた。

だがジャック・パラスは別だ。まさか姿を現すとは思ってもいなかった。ガラスのドアから飛びこんできたとき、やつの目には激しい怒りが燃えていた。それに女が反撃してきたのも予想外だった。あのときまではおとなしく従っていたのに、いきなりこちらが手にしている銃をつかもうとした。

当初の計画とはまるで違う状況に陥ったにもかかわらず、あの場から逃げだせたのは本当に運がよかった。ありがたいことにこうして命拾いした今、二度とあんなへまをするつもりはない。今後は運頼みで行動する必要はなくなるはずだ。

アパートメントが監視されていないことに満足感を覚え、グラントはベッドルームへ行って服を脱いだ。頭の中で今日の襲撃を思い返す。すでに百回はしていることだが、どこかに落ち度はなかっただろうか。

顔は誰にも見られていないし、声も聞かれていない。咳すらもしなかった。手袋をつけていたので指紋も残していない。しかも逃走の手口は鮮やかだった。あの役立たずの巡査ふたりに走り勝った。ひとりは太っていて、もうひとりはパトカーを運転するのがやっとなほどの老いぼれだった。シカゴ市警が聞いてあきれる。あの女の自宅から三ブロック離れた路地まで突っ走り、巡査たちがこちらの行方を見失ったあと、今度は反対方向へ八百メートルほどひた走り、自分の車を停めておいた駐車場へ向かった。途中のごみ箱に隠しておいたバックパックをつかみ、駐車場へ着く頃には目出し帽も手袋もジャケットも脱いで、長袖のTシャツに黒のナイロンパンツといういでたちに変わっていた。午後の遅い時間にジムで運動を終えて帰宅する男に見えたはずだ。車に戻って駐車場から出たあとは、数キロ離れた別の駐車場に車を停めて、車内でスーツに着替えた。犯行時に身につけていた黒の服はすべてバックパックにしまい、重いれんがを二個入れたあと、シカゴ川に投げ捨てた。今頃は川底に沈んでいるはずだ。

グラントは裸のままバスルームに入ると、シャワーの栓をひねった。立ちのぼる蒸気の中、鏡に映る自分の姿を見つめる。

ひとつだけ不安な点がある。

キャメロン・リンドの自宅にいたあの一時間だけ、アリバイがない点だ。アリバイ作りの必要があるとは思っていなかった。

それ以外の時間のアリバイは完璧だ。川にバックパックを捨てるとすぐに、夕方の約束の場所へ車を走らせた。リヴァー・ウェストにあるバーで『シカゴ・トリビューン』の記者をしている古い友人と会う約束をしていた。この街の最高級ホテルで高級コールガールが殺害されたという噂が流れはじめている。しかも殺された女の顧客リストにホッジズ上院議員の名前が載っていたらしいという噂もだ。グラントは記者であるその友人にいくつか貸しがあった。上院議員が政治的な取引をする場合はたいてい、その情報を前もって教えるようにしていたのだ。だから今夜、その友人から一杯飲もうと誘われて応じた。上院議員の名前が容疑者としてどの程度有力視されているのか、またその友人がどの程度FBIの捜査について知っているのか興味があったからだ。だが実際に会ってみて、友人はほとんど何も知らないことがわかった。どちらかというと、情報を聞きだされたのはこちらのほうだった気がする。

友人と飲んだあとは上院議員の執務室へ戻り、上級スタッフたちとホッジズの弁護士ふたりを交えたいくつかのミーティングに出席した。上院議員はもともと来週はワシントンDCに戻る予定だったが、FBIからこの地を離れてはならないという警告を受けている。それゆえ代替案を早急に議論する必要があった。ミーティングに出席したメンバーの誰もが最も気にかけていたのは、マンディ・ロバーズ殺害事件との関係性をマスコミに嗅ぎつけられずに議員の予定変更をどう説明するかという点だった。

ミーティングのあいだ、グラントは心ひそかに喜びを感じずにはいられなかった。心配そうな目配せが交わされ、声を潜めた会話が続く室内を満たしていたのは、議員とマンディとの関係についてマスコミが、いや、それだけではなく真犯人が何を知っているのだろうという緊張感だった。彼らは知るよしもない。その真犯人がまさにこの話し合いのテーブルの席についていることに。

彼がすべてを知っていることに。

ミーティングがようやく終わると、グラントは車で自宅へ戻った。そのあいだ、誰かにつけられていないか確認するため、何度か遠まわりすることを忘れなかった。全体的に見れば、今日は普段とほとんど変わらない一日に思える。ただし、それはアリバイのないあの一時間を除いての話だ。あの空白の一時間をどうにかして埋める必要がある。万が一に備えて。

あのあと、キャメロン・リンドの自宅でグラントがいることに初めて気づいた瞬間の彼女の様子を何度も思い返した。あのときキャメロンはあとずさりしてささやいた。

〝何が望みなの？〟

自分のアパートメントへ足を踏み入れながら、グラントが心から望んでいたのは、肩越しに後ろをちらちら見やるのをやめることだけだった。

キャメロンはこちらの顔を見なかったと言っていた。頭にひんやりとした硬い銃口を押しつけられると、たいていの者は真実を口にする。とはいえ、キャメロンの言葉を信じていいものかどうか確信が持てない。ただ幸いにも、あの女を信じる必要はどこにもない。

キャメロンのために、彼女が真実を語っていることを願おう。マンディ殺害の手口はほとんど完璧だった。芸術的だと言ってもいい。捜査の命を受けたのはこの街で一番優秀なＦＢＩ捜査官だが、尻尾すらつかんでいない状態だ。キャメロン・リンドが予想外の行動に出ない限り、捜査陣がグラントのもとにたどり着くことはないだろう。

もちろん彼女が予想外の行動に出ないかどうか警戒しておくつもりだ。

パラスといい、巡査たちといい、愚か者ばかりだ。すぐそばに真犯人がいるというのに気づきもしない。

人を殺しても罰せられずに逃げおおせられる。こんな愉快なことがあるだろうか。前もって知っていれば、何年も前からそうしていただろう。

20

これからジャックと一緒に暮らすことになる。

ＦＢＩを出て、車でサウス・ループにあるジャックのアパートメントまで向かうあいだずっと、キャメロンはその現実に圧倒されていた。運転しているウィルキンズに、ジャックは自分のアパートメントでふたりを降ろすよう頼んだ。そうすれば自分の車と私物を取りに行けるからと。ＦＢＩのビルから遠ざかる車中、ジャックはシートに寄りかかり、今回こうして警護されることに関して何か質問はあるかと尋ねてきた。

キャメロンは特に何も思いつかないと無関心な態度で答えた。

でも、それは真っ赤な嘘だ。

質問なら山ほどある。まずジャックはどこで寝るつもりだろう？　自分は日中は仕事に行っていいのだろうか？　家にいるあいだずっと、ジャックは彼女に食事を作ってもらおうと考えているのか？（そんなことになれば、ふたりとも間違いなく餓死する）毎日一緒に普通に過ごすのなら、夜ふたりでテレビを見たりするのだろうか？（ふと思いだした。ビデオレコーダーのプレイリストから恋愛リアリティ番組の『ザ・バチェラー』は絶対に削除しないと）それにジャックはどこで寝るつもりだろう？（先ほどから、気づくとこの疑問が頭に浮かんでいる）たとえばジャックがシャワーを浴びるときは、彼女をひとりきりにするのだろうか？　それとも安全性の観点から、そういう場合は一緒にシャワーを浴びたほうが……。

「二、三分しかかからないはずだ」エレベーターで四階にある自宅へ向かう途中、ジャックはそう言うと、キャメロンを見つめた。「大丈夫か？　さっきからぼうっとしているように見えるが」

「今日起きたことをいろいろと考えていたの」キャメロンは祈る思いだった。わが家で一糸まとわぬ姿のジャックがシャワーを浴びている場面を想像したせいで、エレベーターの中で体が自然発火を起こしませんように。

四階に着くと、ジャックはキャメロンを廊下の突きあたりにある部屋へ連れていき、鍵を開けてドアを開けると中へ招き入れた。

彼の自宅に何を期待していたのか、キャメロンは自分でもよくわからなかった。きっと必要最低限の家具しかなくて大半が灰色の、がらんとした質素な部屋だろうと心のどこかで考えていた。だが実際は予想とまるで違った。壁はむきだしのれんがで、天井はアーチ型をしている。ロフト形式でありながら一階はオープンフロアになっていて、リビングルームの奥にモダンなキッチンが続いており、彼女の右側にある廊下の先にはバスルームとおぼしき部屋と小さな仕事部屋が見えている。二階に通じるらせん階段の先に小さなバルコニーがあり、その向こうの、すりガラスでできた両開きのドアが開いている。そのドアの先にあるのがマスターベッドルームだろう。

控えめに言っても、キャメロンの予想よりも温かで、はるかに友好的な雰囲気だ。だが一番驚いたのはその点ではない。本当の意味で注意を引かれたのは本だった。

リビングルームの壁全体が濃いマホガニー材の本棚になっていて、数えきれないほどの本がきれいに並べられている。コーヒーテーブルの下の棚にも本が置かれていた。

「まあ」キャメロンは本棚に近づいた。「相当なコレクションね」ありとあらゆる種類の本がある。フィクションもあればノンフィクションもあり、ハードカバーもあればペーパーバックもあった。

ジャックが肩をすくめる。「時間があるときは本を読んでるんだ」

キャメロンもいつかこんな本のコレクションを持ちたいと考え、自宅の三階を図書室に改築しようと計画していた。とはいえ、好きなだけ読書を楽しめているわけではない。自由な時間の大半はコリンやエイミーと過ごしている。そういえばジャックには、キャメロンにとってのコリンやエイミーのような存在がいないのだろうか。親しい友人と呼べる誰かは。彼はとても孤独な生活を送っているように思える。

ジャックが階上を指さした。「私物を取ってくる。何か飲みたいものは？」

「いいえ、大丈夫。ありがとう」

ジャックが階上へ行くと、キャメロンはリビングルームの様子をさらに熱心に観察した。ジャック・パラスの謎を解き明かす手がかりはないだろうか。黒のソファの反対側にある壁には薄型テレビが設置されている。もちろん大型だ。謎めいてはいるけれど、ジャックもまた普通の男性だという証拠だろう。コーヒーテーブルの下の棚に積まれた本から察するに、彼はモノクロームの写真集に興味があるらしい。

そのとき、ソファ脇にある小さなテーブルに写真立てがいくつか置いてあることに気づいた。興味を引かれて近づいてみると、一枚は数年前に撮影されたと思われる写真だった。アメリカ陸軍士官学校（ウェストポイント）の卒業式の写真で、ジャックとほかに三人の男性が写っている。全員が灰色のジャケットと白いズボン、手袋に帽子という制服姿だ。

キャメロンは写真立てを手に取った。写真の中のジャックは満面に笑みを浮かべ、両隣の友人と肩を組んでいる。その生意気そうな笑顔を見て、キャメロンは思わず胸をつかれた。彼女の知るジャックの笑顔とはあまりに違う。

次の写真立てに飾られていたのはモノクロームの写真だった。二十代後半の女性が笑いながら、小さな男の子が乗ったブランコを押している写真だ。女性は濃い色の目の持ち主で、顎までの長さのまっすぐなボブヘアの前髪をカチューシャであげていた。驚くほどジャックによく似ている。

「おれの妹と甥っ子だ」背後からジャックの声が聞こえた。

キャメロンが驚いて振り返ると、ジャックは足元近くの床に大きなダッフルバッグを置いて立っていた。いつからそこにいたのかわからない。

キャメロンは興味津々で写真を見ていたことなどおくびにも出さず、写真立てをもとの位置に戻した。「妹さんと甥御さんとはよく会っているの?」

「ネブラスカにいるときはそんなに会ってなかった。だが、これからはもう少し会えればいいと思っている」ジャックがダッフルバッグを肩にかけた。「行こうか?」

キャメロンはどうしてもジャックから目を離せなかった。〈マナー・ハウス〉でのあの一夜を思いださずにはいられない。彼女をドアに押しつけていたたくましい肩や腕、下半身に感じた引きしまった腰と筋肉質の腿、この手で触れた硬い胸や腹部。そして欲望の炎をたぎらせていた彼の瞳。

そんなジャックがこれからキャメロンの隣のベッドルームで眠ることになる。もしかすると、殺人犯と一緒にいるほうがまだましかもしれない。

キャメロンの家に戻るなりジャックが真っ先に取りかかったのは、彼の指示どおりにドアが修理されているかどうかの確認だった。まずは玄関の鍵を、次にマスターベッドルームのバルコニーへ通じるフレンチドアを見る。代理店は指示されたとおりに修理要員をよこし、ドアを板でふさいで割れたガラスをきれいに片づけていた。

キャメロンがその手仕事を疑わしげにちらりと見る。「この家を改修するとき、徹底的にやり直してほしい箇所がまたひとつ増えたわ」

「だが、こうしていれば安全だ。見た目はあとからいくらでも直せる」

ジャックが二番目に取りかかったのは、敷地全体を見てまわることだった。キャメロンを脇に従え、間違いなく安全だと思えるまでくまなく点検した。巨大な邸宅ゆえ、簡単に終わる仕事ではない。

「きみは以前、結婚していたのか?」数多くある来客用のベッドルームのひとつのクローゼットを開けながら、ジャックは尋ねた。

「いいえ」キャメロンはジャックの質問に驚いた様子だ。

金持ちの夫がいた可能性はこれで消えた。

またひとつ、キャメロンに関する謎の手がかりを得たことになる。

彼が三番目に取りかかったのは荷ほどきだ。キャメロンの部屋に一番近い部屋を使うことにした。ほかの来客用のベッドルームとは異なり、そこだけは運よく家具が備えつけられていた。部屋に入り、ブレザーを脱いでクローゼットに吊したあと、ナイトテーブルに予備の銃を置いて、隅にあるドレッサーの引き出しを何気なく開けた。

中には男物のスウェットシャツが入っていた。

ジャックはその引き出しをぴしゃりと閉め、別の引き出しを開けた。

荷物の整理を終えると、四番目の仕事に取りかかった。キャメロンの世話だ。

今日の午後、あんな恐ろしい体験をしたのに、キャメロンはこれまで相当よくやっている。思いだすのさえつらいはずだが、供述の最中も気丈に振る舞っていた。だがジャックは、彼女がふとした瞬間に疲れを見せていることに気づいていた。たとえばこの自宅に戻る車の中で、キャメロンは疲れきった目をしていた。先ほど、修理されたフレンチドアを見て感想をもらしたときも、声に皮肉っぽさが感じられた。それにジャックのあとから階段をのぼって二階へ向かおうとしたとき、一瞬ためらっていた。目出し帽の男に攻撃されたときのことを思いだしたに違いない。

キャメロンはもう何時間も何も食べていないはずだ。彼女の世話をするとすれば、まず食事の用意が望ましい。キャメロンのベッドルームのドアの前に立ち、何も異状がないことを確認すると、階下のキッチンへおりて、雑多なものを入れた引き出しに使い古された中華料理店のメニューが入っているのを見つけた。数ブロック先にある店だ。ここなら失敗することはないに違いない。彼女が何を食べたいかわからないので、いろいろなメニューを注文することにした。代金はＦＢＩのつけにすればいいし、たくさん注文すれば残り物も出る。冷蔵庫や冷凍庫を見る限り、キャメロンは料理上手とは言えない。ひょっとすると、ジャックより料理の腕が劣る可能性もある。こんなとき、宅配とはなんとありがたいサービスだろう。身長百九十センチ近い彼のような男は、わずかしかない冷凍食品だけでは一時間ともたない。かつて特殊部隊にいたとき、チームのほかの四人の男たちとコロンビアの密林に丸五日間取り残されたことがあったが、そのときでもこの家より多くの糧食があった。

次にジャックが確認したのは、ダイニングルームにあるリカーキャビネットだ。中に置かれているものを見ると、キャメロンはワイン、しかも赤が好みらしい。そこでカベルネを選んだ。これなら失敗しないだろう。キャメロンが認めようが認めまいが、彼女には今夜少しでも眠るためのアルコールが必要だ。ジャックは二階で水が流れる音を聞きながらキッチンへ戻り、グラスにワインを注いだ。その数分後に玄関のベルが鳴り、ジャックが出てみると配達員の男性だった。少しためらったあと、男性にボディチェックをして身分証を確かめ、中華料理店に電話をかけて配達員の身元を確認したうえで品物を受け取った。

袋に入った食べ物をカウンターに置き、ワイングラスを手に二階へ向かう。ジャックの指示どおり、キャメロンはベッドルームのドアを途中まで開けていた。彼はドアをノックした。

「どうぞ」キャメロンの静かな声が聞こえた。

ジャックは肩でドアを押し開けた。キャメロンはこちらに背中を向けてクローゼットの前に立っている。「グラス一杯のワインを飲めば、きっと少し楽になると……」

キャメロンが振り向いた瞬間、彼は意外な光景を目にして言葉が尻すぼみになる。

キャメロンは目に涙をためていた。

当然だと遅まきながらジャックは気づいた。あの殺し屋が身を隠して彼女を待ち伏せしていたのはこのクローゼットの中なのだ。

ジャックはワイングラスを床に置き、キャメロンに近づいた。「すべて問題ない。きみもわかっているだろう？」

キャメロンがまばたきをする。頬にひと筋の涙が伝った。

もう我慢の限界だ。

ジャックは腕を彼女の体に巻きつけて強く引き寄せ、耳元でささやいた。「二度とあいつをきみに近づけない。約束する。誰もきみに指一本触れさせない」

キャメロンはジャックの腕の中で向きを変えて彼の胸に頬を押しあてると、クローゼット内をちらりと見た。間違いない。彼女はすすり泣いている。

「こんなにきれいなドレスなのに」キャメロンがとうとう言葉を発した。

ジャックはクローゼットの中を一瞥した。正面に丈の長い、シルク製の赤紫色のドレスが吊されている。なぜこのドレスを見てキャメロンが泣いているのか、さっぱりわからない。だが今の状況を考えると、ここはただうなずき、彼女の話を聞いてやるのが一番だろう。あの殺し屋がドレスに皺をつけたのかもしれない。

「ああ、すてきなドレスだな」ジャックは同意した。

キャメロンがクローゼットの床に置かれた銀色のハイヒールを指さす。彼女はその靴をドレスの真下に移動させていた。まるで目に見えない女性がドレスと靴を身につけているかに見える。「それにこの靴……」涙目でジャックを見あげた。「ドレスにぴったりでしょう?」

たしかにそうだが……。夕食をとらせる前に、キャメロンをすぐさまベッドに連れていくべきだった。本当に体の具合が悪い相手にするように。

ジャックは咳払いをした。正直に言えば、こういったことは自分よりもウィルキンズのほうが得意に思える。「きみはもうあの靴を履きたくないんだな……殺し屋が触ったかもしれないから？」男の自分にいったい何がわかるというのだろう？　もしかすると女性にとって靴は、バッグやバチェロレッテ・パーティと同じくらい神聖なものなのかもしれない。

キャメロンが体を引き、これ以上ないほど妙な表情でジャックを見た。「なんですって？　わたしはそんな臆病者じゃないわ。これは花嫁付添人のドレスなの。動揺しているのは、親友のエイミーの結婚式でこれを着なければならないことを思いだしたから。結婚式は今週末にミシガンで行われるんだけど、今日こんなことがあったからすっかり忘れていたの」彼女はため息をついた。「行くなと言うつもりでしょう？」

ジャックは一瞬考えた。「ミシガンのどこだ？」

「トラヴァース・シティにあるホテルよ。エイミーが子どもの頃、休みになると家族で旅行に出かけた思い出の場所なの。彼女は何年も前からこの結婚式の計画を練ってきたわ。エイミーにとってはそれほど意味のある特別な場所なの」キャメロンがどうにか笑みを浮かべた。「そうなると、コリンが花嫁付添人を務めるはめになりそうね。きっと彼はひどく怒るはずだわ」

キャメロンの悲しげな笑みは本物だとジャックは思った。キャメロンにとって、友人ふたりは本当にかけがえのない存在なのだ。

トラヴァース・シティはＦＢＩデトロイト支局からかなり離れた場所にある。だがデイヴィスが頼めばどうにかなるだろう。誰もがデイヴィスには借りがある。

「きみを結婚式に出席させられると思う」ジャックは答えた。

「本当に？　安全だと思う？」

「デトロイト支局から応援を何人か頼めるはずだ。それにそっちのほうが都合がいい。この家は広すぎる。監視しなければならない空間がありすぎるんだ。だからここに防犯システムを設置しようと考えている。サイレントアラームや人感センサーといったものをね。この週末、ＦＢＩの技術チームに設置させよう。そうすればきみとおれが結婚式から戻る頃にはシステムも準備万端だ」

キャメロンが大きく息を吸いこんだ。驚きと安堵を同時に感じているようだ。「ああ、よかった。意外と……すんなりいったわ」

ジャックは頭を傾けた。ちょっと待て、今のやり取りは……腹を立てるべきか、感心するべきかよくわからない。彼はキャメロンが着ているワークアウトパンツのウエスト部分に指をかけると、彼女を近くへ引き寄せた。「あれは嘘泣きだったのか?」

キャメロンが腹を立てたように反抗的な目でジャックを見あげる。「冗談でしょう? 今日あれほど大変な目に遭ったのに、涙をこぼすことさえ許されないの?」

ジャックは無言のまま待った。

「エイミーの結婚式はわたしにとってとんでもなく重要なことよ。それなのに疑うなんて信じられない。はっきり言って、あの涙は本物よ」

ジャックは無言のまま、さらに待った。結局、キャメロンは白状するだろう。こういう場合はいつもそうだ。

ジャックに見つめられ、キャメロンは落ち着きなく身じろぎした。「わかったわ。あの涙の一部は本物よ」ジャックをじろじろ眺め、いらだたしげに言った。「あなたって本当に駆け引きが上手ね」

「そうなんだ」ジャックはにやりとすると、床からワイングラスを取ってキャメロンに手渡した。キャメロンは彼のあとについて階段をおり、カウンターに並べられた食べ物の袋を見つめた。「準備するから座っていてくれ」ジャックは言った。「きみはひどい一日を過ごした。これ以上疲れさせたくない」

キャメロンが見守る中、ジャックは袋から紙製の箱を取りだし、彼女の目の前に並べた。作業が終わると、キャメロンがジャックを見あげた。

「うまそうだろう？」ジャックは言った。

キャメロンが笑い声をあげる。「ええ、きっとあなたは女性のためならあらゆる努力を惜しまないタイプなのね」箸と手近な紙箱を手に取った。きれいに盛りつけられていなくても、特に気にしていない様子だ。

最初、ふたりは食事をしながらロバーズの事件の捜査について話しあった。やがて食べ終えて片づけを始めると、キャメロンはジャックにネブラスカで過ごした三年間について訊いた。以前のふたりなら絶対に口にしなかった話題だ。この話題は充分気をつける必要があるだろうとジャックは考え、ネブラスカでの最後の任務について話すことにした。地元紙が〝お尻泥棒〟と名づけた窃盗犯を逮捕した一件だ。そんなおかしなあだ名がついたのは、その男が夜間に金を盗んだ際、現金自動預払機（ATM）の隣にある数枚の窓にワセリンを塗った尻の跡をつけたからだ。

空になった紙箱を捨てながら、キャメロンは必死に笑いをこらえようとしたが、とうとう笑いだした。「笑ってごめんなさい。きっと重要な事件だったのよね。それでどうやって犯人を逮捕したの？」彼女はまた笑いだした。「容疑者を一列に並べてパンツを脱がせたとか?」

ジャックは笑い声をあげると、キャメロンのほうへ手を伸ばし、残りの空箱を捨てた。「いや、犯人を捕まえられたのは、やつが両手を使って尻にワセリンを塗っていたからなんだ。そいつは指紋もいくつか残していた。その指紋のひとつが、過去にコンビニエンスストア強盗をして逮捕されたときのものと一致したんだ」

「あなたがその犯人を逮捕する瞬間を見られたらよかったのに」キャメロンはカウンターにもたれ、ワインを口にした。

「ああ。あれはおれの経歴の中でも最も輝かしい瞬間だったからな」ジャックは皮肉っぽく言った。彼はキャメロンが残り物を入れた密封保存容器を冷蔵庫へしまい、そのドアを閉めて彼女を見た。キャメロンが真顔になっている。「どうした?」

「話したいことがあるの。三年前に起きたことについて。あなたをネブラスカへ異動させたのはわたしじゃないの」

ジャックは片手で口元を覆った。

「詳しく聞かせてくれ」

21

キャメロンが話しているあいだ、ジャックは部屋を行ったり来たりしていた。

彼女はまずマルティーノの件から話すことにした。最初からすべて話したほうがいい。だからマルティーノを起訴しないと決定したのも、その決定を誰が下したかFBIに話さないようキャメロンに命じたのもサイラスだと告白した。

「当時のわたしは検事局に入ったばかりで、波風を立てたくなかった。もし今のわたしがサイラスとあんなやり取りになったら、結果はまったく違っていたはずよ」

そのうえでキャメロンは洗いざらい打ち明けた。サイラスがジャックを解雇させようとしたことも、彼女が司法省にかけあってデイヴィスに詳しい経緯を話したこともだ。デイヴィスからジャックの解雇を阻止しようとした理由を尋ねられたときの答えさえも、正直に話した。

「ネブラスカへの異動は上出来の結果だったとは言えない。だけど解雇されるよりはましだろうと思ったの。当時のわたしには、あれが精いっぱいだった」

キャメロンが全部話し終えても、ジャックは何も言わなかった。しばしの沈黙のあと……。

ジャックはまだ何も言おうとしない。

彼はキャメロンを見つめ、大股で部屋を横切って近づいてきた。

キャメロンは気を引きしめた。目をぎらつかせていることから推測するに、ジャックは彼女を殺そうとしているのかもしれない。あるいは――。

彼はキャメロンにキスをした。舌と舌を絡める、情熱的なキスだ。ジャックが唇を離したときには、ふたりとも息も絶え絶えの状態だった。

「どうして三年前に話してくれなかったんだ？　おれがネブラスカへ発つ前に？」

「あなたは三千万人もの人が見ている前で、わたしの頭がどうかしていると言い放ったのよ。そんなふうに思っている相手と有意義な会話ができると考えるほうがどうかしているわ」

ジャックが笑った。「たしかに。だったら真実がわかった今、おれたちはこれからどうなるんだ？」

まるでキャメロンがその糸口をつかんでいるかのような言い方だ。「まずはここでのルールを話しあうべきだと思うの。あなたはこの家に住むんだもの。わたしと」

ジャックが体を引いた。「そうだな。境界線を決めるのはいい考えだ」片手を髪に差し入れながらキャメロンの隣に立ち、カウンターに寄りかかった。「最初に言っておきたいことがある。ぴったりしたTシャツとヨガパンツ姿でうろうろするのはやめてくれ」

「わかったわ。あなたがすぐに髭を剃ってくれたら、この格好はやめる」

ジャックは顎に片手を滑らせ、にやりとした。「きみは無精髭が好きなんだな？」

そう、そのとおりだ。

ジャックが顎に力をこめる。「警告しておく。そういう目つきでおれを見ないほうがいい」

キャメロンには手に取るようにわかった。ジャックが熱を帯びた瞳をしていることも、内心葛藤していることも。

そんなことはどうでもいい。

キャメロンは自らジャックに近づいてキスをした。前置きなど不要だとばかりに。それがよかったのだろう。ジャックがキャメロンの腰をつかみ、彼女の体を持ちあげた。キスをしたまま、キャメロンは両脚をすばやく彼の腰に巻きつけた。するとジャックは彼女を腕に抱いて二階を目指した。

「きっとこれってよくないことよね」キャメロンはジャックのがっしりした腕と肩に両手を滑らせながら言った。軽々と運ばれていることに驚きを感じずにはいられない。

ジャックは大胆にもキャメロンの唇を軽く嚙んだ。「だったらおれを止めてくれ。きみがおれの守るべき大切な証人であるあいだ、絶対にきみと深い仲になってはならないと言ってほしい」

キャメロンは彼のふさふさした黒髪を撫でつけた。「それは難しいわね」

階段の一番上までのぼると、ジャックは彼女の背中を壁に押しつけ、首元にキスをした。「ペースを緩めるべきだと言ってくれ」キャメロンの喉元に向かってささやく。

キャメロンは目を閉じ、かすかにうなり声をあげた。「ええ、そうすべきなのかもしれない」体をずらすと、腿のあいだに彼の下腹部があたるのを感じた。ジーンズの上からでも、こわばっているのがわかる。

ジャックが息をのみ、キャメロンをベッドルームへ運んだ。「これはただ、きみがヒーローへ憧れを抱いているせいだと言ってくれ。今日おれに命を救われたからだと」

「その可能性はあるわ」

ジャックはベッドにキャメロンの体を横たえるとのしかかり、かすれた声で言った。「こんなのはいやだと言ってくれ、キャメロン」

彼女はジャックの頬にある傷を指先でたどった。「悪いけど、そんなことを言うつもりはないわ」

ジャックがキャメロンにキスをした瞬間、ふたりのあいだで何かがはじけた。キャメロンが彼のショルダーホルスターに手をかけ、それをどうすればいいのかわからずにいるあいだも、ジャックは彼女の全身に手のひらをさまよわせた。Tシャツの裾をつかんで、キャメロンの頭から脱がせようとする。

「傷に気をつけて」キャメロンはささやいた。

「くそっ」ジャックが突然、彼女の体から手を離した。

「待って……どこへ行くつもり？」避妊具を取りに行くだけなら、神を冒瀆するような言葉は口にしないはずだ。

「きみは今日撃たれたんだ」ジャックが荒い息のまま答える。

「大丈夫よ」キャメロンはジャックに向かって手を伸ばした。「たかだか〇・二程度の傷だもの。そうでしょう？」

ジャックが彼女の両手をつかみ、ベッドの上で身動きできなくする。

キャメロンは満足げな表情になった。「このほうがいいわ」

「おかしなことを言うな、キャメロン。おれはたった今、この三年間ずっと自分がとんでもない愚か者だったことに気づかされたんだ。今夜も愚か者にさせないでくれ。せめて今は正しいことをさせてほしい。きみは銃撃されて精神的にまいってる。そんなところにつけこみたくない」

キャメロンはジャックをにらんだ。「また親切な態度を取ろうとしてるのね。ちっともおもしろくないわ。前にもそう言ったでしょう?」

「信じてくれ。おれだってこうするのは本当につらいんだ」ジャックがベッドからおりた。「とにかくきみは今夜ゆっくりやすむ必要がある。もしおれが今ここから出ていかなければ、きみはやすむどころじゃなくなってしまう」ジャックは片手を突きだし、キャメロンがベッドから起きあがるのを手伝った。

キャメロンはベッドから出て、彼のあとをついてドアのところまで行った。一瞬、立ちどまったジャックから見つめられる。彼の髪はくしゃくしゃで、瞳は温かなチョコレート色に煙っていた。まさにベッドに誘っている目だ。実際はその反対だけれど。

キャメロンは戸枠にもたれ、ジャックに近づいた。「明日の朝になれば、あなたが今夜紳士的な態度を取ってくれたことに感謝するはずだわ」

「だが今は？」

「今この瞬間は、あなたのことがひどく不愉快に思えてしかたがない」

「きみにそう思われるのは慣れてる」ジャックは笑みを浮かべると体の向きを変え、来客用のベッドルームへ戻ろうとしたが、ふと立ちどまった。「ところで、おれの部屋にある引き出しに男物のスウェットシャツがあったが？」

「ホワイトソックスの？」

「ああ」

「それならコリンのだわ。ここに泊まったときに置き忘れたみたい」

「きみたちふたりは本当にただの友だち同士なのか？」ジャックが疑わしげに訊く。

キャメロンは笑い声をあげた。「ええ」

「コリンは本当にゲイなのか？」

「もちろんよ」

ジャックが満足げにうなずく。「おやすみ、キャメロン」

それがその夜、キャメロンがジャックを見た最後になった。

ジャックは部屋に戻り、Tシャツとランニングパンツに着替えた。ふくらはぎにつけてある銃はそのままにしてドアの前に立ち、耳を澄ます。廊下から聞こえてくる物音でキャメロンがベッドへ入る用意をしていることを確認すると、慌てずに自分のベッドを整え、携帯電話で仕事のメールを確認した。それが終わると、ヘッドボードに枕を二、三個もたせかけ、ベッドに横になって頭の後ろで手を組んだ。自宅から持ってきた本を読むこともできるが、そんな気分になれない。

それからなんの音もしなくなるまで三十分待った。念のためだ。

ベッドから起きあがって廊下を進み、キャメロンのベッドルームへそっと入る。ドアのところで立ちどまって耳を澄ますと、規則正しい静かな寝息が聞こえてきた。彼女が眠っていることに満足し、ベッドルームの隅に移動する。バルコニーと非常口へ通じる板を打ちつけたフレンチドアの脇の床に座り、壁に頭をつけてもたれかかった。

暗闇の中、じっと座ったままあたりを見まわす。

とうとう眠気が襲ってきた。これよりもっと居心地の悪い場所でも眠れる自信がある。ただし夢も見ない、ごく軽い睡眠だ。必要とあらば、瞬時に目覚められる。

あの男の侵入を再び許すわけにはいかない。絶対に。

22

翌朝目覚めたとき、キャメロンはしばし混乱した。昨夜何度も見た悪夢をどうにか振り払い、あれはただの夢だと自分に言い聞かせる。

起きあがって耳を澄ましたが、何も聞こえない。ただしこれまでも、必要な場合以外ジャックが余計な物音をたてるのを聞いたことがない。とはいえ、しんと静まり返っている今、彼のことを心配すべきなのだろうか？　一瞬そう考えたが、すぐに思い直した。（１）彼はジャックだ。（２）もしジャックの身に何かあったら、こうして自分がベッドの中であれこれ考えていられるはずがない。すでに彼女も死んでいるだろう。

キャメロンはつくづく不思議だった。自分がまだベッドにいることも、自宅のどこかでジャックが目を覚ましているであろうことも。彼女はベッドを抜けだしてバスルームへ向かい、歯を磨いてシャワーの栓をひねり、水が湯に変わるあいだに服を脱いでいった。頭からTシャツを脱ごうとしたとき、撃たれたほうの肩に痛みが走った。包帯を外し、傷の様子を鏡に映して確認してみる。特に異状はない。

傷を濡らさないよう注意しながらシャワーを浴び、髪を洗うのは至難の業だった。医師から今後二十四時間、傷を濡らしてはならないと言われている。誰かの助けの手を借りてシャワーを浴びることもできただろう。もし昨日の夜、その誰かが紳士的な態度を貫こうなどと決意しなければ。

ジャックに対して不満を言わずにはいられない。

シャワーのあと、手早くメイクを施して階下へ行った。髪は自然乾燥だ。エイミーの結婚式のリハーサルディナーの前にもう一度髪を洗うから、あまり気にする必要はない。キャメロンがキッチンに入ると、ジャックはカウンターに座って仕事をしていた。

彼はパソコンから一瞬、顔をあげた。「おはよう」

そしてもう一度キャメロンを見た。今度はじっくりと。彼女がブラジャーをつけるのを忘れたせいだろう。

「おれをからかっているのか？」

「大目に見てくれないと。コンディショナーを洗い流すだけでもひと苦労だったんだから」

ジャックは一瞬、キャメロンの言葉の意味を考えた様子だ。「いや、おれにはそういう苦労がさっぱりわからない」

やっぱり。キャメロンが心の内でつぶやいたとき、ポットに淹れ立てのコーヒーが入っていることに気づき、思わずため息をついた。まったく、こちらの手に余る男性だ。ジャックと一緒にいて不機嫌でいつづけることがどんどん難しくなっている。かつてはそれが得意技だったのに。

ミシガンのロゴが入ったマグカップを戸棚から取りだし、コーヒーを注いでひと口飲んだ。熱くておいしい。生き返った心地になる。「忙しそうね」

「これから長い一日が始まるからな」

灰色の半袖Tシャツにジーンズを合わせ、湿った髪をしているジャックはとてもすてきだし、きびきびして見える。昨夜は来客用のベッドでぐっすり眠ったに違いない。ジャックがパソコンを見つめ、眉をひそめた。「この家はインターネット回線の調子が悪いな」

キャメロンはカウンターをまわりこみ、ジャックの隣のスツールに腰かけた。「前はそんなことは一度もなかったけど」ジャックのパソコンをちらりと見たとき、彼の腕に傷が走っているのが見えた。半袖なので見逃しようがない。ぎざぎざした形の醜い傷で、十センチはある。かつて潜入捜査を行っていたジャックが監禁されたときの資料を読み、もう一方の腕にも傷があることは知っている。ナイフで刺された傷だ。

キャメロンはあえて傷については何も言及しなかった。ジャックを居心地の悪い気分にさせたくない。

「見て気持ちのいいものじゃないだろう？」

キャメロンは内心で激しく自分を非難した。またしてもジャックに心を読まれてしまった。「どれほど痛かったかは想像もつかないわ」彼女が顔をあげると、ジャックはこちらを見つめていた。

「〇・二よりほんの少し痛かったかな」彼は話題を変えた。「今日はこれから五時間のドライブをすることになる。リハーサルディナーに間に合うようにきみを目的地へ連れていくには、十一時までにはここを出発したい」

「コリンに電話をかけないと」キャメロンはふと思いだした。「彼はリチャードと別れたから、今日は一緒にドライブしていこうと決めていたの」

「コリンとはもう話した。今朝早くにきみは大丈夫かと電話があったんだ。コリンは自分の車で現地へ行くと言っていた」

「何か問題でもあるのか？」ジャックがその質問をおもしろがっているような表情を浮かべる。「わたしの電話に出たの？」

「あなたが取り仕切っている」

「なんだか絶好調みたいね。今朝は何もかも、あなたが取り仕切っている」

「そんなふうに言うなら、話しあう必要があるな。ゆうべ何が起きたにせよ──」

「あら、ゆうべは何も起きていないわ。覚えてるでしょう？」

「きみの安全に関して言えば、これはほかの警護と何も変わらない。つまり主導権を握るのはおれだ。この週末もそうだ。あの犯人を逮捕するまでに何日かかろうとだ」

キャメロンが理解したのを見て取り、ジャックはカウンターからピンク色のメモパッドを手に取った。「きみの友だちのエイミーと結婚式について話した」

キャメロンはオーブンの上にある時計を一瞥した。「エイミーとも話したの？　まだ朝の八時半よ」

「きみの携帯電話で番号を調べた。彼女に出席者リストをメールで送ってほしいと頼む必要があったからな。結婚式が行われるホテルにはＦＢＩチームが待機して、セキュリティチェックを行うことになる。リストに載っている人だけが会場に入れるようにするんだ」

「エイミーのことだから、さぞ喜んだでしょうね」

「ああ、結婚式が〝超排他的〟になるとうれしそうに言っていたよ」ジャックはメモパッドをぱらぱらとめくった。「エイミーからきみにいくつか伝言を頼まれている。一言一句そのまま伝えてほしいと言われたんだ。ひとつ目は、〝わたしがあげた花嫁付添人の特別なジュエリーを絶対に忘れないで。わたしがあれを選ぶのにどれだけ時間をかけたか、それに花嫁付添人の中であなたが断トツ目立つようにしたいとどれだけ願っているか、あなたならわかっているはずでしょう?〟ふたつ目は、〝先週送ってくれた結婚式の乾杯のスピーチ原稿から、大学時代のお酒にまつわるエピソードを全部削除して〟三つ目は、〝ジュエリーとスピーチに関する伝言を聞いて、わたしがあなたのことをちっとも心配していないだなんて誤解しないで。昨日、何があったかを聞いて本当に心配してるの。それなのに結婚式に出席しようとしてくれていることに感激してるんだから〟最後に、〝この週末、ジャックにあなたの恋人のふりをしてもらっていい? ほかの招待客に、あなたがFBIに警護されているのは、あなたがマフィアのボスの愛人で秘密の情報をもらしたせいだと思われたくないから〟」メモパッドを下へ置いた。「最後のメッセージに関しては、オーケイと答えておいた」

ふたりが恋人のふりをするという部分だ。「つまり、わたしたちは今から恋人同士ないはずだ。ホテルでも同じ部屋に泊まることになるんだから」

「少なくともこの週末はね、愛しい人。さほど難しくは

なんてことだろう。

ジャックがにやりとした。

というわけね」

五時間のドライブはあっという間に過ぎた。

三年前に起きたことの真相を聞かされてから、ジャックにとっては事情ががらりと変わった。だから車内でキャメロンにたくさん質問をした。彼女のことをもっとよく知りたい。それに信じられないほど魅力的なキャメロンから気をそらす必要もある。ぴったりしたジーンズを膝まであるスエードのブーツの中に入れ、アイボリーのVネックのセーターを合わせた彼女はことのほか美しくセクシーで、車の運転に支障をきたす恐れがある。会話が初めて途切れた瞬間、ブーツしか身につけていない裸のキャメロンが自分の上になっている姿を想像し、危うく幹線道路の中央分離帯に突っこみそうになった。

半分ドライブを終えたあたりで、ようやくジャックが聞きたくてたまらなかった話題になった。どうすればその話題に持ちこめるかひそかに探りながら会話を進めてい

たところ、キャメロンのほうから言いだしたのだ。

「なぜわたしに結婚していたのかと訊いたの？」

ジャックは慎重に言葉を選んだ。「きみの家はひとりで住むには広すぎるように思えた。だから前に誰かと一緒に住んでいたのかもしれないと考えたんだ」

キャメロンは両脚を思いきり伸ばしてから、体の力を抜いた。ジャックはセクシーなブーツではなく、前方の道路に目を据えるようにした。ただどうしても視線がそちらに向かってしまう。

「どうしてあんな大きな家を買うお金の余裕があるのか知りたいんでしょう？」キャメロンはおもしろがっているようだ。

「以前、おれは賄賂を受け取っているんじゃないかときみを非難したことがある。それを考えれば、そんなのはおれには関係ないと言われて当然だ。ただ、もしきみが自分の経済状態について話したい気分になっているなら、喜んで話を聞こう」

キャメロンは笑い声をあげた。「そんなふうに答えるなんて、あなたは優秀な弁護士になれるわね。あの家はわたしが正当に相続したもので、恥ずべき点は何もないの。昔からずっと祖母が住んでいて、父もあの家で育ったのよ。父はひとりっ子だったから、祖母が亡くなったらあの家は父のものになるはずだったけど、父は祖母より先に亡くなった。しかも亡くなる何年か前に父は母と離婚していたから、父のひとり娘であるわたしが相続することになったの。最初はあの家を売ろうと考えたわ。でもそれが正しいことには思えなくて……。まさか祖母が亡くなるなんて思っていなかった。だけど父が殺されて以来、祖母は何もかもあきらめたような状態になってしまったの。わたしは父と祖母を立て続けに失ってから、あの家を手放すのは何か違うという気がした。自分が住みつづければ、ふたりとも喜んでくれるように思えたのよ」

ジャックはキャメロンをちらりと見て心を決めた。今こそ彼女に尋ねるべきときだ。この二十四時間にふたりのあいだに起きたことを考えれば。「お父さんはどうして亡くなったんだ？」

キャメロンが押し黙った。きっと答える気がないのだろうとジャックが思いはじめたとき、彼女は口を開いた。「父はシカゴで警察官をしていて、四年前、職務中に命を奪われたの。あるアパートメントの住人から、誰かが叫んでいる部屋がある、家庭内のいざこざだろうという通報を受けて、父は相棒と一緒に出向いた。ノックしても誰も出てこないけど、室内から女性が叫んでいる声が聞こえて、父たちは急遽家主に連絡して鍵を開けてもらったの。中に入って部屋じゅうにドラッグが散乱しているのを見て、よくある家庭内のトラブルではないことに気づいたみたい。実際、ドラッグでハイになった女が売人たちに向かって、自分をだまそうとしていると絶叫していたの。父と相棒を目にした瞬間、キッチンテーブルに座っていた売人ふたりが発砲してきて、父の相棒は脚を、家主は肩を撃たれた。父は逃げた売人のひとりを追ってベッドルームに入ったところ、窓から逃亡しようとしていた三人目の売人を見つけて、パニック状態になったその三番目の売人から胸と腹部を撃たれてしまったの」

キャメロンがどれほどの心の痛みにさいなまれたか、ジャックには想像することしかできなかった。「くそっ、キャメロン……本当にすまない」頭の中で計算し、すぐに合点がいった。「四年前か。きみが検事局に入ったときだな」

「ええ。検察官として最初にしたのが、父を殺した極悪人を起訴する仕事だったと言いたいところだけど、その事件にはかかわることを許されなかったわ」

「そいつは捕まったのか？」

キャメロンがうなずく。「被告人は州裁判所で故殺罪だと主張したわ。なんの波乱もなく、あっという間に裁判は終わった。とてもじゃないけど満足できなかった」

「だがきみは今、ほかの極悪人どもを起訴する仕事をしている」

「ええ、そのことには満足しているの」

車内にしばし沈黙が落ちた。「きみには本当に驚かされるよ、キャメロン」

キャメロンがかすかに笑みを浮かべた。「身に余る光栄だわ。ゼムクリップで人を殺す方法を知っている人からそんなことを言われるなんて」

ジャックは驚いたふうを装い、キャメロンを見た。「ゼムクリップのことを知ってるのか?」顎をさすった。「ああ、あれはいい。あのテクニックにはおれも一目置いてる」

キャメロンがまじまじと彼を見る。

ジャックは笑った。「冗談だよ」ほとんどは。ホチキスの針ならありかもしれないが、ゼムクリップはない。「ところで仕事の件できみと話したかったことがある。デイヴィスのオフィスで、きみは自分がロバーズの事件の目撃者であることをサイラスが知っていると話していたな」

「ええ、デイヴィスもその点に興味を持ったみたいだったわね」

「三年前にサイラスがきみにマルティーノを不起訴にしろと言った話を聞かされてから、ずっと考えてるんだ。おれは今まで、きみがすべてのファイルに目を通して、起訴に持ちこむだけの証拠が足りないという決定を下したと考えていた。だが今は、サイラスがきみに起訴しないよう圧力をかけたんだと知っている。それがどうも気に入らない。サイラスを信用できないんだ」

キャメロンが考えこむ。彼女が頭の中でさまざまな可能性を探っているのが目に見えるようだ。

「ここは慎重にならないと。サイラスは連邦検事よ。気に入らないからという理由だけで糾弾はできないわ。それに彼が執念深いことは、誰よりもあなたがよく知っているはずよ」

「おれもちょうど、きみに用心してほしいと言おうとしていた。サイラスの近くにいるときは、くれぐれも慎重に振る舞ってくれ。月曜に、おれが一緒にきみの職場へ行けるのは完璧なタイミングだ。あのくそ野郎から片時も目を離さずにいられるからな。もしあいつがきみをおかしな目で見たりしたら、ゼムクリップのテクニックを試してやる」

キャメロンがジャックのほうへ頭を傾けた。「とんでもなく不吉な発言ね」

「三年前、おれをこけにしようとしたのがサイラスだとわかった今、やつに対するおれの気持ちは、きみの言葉を借りれば〝ひどく不愉快に思えてしかたがない〟だ」

「サイラスの前で、あなたが自制心を働かせてくれることを願うわ。わたしたちふたりのために」

ジャックは道路から目を離し、キャメロンを見た。「軍とＦＢＩで何年も任務にあたってきたが、近くにいて自制心を失いそうになる相手はたったひとりしかいない」

キャメロンはほほえんだが何も答えず、シートにゆったりともたれて脚を組んだ。いまいましいブーツをこちらに向けられて、ジャックの脳裏にたちまち、自分の上になっているキャメロンの姿が思い浮かぶ。

「ねえ、気づいてる？　路肩を走っているけど」

「わざわざ指摘してくれてありがとう、キャメロン」

23

ジャックの指示により、ふたりは〈グランド・トラヴァース・リゾート&スパ〉の裏口から中へ入り、すぐに支配人のオフィスへ案内された。キャメロンは今まで一度もこのホテルへ泊まったことがなかったが、足を踏み入れた瞬間、なぜエイミーがこのホテルを大好きになったかを理解した。贅を凝らした内装や六百を超える客室、美しいビーチとゴルフコース、サービスの行き届いたスパなど、まさに極上という言葉がぴったりのホテルだ。安全面で百パーセント信頼が置けないようなら別のホテルにキャメロンを移動させると言っていたジャックさえも、このホテルに満足している様子だ。

「これなら大丈夫だな」白い大理石とチェリー材でできた廊下を進みながら、ジャックはキャメロンの無言の問いかけに答えた。

ジャックはあらかじめホテルの支配人と電話で話し、詳細を明かさずに今回の状況の概要を説明していた。オフィスに通されると、彼はまずホテルの敷地内の地図を要求した。そのうえで、ここにいる三人以外の誰にもキャメロンの宿泊する部屋を知らせてはならないという基本事項を強調し、さらに個室になった会議室を用意するよう要求した。ジャックとデトロイト支局から応援として来るふたりの特別捜査官がこの週末に仕事場として利用するためだ。

次にジャックは支配人に、結婚式の招待客たちは全員、このホテルに泊まる予定なのかどうか訊いた。

「はい、花嫁が当ホテルに皆さまの宿泊予約をされています」支配人が答えた。「式に参列される方々は全員、当ホテルにご宿泊の予定です」

「完璧だ。それならキャメロンの宿泊予約を取り消して、新たにデイヴィッド・ワーナーの名前で予約を入れてほしい。タワー棟に部屋を取ってくれ」ジャックはホテルに隣接する十七階建ての建物を指定した。

「デイヴィッド・ワーナーって?」支配人がルームキーを取りにオフィスから出ていくと、キャメロンは尋ねた。

「昔、使っていたおれの偽名だ」

「偽名ね……それでわたしの名前は?」

「この週末、きみはミセス・デイヴィッド・ワーナーになる」

「わたしは夫の名前で宿泊予約を入れるタイプじゃないわ。ちょっと抵抗があるかも」

「この二日間だけなら、そういうタイプになれるはずだ」

「あら、ミスター・デイヴィッド・ワーナーはちょっと偉そうなのね」

そのとき支配人がオフィスのドアから顔を出した。「お話し中、申し訳ありません。先ほど申しあげるのを失念していたのですが、タワー棟はスイートルームがなく、全室が標準タイプの部屋になります。キングサイズのベッド一台の代わりに、クイーンサイズのベッドを二台ご用意したほうがよろしいでしょうか？」

キャメロンとジャックは顔を見あわせた。どちらも無言のままだ。

支配人がドアのところで身じろぎする。「もっと広い部屋が必要でしたら、いつでもこのホテル内でご用意できます」

ジャックは首を振った。「いや、結婚式の招待客たちとは完全に離れた場所に泊まりたいんだ。それに高層のほうがより安全だ。外から侵入できるバルコニーや窓がないし、部屋への行き方がひととおりしかない」

「クイーンサイズのベッドを二台お願いします」キャメロンは支配人に言った。そう答えるのが一番無難だろう。

「かしこまりました」支配人がうなずき、再びオフィスから出ていった。

二十分後、タワー棟の客室に落ち着いたキャメロンは気づいた。ベッドが一台でも二台でもたいした違いはない。結局、ジャックとは同じ部屋に泊まるのだから。五百平方メートル近くある巨大な自宅よりも、このホテルの部屋のほうが彼をずっと身近に感じられる。

彼女はドアのところに立ち、ジャックがクローゼットとバスルームを確認するのを見守った。確認を終えた彼が戻ってきた。「さて、どっちのベッドにするかな？」

「なんですって？」

ジャックはキャメロンのぎょっとした表情を見て笑った。「きみはどっちのベッドを使いたい？　選んだほうにきみのスーツケースを置くよ。そうしたら荷物の整理ができる」

「だったら、ドアから遠いほうのベッドにするわ」

「いい答えだ」

ジャックがキャメロンのスーツケースを言われたほうのベッドへ置き、自分のダッフルバッグをドアに近いほうのベッドに放るのを見つめるうち、キャメロンはふいにいらだちを覚えた。今まではやむにやまれぬ衝動に駆られ、ジャックと愛撫を重ねてきた。でもこうしてふたつ並んだベッドを見つめていると、あれこれ意識せずにいられない。自分が心から惹かれている男性と、しかもキャメロンに心から惹かれている様子なのにいまだ男女の関係に至っていない相手と、ホテルの同じ部屋に泊まろうとしている三十代の未婚女性が考えそうなことを。

いくらそうでないふりをしていても、キャメロンは本当はジャックのことが心から好きだった。肉体的にジャックに惹かれているとコリンに打ち明けたのは、つい昨日の話だ。本当にあれは昨日の出来事なのだろうか？　とても信じられないけれど、認めざるをえない。あのときは自分自身に嘘をついていた。しかもあのあと、ふたりのあいだにいろいろなことが起きて、ジャックに対する思いはさらに強くなった。その一方で、今ほど自分の考えが間違っていればいいのにと思ったことはない。

キャメロンはジャックを信頼して自分の命を預けた。次に考えるべきは、ジャックを信頼して自分の心も預けられるだろうかということだ。

キャメロンが見つめる中、ジャックは自分側のナイトテーブルの引き出しに丸めた靴下を何足か放りこみ、ブレザーを脱いだ。ショルダーホルスターがあらわになったとたん、ジャックが常に危険と隣り合わせの特別捜査官らしく見えてくるから不思議だ。その一方で、靴下を引き出しにしまう何気ない仕草を見ていると、普通の男性と変わらないようにも見える。

「大丈夫か？」ドアの脇に立ちつくしたままのキャメロンを見て、ジャックが訊いた。

「ええ、大丈夫」キャメロンは笑みを浮かべ、二台のベッドのあいだに立って、あたりを見まわした。「なんだか〝ジェリコの壁〟を思いだすわ」

「聖書に出てくる、絶対に崩れないと言われていたあれか？」

キャメロンは笑い声をあげた。「いいえ、『或る夜の出来事』のよ」

「さっぱりわからない。ある夜に何が起きたんだ？」

「『或る夜の出来事』という映画は知っているでしょう？」ジャックがかぶりを振るのを見て、キャメロンは言葉を継いだ。「本当に知らないの？　絶対に見るべきだわ。名作だもの。クラーク・ゲーブルとクローデット・コルベールがわけあって逃げている途中で、モーテルで一緒に一夜を明かすことになるの。ふたりは結婚していないけど夫婦のふりをする必要があって、クラーク・ゲーブルは彼女の貞操を守るため、部屋の真ん中に渡したロープに毛布をかけて〝ジェリコの壁〟と呼ぶのよ」

ジャックはベッドに横たわり、頭の後ろで腕を組んだ。もちろん彼は男性だ。だからとっくに荷ほどきを終えている。キャメロンはまだスーツケースを開けてすらいないというのに。「その映画で〝ジェリコの壁〟を築いたあと、ふたりはどうなるんだ?」

「そこからいい雰囲気になるの。クラーク・ゲーブルがクローデット・コルベールに、男がどうやって服を脱ぐか興味はあるかと訊いて、実際彼女の前で服を脱ぎだすのよ」

「なんだかロマンティック・コメディ映画みたいだな。賭けてもいい。ウィルキンズはその映画を十回は見ているはずだ」

「彼にとってはいいことだわ。男の人がロマンティック・コメディ映画から学べることがあるはずだもの」

「たとえばどういったことだ?」

「女性がどんなふうに考えるのかとか、どんなことに興味をかきたてられるのかとか」

「もし女性の考えが知りたければ、おれなら直接尋ねる」ジャックが口角をあげて、にやりとした。「それにその女性がどんなことに興味をかきたてられるか知りたければ、やっぱり直接尋ねる」

「ふうん」キャメロンは不満の声をもらし、バスルームへ向かった。本当に手に余る男性だ。すべてを理屈で考えようとする。歯磨き粉と歯ブラシ、シャンプー、コンディショナーを荷物から取りだし、大理石の洗面台の脇に置いた。まるでこの週末に必要なのはこの四つだけだとばかりに。結局のところ、ジャックは男性だ。女性のお手入れの複雑な手順をすべて知る必要はない。それにキャメロンのスーツケースには、ほかに十四本もの別のボトルが入っていることも。

キャメロンがバスルームから出ると、ジャックが部屋の一方に広がる窓のそばに立っていた。彼が手招きをする。「ちょっと来てくれ」

言われたとおりにすると、いきなりジャックの腕の中に引き寄せられ、キャメロンは驚いた。ジャックの胸に背中をもたせかけ、ふたりして絶景を眺める。秋ならではの色に染まったなだらかに起伏する丘と果樹園、そしてイースト・グランド・トラヴァース湾が窓の外に広がっている。

「この眺めが気に入った」ジャックがかすれた声で、彼女の耳元でささやく。

キャメロンは頭を後ろに倒して彼の胸につけた。ジャックとこれほど静かで穏やかなひとときを過ごせるなんて、めったにないことだ。ここ数週間ずっと続いていた慌ただしさとはあまりに対照的な瞬間。キャメロンはジャックの腕を引っ張り、彼女の体にきつく巻きつけさせた。

「わたしもよ」

エイミーはリハーサルのあとのディナーの予約を、タワー棟の十六階にある広々とした〈エリー・ラウンジ〉に入れていた。キャメロンとジャックの部屋からはエレベーターですぐに行けるので好都合だ。とはいえ、キャメロンにとってはそう好都合とは言えなかった。ラウンジでは、エリーのいとこたちに床から天井まである大きな窓まで追いつめられ、ジャックに関する〝二十の質問〟に答えるはめになったからだ。あのバチェロレッテ・パーティでジャックと知りあった彼女たちは、キャメロンが彼と一緒にリハーサルに姿を現して以来、詳しい話を聞きたくてうずうずしている。

　それだけに背後から肘に手をかけられ、懐かしいコリンの声を聞いたときは心底ほっとした。

「話の途中にすまない。キャムを二、三分借りてもいいかな？」

「二、三分なんて言わないで、もっとたくさん借りだして」コリンに連れられて部屋の反対側へ移動しながら、キャメロンはささやいた。

　それからコリンの頬に正式に挨拶のキスをした。エイミーはコリンに結婚式のときの聖書の朗読者（リーダー）を頼んでいたため、彼もまたリハーサルに出席していた。それにもかかわらず、キャメロンは花嫁付添人として多くの仕事をこなすのに忙しく、今まで言葉を交わすこともできずにいた。

「リハーサルのときから言いたいことがあったの。今夜のあなたは本当に颯爽(さっそう)としてるわ。その濃紺のジャケットとネクタイ、とてもすてきね」キャメロンはコリンのネクタイをそっと引っ張った。

「去年のクリスマスにリチャードがくれたんだ」

キャメロンはコリンが傷ついた瞳をしていることに気づいた。人前でコリンがそんな表情をするのは珍しい。「大丈夫？」

コリンがうなずく。「ただ……どうにか乗り越えなければならないよね。三十代のゲイの男で、恋人もなく、友だちの結婚式でもまったくの役立たずとして存在しているという事実を」キャメロンと目を合わせた。「それなのに、リチャードが恋しくてしかたがないんだ」

「リチャードは愚か者だわ。それにあなたは役立たずなんかじゃない。わたしだって偽物の恋人と出席しているだけよ」

コリンが冷やかした。「とても真実とは思えないな。今夜のきみはこんなにすてきなんだから」キャメロンのキャラメル色のカクテルドレスとハイヒールを見やる。肩の傷に触れないよう、髪は頭の後ろでシニョンにまとめられ、スモーキーなアイメイクを施してある。「ジャックがこんなふうにきみを自由に動きまわらせているのが驚きだよ。とはいえ、リハーサルが終わってからまだ一時間も経っていないけれどね」「エイミーを激怒させるのはごめんだ。さすがのおれも彼女が恐ろしい」ふたりの背後からジャックが来た。

彼は一瞬、キャメロンの小さな背中に片手を置いた。キャメロンは前を向いていたため、誰にも気づかれなかったものの、わずかな触れ合いの時間に体が熱くなった。

「一杯飲みたい気分かなと思って」ジャックが赤ワインのグラスを手渡してくる。キャメロンは思わず笑みを浮かべた。二十分前、ワインを取りにバーカウンターへ行こうとしたところを、いとこたちに囲まれてしまったのだ。彼女は目の前にいるジャックから目が離せなかった。灰色のブレザーに襟元のボタンを外した黒のシャツ姿の彼は、ことのほかセクシーに見える。

「ありがとう」

ジャックが頭の位置をさげていったとき、キャメロンは一瞬考えた。彼はキスをしようとしているのだろうか？　「結婚式が外で行われるという話は、きみから聞いていなかった」ジャックが小声で言う。

「ええ。エイミーからはいろいろ聞かされていたけど、まさか屋外結婚式だとは考えもしなかったわ。問題なの？」キャメロンはジャックの仕事をこれ以上難しいものにしたくなかった。

「きみをこの結婚式に連れていくと約束した以上、どんな状況でも責任を持って任務をやり遂げてみせる」ジャックはほかの招待客たちに背中を向けたまま、誰にも見られないように指をキャメロンの指に絡め、彼女を近くに引き寄せて耳打ちをした。「コリンは正しい。今夜のきみは本当にすてきだ。危険なほどにね、キャメロン・リンド」親指で彼女の指先を軽く撫で、その場から立ち去った。

キャメロンが見守る中、ジャックはドアの脇にある、FBIデトロイト支局から応援に来たふたりの特別捜査官たちが座るバーテーブルに向かった。ジャックの姿をほれぼれと眺めながら、キャメロンはゆっくりとワインを飲んだ。

ジャックは彼女にワインを持ってきてくれて、今夜の装いをすてきだと褒めてくれた。恋人のふりをしているだけのはずなのに、時間が経つごとに、実際つきあっているような気になりはじめている。

キャメロンはコリンに向き直った。「わたしってこの世で一番の愚か者かもしれないわ。頭がどうかした殺人犯につけ狙われているのに、こんなに幸せでわくわくしているなんて」

コリンがキャメロンの顔をのぞきこむ。「それが何を意味するのか、きみはもうわかっているはずだ」

彼は自分のグラスをキャメロンのグラスに触れあわせて乾杯した。

その夜遅く、ベッドで枕の山に背中を預けながら、ジャックは携帯電話でウィルキンズと話していた。捜査に進展がないかどうか確認するため、ジャックのほうからかけた。シカゴ市警の面々に話を聞く中で、相棒が何か新たな事実を見つけたのではないかと期待していた。だが残念ながら今のところ、キャメロンが事件に巻きこまれたという情報を漏洩(ろうえい)した人物は見つかっていない。

「そっちはどんな具合だ？」ウィルキンズが尋ねた。「楽しんでるかい？」

そのときタイミングを狙い澄ましたかのように、キャメロンがバスルームから頭を突きだした。「ねえ……シャワーの水をお湯にするにはどうしたらいいの？」

「まるまる五分、流しっぱなしにしておく必要がある」

ジャックは再び携帯電話に意識を戻した。

「一緒の部屋に泊まってるのか？」ウィルキンズが尋ねる。

ジャックはキャラメル色のドレス姿のキャメロンを思いださずにはいられなかった。あんな髪型の彼女は見たことがない。それにあんなアイメイクもだ。洗練されているのに、信じられないほどセクシーで情熱的に見えた。おかげでディナーのあいだじゅう、下腹部が半分こわばったままだった。しかもキャメロンがコリンのドリンクについていたさくらんぼ（マラスキーノ・チェリー）のシロップ漬けを口に含んだときは、下腹部が勢いよく立ちあがった。ちょうどテーブルの背後に立っていたので、なんとかことなきを得たのだ。

ウィルキンズが尋ねたがっていてこちらが答えたがっていないその種の質問が始まる前に、ジャックは会話を切りあげた。そもそも個人的なことは話さない主義だし、キャメロンについての話題ならなおさらだ。電話を切り、ヘッドボードに頭を休める。

今から何をしなければならないかは百も承知だ。死にそうにつらいことだが、何をすべきかはわかっている。

ジャックはパソコンを手に取り、仕事で気をまぎらわせようとした。だがうまくいっているとは言いがたい。それが問題だ。

キャメロンがシャワーを終え、バスルームから出てきた。ジャックが最初に注目したのは彼女のいでたちだ。

彼は眉をひそめた。「それより露出度の低い服はないのか？」

キャメロンが自分の姿を見おろす。ベロア素材のトレーニングウェアだ。「ズボンもTシャツも着てるし、パーカーのファスナーも閉めてるのに?」

ジャックは不満げに低くうなった。

キャメロンが自分のベッドの脇に来た。ジャックにさらに近くなる。「誰かさんはちょっと気難しいみたい」

それはその誰かさんが、別の誰かさんに拷問も同然の思いをさせられているにもかかわらず、正しいことをしようとしているからにほかならない。くそっ。キャメロンがジャックの真ん前で腰をかがめ、自分の枕の山を直そうとしている。ベロア素材のズボンがぴったりと張りついて、ヒップの形があらわになっている。あのヒップなら、この両手にちょうどおさまるだろう。そうしたら舌を這わせて――。

「さあ、今日はこれで終わりだ。明かりを消そう。明日はいよいよ本番だな」ジャックはナイトテーブルの明かりを消した。部屋が暗くなる直前、キャメロンの困惑した顔が見えたが気にしないことにした。そんなことを気にしていたら、彼女に襲いかかってしまう。

「つまり、今から眠るわけね」暗闇の中、どこかおもしろがっているようなキャメロンの声がした。

次にどういう行動に出るべきだろうかと、ジャックは頭を巡らせた。ベッドから出て彼女のほうへ向かう。暗闇に目が慣れてきて、月明かりの中、毛布の下にもぐりこんでいるキャメロンのぼんやりとした輪郭が見える。

「ここでの任務に集中したいんだ。今週末、最優先すべきはきみを守ることだから」

「もちろんわかってるわ。ちょっとからかっただけよ、ジャック」

「明日はいっそう警戒しなければならない。特に、結婚式が屋外で行われるとわかったからなおさらだ。その事実によってゲームの流れが変わる可能性がある。それもこれまで以上にがらりとだ。絶対に気を抜くわけにはいかない」

「わかっているわ、本当よ。もう何も言わなくていいから」

月明かりが映って、キャメロンの瞳がきらきらと光っている。ジャックはどうしても手を伸ばし、枕に広がる彼女の栗色の長い髪に触れずにはいられなかった。「この結婚式が無事に終わるといいと思ってる」

キャメロンが笑みを浮かべたのが見えた。「あなただけじゃなくてこの八カ月、エイミーとやり取りしていた人たち全員がそう思っているわ」

「その点に関して、おれたちの意見はぴったりだな」ジャックは彼女の肩に毛布をかけ直した。「さあ……次に何が起きても、この毛布を絶対に放さないでくれ。二十一世紀版の〝ジェリコの壁〟だ」

　キャメロンが戸惑った様子でジャックを見る。「わかったわ……」

「キャメロン、約束してくれ。たとえどんなことがあっても毛布を放さないと」

「約束するわ。でもどうして？」

「今からきみにおやすみのキスをするからだ」ジャックは頭の位置をさげていって、キャメロンに口づけた。キャメロンが片手をジャックの髪に差し入れ、キスを返してくる。荒々しく舌を絡められ、ジャックは気づくとベッドの上で、キャメロンの体を組み敷いていた。

　毛布の下で彼女が両脚を広げ、ジャックはそのあいだに身を置いた。これほど体を寄せあっているせいで、下腹部が岩のごとくこわばって震えている。キャメロンが体を弓なりにそらして腰を押しつけてきた瞬間、彼は思わず自分を見失いそうになった。

「きみは特別捜査官としてのおれのキャリアを台なしにしようとしている」ジャックはかすれた声で言った。「一度身をうずめたら、おれはもうそのことしか考えられなくなるだろう。もう一度、さらにもう一度と欲望を募らせてしまう」両手を毛布の端にかける。銃弾でさえ自分を止められなかったというのに、これはただの毛布だ。

「くそっ、きみのためを思ってこうしているんだ……」そう言いながらもキャメロンの首から喉へキスの雨を降らせた。もっと下の部分にもキスをしたい。キャメロンのありとあらゆる部分を味わいたい。

キャメロンは大きく息を吸いこんでいる。「ずるいわ」だが毛布から手を離そうとはしなかった。

ジャックは枕に頭をうずめ、最後の最後でどうにか自制心を発揮すると、ベッドから起きあがってナイトテーブルに置いた銃を取った。

そしてキャメロンに手渡した。「受け取ってくれ」

キャメロンが目をみはり、驚きとおもしろがる気持ちが入り交じった表情を浮かべる。「わかったわ。でももしわたしから遠ざけるためにあなたを撃たなければならないくらいなら、今ここで〝もう結婚式なんてどうでもいい。今からしたいことをしてやる！〟と宣言すべきだと思うの」

「いや、銃はおれ以外のやつがきみに近づいたときのためだ。今から五分間、このベッドルームのドアから絶対に目を離さないでほしい。そのあいだに冷たいシャワーを浴びてくる」

24

「彼とはもうベッドをともにする気になった？」

キャメロンは美容室の中を見まわした。「エイミー、もう少し大きな声でも大丈夫よ。ドライヤーの音のせいで、あなたの声は誰にも聞こえないはずだから」

ありがたいことに、ジャックは美容室の前で待機している。それゆえエイミーのあけすけな質問を聞いても、キャメロンは決まり悪さを感じずにすんだ。ここへ到着するなり、ジャックはスパと美容室全体の安全を確認し、今は美容室に出入りできる唯一のドアの脇に立っている。

キャメロンとエイミーは並んで座り、メイクの最後の手直しをされているところだった。「知っているでしょう？　今のわたしたちにはいろいろなことが起きてるのよ」キャメロンは皮肉っぽい口調で答えた。「たとえば武装した侵入者が自宅に押し入るといった、ぞっとするようなことがね」

エイミーはすぐに後悔している表情になった。「本当にそうよね……とんでもなくばかげたことを言ってしまったわ。あなたはわたしの結婚式なんかより、ずっと心配なことがたくさんあるのに」

キャメロンとエイミーは鏡越しに互いを見た。

「われながらショックだわ」エイミーはにんまりした。「運のいいことに、あなたがこんなわたしに我慢すればいいのもあと数時間だけよ。きっとわたしから解放される瞬間が待ち遠しくてたまらないでしょう?」

「おかしなことを言わないで。この週末、わたしにはここにいるしかないんだから。たとえあなたがウザい女（ペイン・イン・ジ・アス）でもね」

下品なスラングを聞き、エイミーは笑い声をあげて目尻を拭いた。「やめてよ。涙を流させて、わたしのメイクをどろどろにするつもり?」

エイミーにチークを入れていたメイクアップアーティストが手厳しい口調で言う。

「目に触ったらだめ。ぼくの最高傑作なんだから」

全身至るところにタトゥーを入れてピアスをつけた、紫色の髪（パープル・ヘア）の美容専門家（コスメトロジスト）がキャメロンに命じた。「下を見て」

キャメロンは言われたとおりにし、二度目のマスカラを塗られるあいだ、まばたきをしないようにした。

「これってウォータープルーフ・マスカラよね？」エイミーが男性メイクアップアーティストに尋ねているのが聞こえる。

「もちろん」彼は請けあった。

「さあ、目をあげて」マスカラを塗り終えると、パープル・ヘアが言った。

キャメロンは再び、鏡越しにエイミーを見た。「それにわたしは、デートを何回かしたあとでないと男性とはベッドをともにしないというルールを守ってるの」

「相手があなたの命を救ってくれたんなら、そんなルールは無視していいんじゃないの？」

「FBIのおごりだと思うけど、前にジャックと宅配のディナーを一緒にとったことがあるの。それってデート一回分として数えていいと思う？」

パープル・ヘアがキャメロンにチークを入れていた手を止めた。「ちょっと待って。あなたが言っているのは、一緒にいる黒髪の男性のこと？　あなたのメイクを始める前に、わたしにボディチェックをした？」

キャメロンは顔をしかめた。「本当にごめんなさい」

「謝る必要なんてないわ。だって今月一番どきどきした瞬間だったもの」パープル・

ヘアはキャメロンをまじまじと見つめた。「あなたがまだ寝てないっていうのはあの彼？　いやだ、あの種馬をしっかり捕まえて、カウガールみたいに乗りこなさなきゃ」

「え、ええ……忠告をありがとう」

パープル・ヘアがウインクをする。「さあ、できたわ。どう？」

キャメロンは鏡に映る自分の姿を確認した。おろしたままの髪は、いつも自分で整えるよりもはるかにボリュームが出ている。メイクもいつもとは違う工夫が数多く施されていた。唇がふっくらとし、頬骨がより高く見え、目には輝きが宿っている。

「本当にすてきね」

「すてきですって？　そんな陳腐な言い方はやめて」エイミーが鼻を鳴らし、キャメロンの椅子の背後に立った。エイミーはジーンズと白のボタンダウンシャツといういでたちなのに、頭には純白のベールをつけている。そんなちぐはぐな格好にもかかわらず、彼女はとても優雅に見えた。親友の首に腕を巻きつける。「わたしにこれほど愛されて、しかもわたしの結婚式にこんな最高のメイクをされて、あなたは本当に幸せ者だわ」

「あなたこそ最高よ、エイミー」大げさに言っているのではない。ジーンズとボタンダウンシャツに目をつぶれば、エイミーはまさにおとぎ話に登場するブロンドの美女だ。「祭壇に向かって進んでくるあなたを見たら、きっとアーロンは口をあんぐり開けるわ」

「そうなりませんように。あとで結婚式のビデオを見たら、かっこ悪いもの」

ふたりは笑い声をあげた。エイミーが興奮したように大きく息を吸いこむ。

「さあ、ドレスを着るのを手伝ってくれる？」

キャメロンはうなずいた。「ええ、もちろん」

「どうしてオドンネル捜査官とローリングズ捜査官がいるの？　わたしたちにはジャックがついていればいいんじゃなかったの？」エイミーのあとから外へ出ながらキャメロンは尋ねた。彼女たちの数歩あとからふたりのＦＢＩ捜査官がついてきている。

「だって、ジャックはわたしの結婚式の大切な招待客だもの。それにこの先行お披露目会に参加できるのはあなただけだからよ。ジャックだって結婚式の前に着替える時間が必要でしょう」

銀色のハイヒールを履いたキャメロンは慎重な足取りで、歩道から白の細長い絨毯へと足を踏みだした。エイミーのあとをついて芝生を横切り、湾が見おろせる丘に設営された白いドーム型のテントへと向かう。

花嫁付添人のドレスを身につけたキャメロンは、小股で歩くよう心がけた。とはいえ、それほど神経質になる必要はないかもしれない。ドレスは体にぴったりしたデザインではあるが、片方のふくらはぎ部分にスリットが入っていて、思ったより歩きやすい。この八カ月、エイミーはずっとキャメロンの花嫁付添人のドレスにこだわってきた。キャメロン自身はどんなドレスでもよかったにもかかわらず、色と素材はほかの付添人であるメラニーとジョリーンのドレスと同じだが、デザインはまったく異なるものにするとエイミーは言い張ったのだ。エイミーはキャメロンのために厳選したのだと言い、明るい赤紫色で、自分の花嫁付添人になる名誉をもたらすドレスだとつけ加えた。

実際、エイミーが選んでくれたドレスを見たときは仰天した。ホルターネックのドレスで、前身頃はかわいらしいが、後ろ身頃は衝撃的なデザインだったからだ。というより、そもそもドレスには後ろ身頃がなかった。

そのときキャメロンは心の中で誓った。結婚式に関連する事柄について、エイミーが何をどう判断したか尋ねるのは今後いっさいやめようと。

「そのドレス姿で本当に外へ出ていいの？」キャメロンは心配になってエイミーに訊

いた。「もし草の汚れがついたらどうするつもり?」花嫁のドレスを買いに一緒に出かけたとき、キャメロンはエイミーが選んだドレスの値段を見て危うくむせそうになった。高級ブランド、キャロライナ・ヘレラの赤とアイボリーのタフタのストラップレスドレスで、十九世紀の舞踏会用ドレスを彷彿とさせる複雑なフリルが特徴的なデザインだった。

エイミーが肩をすくめる。「そうなったら対処するまでよ」

エイミーらしからぬ答えを聞き、キャメロンは目をしばたたいた。「オーケイ。あなたはいったい何者? どうやってわたしの親友に乗り移ったの?」

エイミーは笑い声をあげ、キャメロンとともに絨毯の端まで進んだ。ローリングズ捜査官がテント内を確認するのを待ち、彼がうなずいたのを見ると、キャメロンの手をつかんだ。「招待客たちはこの入口を通ってテントに足を踏み入れて」エイミーがキャメロンを中へと引っ張っていく。「この光景を目にすることになるの」

キャメロンは一瞬、言葉を失った。

まさに息をのむ光景だ。そうとしか表現できない。テントの入口に立って見ると、正面には祭壇があり、それに向かって白の細長い絨毯が敷かれている。絨毯は中央の通路として、招待客たちが座るアンティーク椅子が並んだ芝生を二分しており、絨毯には赤と赤紫のバラの花びらと、さまざまな色合いの葉がまかれていた。この絨毯をエイミーと花嫁付添人たちが歩くことになるのだろう。祭壇まで続く通路沿いには、背の高い円柱形のキャンドルがずらりと並び、やわらかな明かりが灯されていた。祭壇そのものも美しい。上品な白と銀色のキャンドルが灯され、赤と赤紫のたくさんのバラが飾られている。

だが圧巻なのは、テントの天井に無数に配された小さな銀色のライトだろう。夜になると、輝く星空のように見えるはずだ。

キャメロンはテントの中へさらに足を踏み入れ、すべての光景を目に焼きつけた。

「入口にハープ奏者を置いて、招待客たちが着席するあいだ、演奏してもらうの」エイミーが説明した。「式は六時半から。ちょうど日没の時間よ。そのあとは写真撮影をしたり、さっき通ってきたあずまやに戻ってカクテルや前菜を楽しんだりして、そのあいだに披露パーティのテーブル設営をしてもらう。式では弦楽四重奏団が演奏するけど、披露パーティでは生バンドが入るわ。ダンスフロアを用意して……そうだ、赤外線電球についての話はもうしていた？　ここをぐるりと囲むように電球を隠して設置してあるの。たくさんある電気コードをどうまとめればいいか考えだすのに恐ろしく時間がかかって……」ふいに口をつぐみ、心配そうな顔でキャメロンを見た。

「さっきからひと言も話してないわね。やりすぎだと思ってる?」

キャメロンは首を振った。「いいえ、本当によくやったわ、エイミー。わたしが見た中で一番完璧な結婚式よ」

エイミーが笑みを浮かべた。「子どもの頃、毎年労働者の日（レイバー・デイ）の週末になると、このホテルへ来ていたの。初めて来たのは、九歳のときだったはず。その頃からすでに、結婚式を挙げるならここでと考えていたの」

背後から不愉快そうな声が聞こえてきて、ふたりは同時に振り返った。

「エイミーに与えられるのは二十分だけだと言ったはずだ」ジャックが、テントの入口に立って目を光らせていたオドンネル捜査官とローリングズ捜査官に言っている。「だが、もう二十五分近く経っている。おれは……」

ジャックが大股でテントへ入ってくるのをキャメロンは肩越しに見つめた。ジャックが彼女のドレスの背中部分をちらりと見やる。そもそもドレスに背中部分はついていないのだが。

ジャックが突然動けなくなった。

「なんてことだ」もう一度キャメロンの背中部分を見やると、エイミーに向き直ってあたりを示した。「この場所は本当にすばらしいな、エイミー。ここまで準備を徹底するのは大変だっただろう？」

エイミーがにんまりする。「さすが立ち直りが早いわね、ジャック」

キャメロンはジャックに近づき、彼の顔に指を滑らせた。どうしてもそうせずにいられなかった。「髭を剃ったのね」髭の下に隠されていたのは、ほれぼれするほどハンサムな彫りの深い顔立ちだ。濃い灰色のスーツが、彼のハンサムぶりをいっそう引き立てている。こんな美しい男性が許可なくあたりを歩きまわっているなんて、違法なことに思えてしかたがない。

キャメロンに顎に触れられ、ジャックがにやりとする。「ご心配なく。あと二時間もすればもとに戻る」それからゆっくりと彼女に視線を這わせた。「信じられないほどすてきだ」

ふたりの背後でエイミーが咳払いをした。「お邪魔するつもりはないんだけど、結婚式は今夜だから……ねえ、キャメロン、今夜の進行表は持ってる？」

「ええ、バッグの中にあるわ」

「ジャックは？」

彼はブレザーを軽く叩いた。「六ページ全部ここに入れてある」

「二ページ目に書いてあるとおり、あと五分したら、あずまやでみんなで写真撮影をするの」エイミーはキャメロンを指さした。「ねえ、絶対に遅れないでね。乾杯のスピーチをコリンじゃなく、あなたに頼んだことを後悔させないで」

「コリンは本気で立候補していたの？」キャメロンはかすかにいらだって尋ねた。

「ええ、ほんの一瞬ね。ただコリンに乾杯のスピーチをさせたら、退屈なスポーツの話しかしないだろうと思ったから」エイミーが決然とした表情で言った。「あなたのほうがはるかにすばらしいスピーチをしてくれるはずだと期待してるの」ドレスの裾をひるがえして立ち去った。

ジャックがオドンネル捜査官とローリングズ捜査官にうなずくと、彼らはふたりを残してテントの外へ出ていった。

ジャックが温かな笑みを浮かべ、キャメロンを振り向いて手を差しだす。「さあ、本番に向けて心の準備はいいかい？」

キャメロンは差しだされた手を取り、指を絡めた。

「ええ、もちろん」

拍手喝采の中、ジャックはキャメロンを連れてテーブルへ戻った。ジャックが身を乗りだしてキャメロンのスピーチを褒めようとしたところ、グラスを掲げたコリンに先を越された。

「感動的な乾杯のスピーチだった」コリンが熱っぽい口調で言う。「笑いあり、涙ありで、花婿付添人のスピーチを完全に圧倒していたよ」

コリンとジャックのあいだの席に座りながら、キャメロンがしいっと言ってコリンを黙らせようとした。ジャックは同じテーブルに座るふた組のカップルに鋭い一瞥をくれた。先ほどキャメロンからささやき声で、彼らが花婿の友人たちであると伝えられた。招待客にはいろいろな人たちとの会話を楽しんでほしいというエイミーの意向によって決められた席順だ。とはいえジャックはすでに、招待客たちが何者であり、どんな交友関係を築いているかを知っている。彼らのすべての信用履歴も、前科がないこともだ。ジャックは互いに自己紹介を終えるとすぐに四人の名前をウィルキンズにメールで送り、ただちに確認させた。

キャメロンの背後に立って椅子を引きながら、どうにか彼女のむきだしの背中から気をそらせようとした。サテンのようにやわらかな肌に、今すぐ指先を滑らせたくてたまらない。実に巧妙なデザインのドレスで、ヒップの曲線のぎりぎりのところまでむきだしにされている。あと三センチ低ければ、形のいいヒップが見えるのに……。

だめだ、おかしな考えを頭から締めだせ。

「花嫁付添人のドレスはみっともないものというのがお決まりじゃなかったのか？」キャメロンの隣の席に腰をおろしながら、ジャックは低くうめいた。

「いかなる点であれ、あのエイミーがこの結婚式にみっともない要素を許すと思う？」キャメロンはテーブルの下で片手を彼の腿に置き、指先にそっと力をこめた。

ジャックは食いしばった歯のあいだから息を吸いこんだ。だがキャメロンの反対側の隣に座るコリンは、こんなセクシーな彼女の姿を目のあたりにしても動じていない様子だ。それはいいことなのだろう。慎重にコリンから目を離さないようにしつつ、心の中でつぶやく。ゲイであろうとなかろうと、親友であろうとなかろうと、タマのついたやつがキャメロンに少しでもいやらしい視線を向けるのは絶対に許せない。

「スピーチでひとつだけもの足りない点があるとすれば、ぼくとのエピソードがほとんど入っていなかったことだ」コリンが文句を言った。

キャメロンは一蹴した。「あら、あなたの話はたくさんしたわ。大学四年のとき、わたしたち三人がどんなふうに一緒に暮らしていたかというエピソードを披露したでしょう？　当時バーから戻ってきたエイミーとわたしのために、あなたがよくパンケーキを作ってくれた話までしたのよ」

「パンケーキを食べながら、その夜出会った男たちについてあれこれ話したものだ」

コリンがジャックに説明する。

ジャックはその話題に興味を引かれた。それにセクシーなドレス姿のキャメロンから気をそらす必要もある。「きみたち三人はどうやって知りあったんだ？」

キャメロンが答えようとしたが、コリンは片手をあげて彼女を制した。「この結婚式で誰もぼくに乾杯のスピーチを頼んでくれなかったけど、今の質問にはうまく答える自信がある。しかも、きみよりもうまく答えられるはずだ」コリンが椅子から身を乗りだし、芝居がかった調子で声を低くした。「あれは暗い嵐の夜だった」

キャメロンが目をぐるりとまわす。「まったく」

コリンは両手をあげた。「なんだい？　本当に暗い嵐の夜だったじゃないか。だからあの晩、きみを家まで歩いて送っていったんだ。覚えているかい？」ジャックに向き直った。「大学二年のときだ。当時ぼくは男子学生寮に住んでいて、ゲイだという事実を明かせずにつらい大学生活を送っていた。野球選手としてミシガン州から奨学金をもらっていたけど、そういったスポーツ選手の集団は気軽にカミングアウトできる雰囲気じゃなくてね。とにかく大学二年のある夜、学生寮の仲間がある店でパーティを開いたんだ。外は雨が降っていて、ぼくは店先でたむろしながら、いつものウイスキーコークを飲んでいた。そこへキャメロンがひょっこりやってきたんだ。エイミーやほかの子たちを連れて、みんなが一本の赤い傘の下に体を寄せあって笑っていた。するとキャメロンが赤い傘を閉じて店へ足を踏み入れ、髪を振り払ったんだ。まるで映画を見ているみたいだったよ。ぼくがそれまでに見た中で一番美しい女性だった」

ジャックは目の前のナイフとフォークをもてあそんだ。この話は一気に悪い結末に向かう気がする……。今、片方の手にステーキナイフを握っているのが単なる偶然とは思えない。

「キャメロンと話したら、すぐに意気投合した」コリンが続けた。「ぼくたちは授業のあとや週末にも会うようになった。これぞ運命の相手だと思ったね。もしぼくが女性とうまくいくことがあるなら、相手はキャメロンしかいないと確信したよ。それから数週間経ってぼくの部屋でキャメロンと過ごすことになった土曜の夜、ぼくは綿密に計画を練った。今夜こそ行動を起こそうと。ぼくたちはソファに座ってラジオを聞いていた。八〇年代特集で、ラジオから《ベティ・デイビスの瞳》が流れてきた。そうしたらキャメロンがため息をついて、ソファに頭をもたせかけながら言ったんだ。〝この歌が大好きなの〟」

キャメロンが話に割って入る。「するとあなたが体を寄せてきて、顔をわたしのほうに向けて言ったの。〝ぼくもだ〟」

「今こそそのときだと思った」コリンが言った。「体をかがめてキャメロンにキスをしたんだ」

キャメロンはジャックの腿から手を離し、彼がどういうわけかきつく握りしめていたステーキナイフを取りあげた。ジャックは何食わぬ顔でキャメロンを見た。大勢の人から見られていようが、コリンの頭から髪をむしり取ってやると言わんばかりに。

クライマックスに向けて、コリンは話しつづけた。「ほんの軽いキスだったけど、ぼくはこれでうまくいくと自分に言い聞かせ、体を引いてキャメロンを見た。すると彼女はおもしろがっているような表情でぼくを見あげて言ったんだ。〝あなたにキスをされるより、自分で切手をなめたほうがよっぽど興奮するわ〟と」

ジャックは大声で笑いだした。

コリンがにやりとしながらかぶりを振る。「なあ、ジャック、言ったとおり、ぼくはキャメロンに夢中になったが、それは一瞬だけだ。なぜなら彼女は両手を伸ばしてぼくの顔を挟みこんで言ったんだ。〝コリン、わたしたちは友だちでしょう？　それに知りあってまだ数週間しか経っていないけど、自分の人生にとってあなたがとても大切な人になるとわかってるの〟ぼくがうなずくと、キャメロンは言った。〝よかった。それならわたしの話をよく聞いて。あなたは本当の自分を認める必要があるわ。ゲイだってことをね〞」コリンはキャメロンを見つめた。「そんなふうに当然のことだとばかりに言われて、本当に解放された気分になった。だから次の日からまったく違うタイプに変身して、それまでとは正反対の大学生活を謳歌することに決めた。初めて男にキスをしたんだ」

「パトリックよね」キャメロンが言う。

「覚えていたんだね」

「忘れるもんですか」

コリンが笑みを浮かべる。「その晩、ぼくが学生寮に戻って、最初に電話をかけてその話をしたのがキャメロンだった」

キャメロンはコリンの手に手を重ねた。「あなたの言うとおりね。あなたはわたしよりもこの話をするのがずっと上手だわ」

「気に入ったよ」背後から声がした。「これまで一度も聞いたことがない話だ」

ジャックは本能的にスーツの下のショルダーホルスターに手をやった。三人がいっせいに振り返ると、彼らのテーブルにひとりの男性が近づいてきた。仕立てのいいスーツを着た、スポーツ選手のように引きしまった体つきのブロンドの男性だ。

コリンはショックを受けた様子だったものの、最初に口を開いた。「リチャード」

ジャックは肩の力を抜いた。その名前なら聞き覚えがある。この結婚式への出席を拒んだコリンの元恋人だ。

「いったいここで何をしているんだ?」コリンがリチャードに訊いた。

コリンの姿を目にした瞬間、リチャードは名状しがたい表情を浮かべたが、どうにか自分を取り戻すと、コリンの手ひどい歓迎ぶりを受けとめた。「だってここはミシガンだ。ぼくがいたって悪くない」

気まずい沈黙が落ちる。コリンは口を開こうとしない。リチャードは居心地悪そうに身じろぎしている。

ジャックはキャメロンの耳元にささやいた。「踊りに行こう」

「ええ、いい考えね」

ふたりはリチャードに手早く挨拶をすませると、コリンとリチャードをふたりきりにするためにダンスフロアへ向かった。キャメロンは踊りながらも肩越しにふたりを見つめている。ジャックが彼女の視線の先をたどったところ、リチャードはコリンの隣に座り、ほとんど一方的に話している様子だ。とはいえコリンは少なくともリチャードの話を聞いているし、やがて片手をリチャードの椅子の背もたれに置いた。

ふたりの様子を見てキャメロンはほほえみ、ジャックに向き直った。

ジャックはキャメロンをダンスフロアの一番隅へといざなった。ほかの人たちに目を配りながらも、なおかつ彼女とふたりきりになれる場所だ。キャメロンの手を取って腕の中へ引き寄せると、空いたほうの手を彼女のむきだしの背中にあて、ダンスを始めた。今夜のふたりはダンスをするにはちょうどいい。キャメロンがハイヒールを履いているおかげで、彼女の頭はジャックの顎と同じ高さだ。

「本当にありがとう。すべてに感謝しているの。もしあなたがいなかったら、こんなすばらしい夜を楽しめなかった」

「まったく異なる状況でここにいられたらよかったのに。そうできなかったのがつくづく残念だ」

「もしまったく異なる状況だったら、そもそもあなたはここにいなかったはずよ」

キャメロンがジャックにさらに体を寄せた。「あの晩、わたしのホテルの部屋に来たのがあなたで本当によかった」

ジャックはにやりとした。「驚くべき変化だな。二週間前、きみはあの部屋に足を踏み入れたのがおれだったことをあれほどいやがっていたのに」

「もし今なら、あのときの会話も全然違ったものになるでしょうね。でもあのときは……実際まともな会話をしていたとは思えない」キャメロンがかすれた声で言う。

ジャックはまなざしで彼女を射抜いた。「おれはもう我慢の限界なんだ、キャメロン。言動には気をつけてくれ」

キャメロンは首を振った。「わたしたちはそろそろ、この会場から立ち去るべきだと思うの」

「もし今ここを出たら、二度と戻ってこられない。きみはひと晩じゅうおれのものだ」

キャメロンが目を輝かせる。「約束してくれる？」

もちろんだ。

ジャックはキャメロンの手をつかみ、ダンスフロアからテントの出入口へ向かった。そこで監視の目を光らせているローリングズ捜査官の前で立ちどまる。

「おれたちは部屋に戻る」ジャックは言った。「オドンネルとタワー棟のロビーを監視してくれ。エレベーターと非常階段もだ」キャメロンをテントから連れだし、白の細長い絨毯を進むのではなく、芝生を横切ってタワー棟へ向かった。ふたりの部屋へ。

キャメロンがジャックをちらりと見る。「ローリングズは、わたしたちがこれから何をするか完全にお見通しみたい」

「キャメロン、今夜のきみを見たら、この結婚式に出席しているどんな男であれ、おれたちがこれから何をしようとしているかはお見通しのはずだ」

「あら、今まで男性に言われた中で最高にセクシーな言葉だわ……ああ、いけない、芝生でハイヒールをだめにしてしまったみたい。歩くたびにどんどん地面にめりこんでいくわ」

ジャックは足取りを緩めず、彼女の体を抱えあげた。

「ハイヒールを脱ぐこともできたのに」キャメロンが笑って言う。

「ハイヒールのストラップを外す時間さえもったいなく思えるんだ」

ジャックはタワー棟のロビーへ到着すると、キャメロンの体を床におろしてエレベーターの前まで連れていき、宿泊しているフロアのボタンを押した。エレベーターのドアが閉まるや、キャメロンが手を伸ばしてきた。だがジャックはキャメロンの両手をつかんで体の向きを変えさせ、自分の胸に彼女の背中を押しつけるようにした。

「今はまだだめだ」耳元でささやく。「きみを部屋まで無事に送り届ける必要がある」キャメロンの両手をさらに強くつかんだ。もしキャメロンがこれ以上体をすり寄せてきたら、彼女の愛撫を受け入れてしまいそうだ。案の定、キャメロンは体をすり寄せてきた。しかもじらすように、あと少しで見えそうなヒップを。

くそっ。ジャックは低くうなった。できるものなら、今すぐエレベーターの非常停止ボタンを押してドレスを脱がせ、今この場で彼女とひとつになりたい。脳裏にみだらな光景が浮かぶ。ハイヒールしか身につけていないキャメロンがエレベーターのドアに手をついて体を支えながら、背後から攻め立てられ、彼の名前をうめくように呼んでいる姿だ。だがどう考えても、初めてひとつになろうとしているときにふさわしいやり方ではない。

ジャックは体をかがめ、キャメロンの喉元に唇を押しあてた。これ以上彼女の唇に近づいたらどうなってしまうか自信が持てない。唇を通じて、キャメロンの脈拍が跳ねあがっているのが伝わってくる。「主導権を握るのはおれだと言ったのを覚えているか？　もちろんあれは今夜も含めての話だ」

キャメロンはいたずらっぽい笑みを浮かべると、目を閉じて首を傾け、ジャックがキスをしやすいようにした。「そうね。これからどうなるか様子を見るのはどう？」

もちろん賛成だ。ジャックは一も二もなく同意した。ホテルの部屋に入った瞬間からだ。

エレベーターが音をたててふたりの部屋があるフロアに到着した。ドアが開くと、彼はキャメロンのヒップを軽く叩いてせかした。

25

廊下を走り抜けながら、キャメロンは高まる期待に全身が熱を帯びていった。ジャックにはまだほとんど触れられていないのに、完全に興奮をあおられている。

ジャックは鍵を開けて客室に入ると、隅にあるデスクに鍵を放り、いつもの安全の確認に取りかかった。その姿を見つめつつ、キャメロンは自分のバッグをナイトテーブルに置いた。客室清掃係がすでにベッドを整え、照明を落としてくれている。

ジャックが確認を終えると、キャメロンは彼に向き直った。今すぐキスをしてくれなければ、部屋じゅうに張りつめている官能的な緊張感のせいで窒息してしまうかもしれない。

おそらくジャックはキャメロンに襲いかかり、手近なベッドへ押し倒してくるだろう。

しかし、そうではなかった。

ジャックは腕組みをした。「きみから聞いた〝ジェリコの壁〟の話について考えていた。いや、正確に言えば壁ではなくて別の部分だ。男がどんなふうに服を脱ぐか、きみに見せてやろう」

室内の温度が一気にあがり、テレビの液晶画面がうっすらと曇っている。

キャメロンは息をのんだ。「わかったわ。だったら見せて」

ジャックはまずスーツのジャケットを脱ぎ、ショルダーストラップをさらけだした。それを外してデスクに置く。そのあとはネクタイに手を伸ばした。結び目をほどいてネクタイを取り去る。なんとももどかしい。キャメロンは今すぐジャックに駆け寄り、残りの服をすべてはぎ取りたい衝動と闘わなければならなかった。

それなのにジャックは目を光らせ、それ以上脱ごうとはしなかった。「悪いが、これが二十一世紀版だ」

「二十一世紀版だと、次はどうなるの？」

「次はきみがドレスを脱ぐ」

そういうこと。

「でもドレスの下にはほとんど何もつけてないわよ」このドレスはエイミーが選んだものだ。もともとキャメロンに責任はない。

「それも考慮しての提案だ」

キャメロンはドレスの片側にあるファスナーに手を伸ばし、ゆっくりとおろしていった。彼女がジャックから視線をそらすことなくホルターネックのリボンをほどくと、ドレスが足元に落ちた。黒いシルクのソングショーツしか身につけていない姿で、彼に向きあう。

いや、身につけているものはもうひとつある。ハイヒールだ。

ひんやりとした空気にさらされ、胸の頂が尖っている。あるいはジャックの視線にさらされているせいかもしれない。

彼はまぎれもない欲望で瞳を翳らせながら、キャメロンの全身にくまなく視線を走らせている。いきおい、彼女のセクシーで大胆な気分もこのうえなく高まっていった。

「あなたの番よ」

ジャックがシャツのボタンを外して脱ぎ捨てた。胸の硬い筋肉にぴったり張りついた白いTシャツがあらわになる。

彼の体に両手を這わせたい。そんなキャメロンの切実な願いを感じ取ったのか、ジャックが部屋を横切って近づいてきた。たちまち彼女の心臓が激しく打ちはじめた。それなのにジャックはまだキャメロンに指一本触れようとしない。

「今度はきみの番だ」

キャメロンは手をあげてアンティークの銀色のシャンデリアイヤリングを外し、ドレスの脇の床に落とした。エイミーが選んでくれたイヤリングだ。

「それはずるい」ジャックが言う。

「あなたはわたしの四倍も服を着ているわ」

ジャックがすばやく頭からTシャツを脱いだ。「これで少しはましになったかな？」

悔しいけれど……答えはイエスだ。

キャメロンはゆっくりと時間をかけて目の前の光景を楽しんだ。硬い筋肉……六つに割れた腹筋……彼の体のあらゆる部分を堪能したい。

恍惚状態から一瞬正気に戻ったとき、別のものに気づいた。そこにあって当然のものに。

ジャックの体の傷のことをすっかり忘れていた。

三年前、ジャックが監禁された二日間に、マルティーノの手下たちによってどんな拷問を受けたか、詳細を報告書で読んだことがある。だが、まさかこれほどむごい傷跡が残されているとは思いもしなかった。

右肩には煙草を押しつけられた跡や、高電流が体を通り抜けたしるしである電撃傷がいくつも残っていた。体の脇から肋骨にかけては、ナイフで刺された跡がたくさんある。胸の左上にある二十五セント硬貨大の丸い傷は、逃げようとしたときに撃たれた銃創に違いない。

キャメロンが視線をあげて目を合わせると、ジャックは慎重な目つきで彼女の反応を確かめていた。

キャメロンは進みでて両手をジャックの胸に置き、痛々しい肩の傷跡に唇をそっと押しあてた。胸の傷跡にも同じように唇を押しあて、さらに唇を彼の肋骨から体の脇へと滑らせていく。それからやむにやまれず、ジャックのへそからベルトのバックルの下へと伸びているやわらかな毛を舌でたどりだした。

ジャックがキャメロンの体を引きあげ、獰猛なまなざしを浴びせてくる。別な状況なら、キャメロンをすくみあがらせるようなまなざしだ。キャメロンは彼に押されてあとずさりしていくと、膝の後ろにベッドがあたるのを感じて、そのままベッドに横たわった。

「まだわたしよりたくさん服を着てるわ」眉をあげながら言う。

「だったら、なんとかするまでだ」

キャメロンが見つめる中、ジャックはベルトのバックルとスラックスのボタンを外した。それからベッドに横になっているキャメロンから片時も目を離さないまま、スラックスのファスナーをおろし、灰色のボクサーブリーフをあっという間に脱ぎ捨てた。続いて靴下と靴も脱いで、一糸まとわぬ姿のまま、堂々と彼女の前に立つ。

キャメロンは二度とジャックのことを、とろりとしたフォンダンショコラになんかたとえたりしないと思った。こうして何も身につけていないジャックの姿を見たあとは、どんなたとえも無意味に思える。

もちろんキャメロンが凝視しているのはジャックのあの部分だ。なんて硬く張りつめているのだろう。彼女を求めて。

ジャックがベッドに来ると、キャメロンは彼のために場所を空けた。燃える瞳で見つめられ、全身がしびれるようだ。それなのに彼はまだ触れてこようとしない。

ジャックはほぼ裸の状態のキャメロンに向かってうなずきかけた。「次にどうするかはきみが選ぶんだ」

ジャックは乞い願わせたいのだろうか？　ほとんどそうしそうになっている。

「ジャック……お願い……わたしに触れて……」

彼はにやりとした。

まったく、悪魔のような男だ。

「選ぶんだ」ジャックが繰り返す。

「ハイヒールは履いたままにして」キャメロンは反抗的な口調で答えた。

「そう言ってほしいと願っていたところだ」ジャックはキャメロンの腰のところに両手を持っていくと、脚に沿ってソングショーツを引きおろしていった。ハイヒールを履いたままショーツを脱がせ、彼女の膝から上に向かって唇を這わせはじめた。膝、腿、腰、腹部、胸の谷間、首、そして唇……。ようやくキスをすることができて、キャメロンは低くうめいた。ジャックが片方の腕をキャメロンの背中の下へ滑らせ、彼女の体を引きあげる。キャメロンは彼の脚の上にのった。「きみは本当に美しい」ジャックがキャメロンの顔の輪郭を指先でたどった。「あんなことがあったにもかかわらず、おれはこの三年間、夜ベッドに入ると、きみのことを何度も思いださずにはいられなかった」

「どんなことを考えていたの？」キャメロンは彼の胸に両手を這わせた。

「こうすることだ」ジャックが彼女の胸を口に含み、濡れた舌先で優しく愛撫した。感じやすい先端に舌を這わされてキャメロンの頭がどうにかなりかけたとき、ジャックはもう片方の胸の愛撫に移った。すでに胸の頂が尖り、彼の指に触れられることを求めている。それなのにジャックは彼女の胸のふくらみにそっと手を添えて、ピンク色の頂を口に含んだままだ。

キャメロンは思わず彼の膝の上で体を揺すった。もっと、もっとほしい。ジャックは口で胸の愛撫を続けながら両手をキャメロンのヒップまでおろしていき、片方の手をヒップにあてる一方、もう片方の手を彼女の脚のあいだに滑らせた。指先で秘められた部分をそっとかき分けて一番感じやすい部分を探しあて、もどかしいほどゆっくりと親指を前後に動かし、じらすように芯を刺激する。キャメロンがなすすべもなく体を震わせると、ジャックは指を一本、続けて二本ゆっくりと差し入れた。何度も指を抜き差しされ、キャメロンは声をもらした。心地よいリズムに危うくクライマックスに達しそうになり、ジャックの顔を手で挟みこんで彼の体を引っ張りあげると、熱烈なキスをした。

舌を絡めながら片手をジャックの胸から腹部へ、さらにその下へと滑らせる。とうとう指先が彼の欲望の証しに触れた。すでにこわばり、震えている。キャメロンはそれを手で包みこみ、ジャックが大きく息をのむのを楽しんだ。

それから手を動かしはじめた。「夜ベッドに横たわりながら、こうしてもらうことを想像した？」これ以上ないほど熱を持っている先端部分を、親指で円を描きながら刺激する。

ジャックが目を閉じてうめいた。「くそっ、そうだ……」

キャメロンは根元に片手を滑らせて包みこむと、耳元でささやいた。「わたしが口を使っているところも想像したの？」

「くそっ」ジャックが小声で言うなり、キャメロンはそれと気づかないほどの早業で仰向けにされていた。ジャックはキャメロンの脚のあいだにひざまずき、彼女が抵抗する前にハイヒールを脱がせて放った。「先の尖ったヒールはごめんだ。体の傷なら、いやというほどつけられてるからな」荒々しい息を吐きながら言う。

「わたしのナイトテーブルに避妊具があるわ」キャメロンも大きく息をあえがせた。

「おれも用意している。たくさんだ」

「だったら、つけて。今すぐ」

ジャックは手を伸ばし、引き出しが外れそうなほど強く引っ張った。目当てのものをすぐに見つけ、音をたてて包装をちぎって開ける。

「わたしにつけさせて」キャメロンは切羽詰まった口調で言った。

「そんなことを許したら、始める前に終わってしまう」

避妊具を装着するジャックの姿にさえも興奮をかきたてられ、キャメロンは体を弓なりにそらさずにいられなかった。彼がほしい。今すぐに。「ジャック……」

ジャックはのしかかってくると、キャメロンの両手を片手でつかんで頭の上に押しつけ、なだめるように耳元でささやいた。「大丈夫だ。ここにいる」キャメロンは脚のあいだに彼を感じた。熱くこわばっている。ジャックはゆっくりと、ほんのわずかに身を沈めてきた。「脚をもう少し広げて……迎え入れてくれ」キャメロンが言われたとおりにすると、ジャックはさらに身を沈めた。そしてさらに深く身を沈め、ゆっくりとしたリズムを刻みはじめる。やがて空いたほうの手をキャメロンのヒップにあてながら動き、彼女をベッドに釘づけにした。だがキャメロンが歓びのきわみへ達しそうになった瞬間、ジャックは体を引いてしまった。永遠にも思える時間が過ぎ、キャメロンは息を荒らげながら彼の名前を呼んだ。どうしてももう一度ジャックがほしいのに、彼はキャメロンの手首をベッドに押さえつけたままだ。このままだと頭がどうにかなってしまうと彼女が思ったとき、ジャックはからかうようにごく浅く身を沈めてきた。

「お願い、ジャック……」とうとうキャメロンは懇願した。

ジャックが彼女の両手を放し、これ以上ないほど強く体を引き寄せる。

「両脚をおれの腰に巻きつけるんだ」

キャメロンがそのとおりにするなり、ジャックはひと息に突き入れた。

「ああ、キャメロン、すばらしいよ」

キャメロンはジャックの背中に手を滑らせ、彼の腰に巻きつけた脚にさらに力をこめた。もっと深く限界まで満たしてほしい。ジャックにしかできないやり方で。彼が激しく動くにつれ、ふたりの胸と胸が強くぶつかり、そのリズムがより激しく速くなっていく。腰の位置をずらしたジャックから一番感じやすい箇所を攻められ、キャメロンは頭がどうにかなりそうだった。それでもジャックは両手をキャメロンのヒップの下に滑らせ、彼女の体を支えて攻め立てつづけた。

独占欲もあらわにひたすら突き入れてくる。「きみとこうしているのが信じられない……三年間ずっと自分のものにしたかった。今こうしてきみを貫いている状態をずっと感じていたい」

その言葉を聞いただけで充分だった。キャメロンはジャックの肩を強くつかみ、叫び声をあげながら一気にクライマックスに達した。次々と押し寄せてくる歓びの波にのみこまれながら彼の体にしがみつく。ジャックがひときわ激しく身を沈め、彼女に続いてクライマックスに達した。キャメロンが目を開いた瞬間、ジャックはすべての抑制を解き払い、彼女の名前をささやきながら体を震わせ、最後にもう一度深く突き入れると、キャメロンの体の上にくずおれた。

ふたりしてベッドに横たわり、荒い呼吸がおさまるのを待つ。ジャックは枕の山に頭をうずめ、隣にいるキャメロンに向かってくぐもった声でささやいた。

「最高だった」

キャメロンはジャックに向き直り、彼の頬に自分の頬をつけた。

「まさに最高だったわ」

今回だけは、ジャックは数時間以上続けて眠れない習性をありがたく思った。目を覚ましたとき、あたりはまだ暗かった。ナイトテーブルの時計を確認すると、朝の四時にもなっていない。

キャメロンは彼に背中を向けて眠っている。ふたりとも何も身につけていない姿のままだ。一回目を終えたあと、キャメロンはショーツとジャックのシャツを身につけた。ジャックにとっては、ことのほかそそられるセクシーな姿だ。特にキャメロンの髪がくしゃくしゃだったからなおさらだ。それゆえ彼にそんな姿を見せたらどうなるか、キャメロンに警告することにした。

二回目はちょっと荒々しすぎたのではないかと心配だった。たとえそうなったのがキャメロンの責任だとしてもだ。ジャックのシャツに黒いシルクのソングショーツという姿だけでも充分そそられたのに、彼がそれを脱がせると、あろうことかキャメロンはジャックを押し倒し、欲望の証しを口に含んで愛撫しはじめた。舌を這わせ、吸い、からかう。ジャックがこれまでに受けた中で最も耐えがたい責め苦で、まさに拷問だった。ジャックの頭がどうにかなりかけたとき、彼はキャメロンの体をひっくり返して四つん這いにさせ、そのまま背後から貫いた。彼女がうめき、ジャックの名前を叫びながら枕の山に倒れこむまで。

それでも満足できない。

そんな自分が空恐ろしかった。今まで誰に対しても、これほど激しい欲望を感じたことはない。三十四年間も生きていれば、当然うぶではいられない。今まで数多くの女性とベッドをともにしてきたし、中には潜入捜査を行っていた際に知りあった相手もいる。だがどの関係も一時的なもので、彼女たちにもそう公言してきた。いつも仕事を言い訳にして、誰とも真剣につきあおうとはしなかった。だが今、気づかされた。この女性しかいないと思う相手なら、そんな言い訳など必要ないことに。

ジャックは体をかがめ、彼女の名前をささやいた。今、キャメロンを起こすのは自分勝手だし、貪欲すぎるのは百も承知だ。とはいえ体を重ねることで、ふたりの親密な関係を再確認して安心したい。たとえふたりのどちらも、この関係が親密だとは口にしていないとしてもだ。言うまでもないことだが、キャメロンはもうすでに数時間、彼の隣に全裸で横たわっている。だが、どうだろう。こうして暗闇の中でじっとしていても、下腹部がこわばっているのがわかる。もう一戦交えられるだろう。

ジャックが再び名前をささやくと、キャメロンは身じろぎした。キャメロンが寝返りを打ってふたりで向きあうと、ジャックは彼女のやわらかな胸に唇を這わせ、頂を口に含んだ。

キャメロンが目を覚ましてほほえむ。「ん……」両手をジャックの体に滑らせ、彼に胸と腹部を愛撫されると、熱い吐息をついた。それから両手をおろしていき、すでに痛いほどこわばっているジャックの下腹部を探りあてた。彼女はちゃめっけたっぷりに目を見開いた。「もうこんなになっているの？」

「きみのそばにいると、ずっとこんな調子なんだ」

キャメロンがジャックの腰に膝をのせてくる。「すてき」

それ以上、愛撫される必要はなかった。ジャックはナイトテーブルから避妊具を取ると手早くつけ、キャメロンのヒップをつかんでゆっくりと背後から身をうずめた。温かく潤った部分に迎え入れられる。彼は片手をキャメロンのヒップにあてたまま動き、急ぐことなくなめらかなリズムを刻んでいった。

キャメロンが大きく息をのむのを聞き、ジャックは動きを止めた。「やりすぎかな?」

彼女は目を閉じて動き、ジャックをさらに深く迎え入れた。「いいえ、完璧よ。遠慮しないで毎晩わたしをこんなふうに目覚めさせて」

ジャックは頭の位置をさげてキャメロンの背中にキスをし、心の中でつぶやいた。自分ほど運のいい男はいない。

26

翌朝のブランチの席で、コリンはキャメロンの隣に座った。ジャックは鳴りだした携帯電話に応えるため、たった今テーブルを離れたところだ。

「それで？」コリンが尋ねる。すっかり肩の力が抜けた様子だ。

キャメロンはブルーベリー・パンケーキを突き刺したフォークをおろした。「それで？」

コリンはずばりと核心をついてきた。「きみは今朝、とてもくたびれて見える」それからジャックに鋭い視線を向けた。ジャックは今、床から天井まである大きな窓のそばに立ち、携帯電話で話している。

「あなたはとても自分を責めているように見えるわ」キャメロンは答えると、リチャードのほうへ頭を傾けた。彼は今、祝福の言葉を告げにエイミーとアーロンのテーブルへ向かっているところだ。

「ぼくたちはひと晩じゅう寝ないで、いろいろなことを話しあった。それだけだよ」

コリンが言う。

「まあ、そうなの。わたしは同じ答えだとは言えないわ」

「よし。だったらそろそろ話を聞かせてもらおうか」

キャメロンは答えるべく口を開いた。もちろんコリンには昨夜のジャックとのことを洗いざらい話すつもりだった。これまでもずっとそうしてきたのだから……。それなのに何も言葉が出てこない。キャメロンは一瞬ためらったあと、口を閉じてただ笑みを浮かべた。

「よっぽどよかったんだね？」コリンが笑いながら言う。

キャメロンは思わず頬を染め、手をひらひらさせた。「リチャードとどうなったのか聞かせて。うまくいきそう？」

「まだ多少の微調整は必要だけど、よりを戻せると思う」

キャメロンは心からうれしく思った。もしリチャードともとの鞘におさまることがコリンの望みなら、それはキャメロンの望みでもある。「ということは、あなたはリチャードを反省させたのね？」

「いや、そんな必要はなかった。彼が自分からいろいろ反省の弁を述べてくれたんだ。

ぼくはただ聞いているだけだった」

ふたりのテーブルから、リチャードがアーロンと握手をし、エイミーを抱擁しているのが見えた。そこから数メートル離れた窓辺では、ジャックが通話を終え、新たにどこかへかけている。ただし、そのあいだもキャメロンから片時も目を離そうとしない。ジャックにウインクされ、キャメロンは笑みを浮かべた。

「本当に熱々だね」コリンが言う。

キャメロンは答えようとしたとき、自分の中にあるふたつの感情に気づいた。まず、コリンの言葉が至極正しいという思いだ。同時に、不思議なほど厳粛な気持ちになった。いや、今起きている出来事を考えれば、さほど不思議ではないのかもしれない。

事件の捜査においてキャメロンの身が危険にさらされている限り、ジャックはもちろん、彼女に近しい人たち全員の身も危険にさらされることになる。実際コリンはすでに怪我をしている。この結婚式で何か起きて、またコリンが、あるいはエイミーがひどい目に遭わされたらどうすればいいのだろう？　キャメロンはジャックを、さらにはＦＢＩを信頼している。彼らなら自分たち全員の安全を守ってくれるに違いない。とはいえマンディ・ロバーズを殺した犯人がのさばっている限り、キャメロンが常に恐怖にさらされることに変わりはない。

これはＦＢＩが管轄する捜査だ。だから彼らにはなんでも協力しようと考えている。けれどもキャメロンが今、心の奥に秘めている考えを実行に移せば、事件解決が一気に早まる可能性がある。それこそ彼ら全員のためになるはずだ。

ジャックが通話を終え、キャメロンたちのテーブルに戻ってきた。

「パンケーキはどうだ？」席に座りながら尋ねる。

「とてもおいしいわ。なんの電話だったの？」

「きみの自宅の防犯システムについてだ。設置がすんで、もう作動している。それを聞いて、ようやく安心してここの雰囲気を楽しめるようになったよ」ジャックは自分のフォークを手にし、彼女の皿からパンケーキを奪った。「本当だ。うまいな」

ジャックが防犯システムについて話すのを聞き、キャメロンは正直な思いを口にした。「今週末のあなたの様子を見ていると、最初の夜、あなたが来客用のベッドルームでぐっすり寝ていたのが信じられない。だってここにいるあいだ、あなたはわたしから三十分以上も目を離そうとはしないんだもの」そのとき、ジャックが表情を微妙に変えたことに気づいた。「何？」

「実を言うと、最初の夜もきみから目を離していたわけじゃない。おれはきみのベッドルームの床で寝た。正確に言えば、ベッドルームの壁にもたれかかって」ジャックはキャメロンの沈黙を誤解した。「きみに何も話さなかったのは、怖がらせたくなかったからだ」

キャメロンはかぶりを振った。「ええ、それはわかっているわ。ただ……あなたがわたしのためにそうしてくれていたことに全然気づかなかった」

ジャックがコリンに聞こえないよう声を落とす。「そんなに深刻な顔をしなくていい。ゆうべ、たっぷり借りは返してもらったから」

キャメロンは笑みを浮かべた。今のいい雰囲気を台なしにしたくない。「ごめんなさい。この捜査がすべて終わったら、あなたには心から感謝しないと」

「あともう少しで終わる。絶対に」

彼女はうなずいた。

特に、こちらには考えがあるのだからなおさらだ。

ブランチが終わるとすぐ、ふたりは帰路についた。キャメロンはあえて運命に逆らおうとはしなかった。この週末は本当にすばらしかった。だからすばらしい雰囲気のままで家に帰りたい。

自宅へ戻る道中、たっぷり時間をかけて、ロバーズ殺害事件の捜査における次の一手について考えたが、家に着くまでは口にしたくなかった。自分の考えを話すのは、家に戻ってジャックが防犯システムが作動していることを確認し、荷物の整理を終えて、ふたりして落ち着いて座ってからでいい。きっとジャックはキャメロンの考えを受け入れないだろうという予感がする。少なくとも最初のうちは。

秋の夕暮れは早く、ジャックがキャメロンの自宅のガレージに車を停める頃には、外はもう暗くなりかけていた。裏庭の安全を確認するまで車の中で待っているよう指示され、キャメロンが言われたとおりにしていると、ジャックが戻ってきてスーツケースを裏口へ運び、彼女が車から降りるのに手を貸した。

ガレージから出たキャメロンは、階上のバルコニーのフレンチドアが新しくなっていることに気づいた。「前のとそっくりだわ」

ジャックは裏口の鍵を開け、わずかな時間だけ彼女を外で待たせてから、身ぶりで中へ入るよう伝えてきた。キャメロンにしてみれば、家の中は静まり返っていて安全そのものに思える。それでもジャックのあとをついて、彼がすべての部屋の安全を確認するのを待った。

「問題なしだ」最後に三階の確認を終えると、ジャックはようやく言った。

それを聞いてキャメロンは呼吸が楽になった。彼に連れられ、屋上テラスに通じるドアの脇にあるセキュリティキーパッドを目にしたときは、さらに呼吸が楽になった。

　ジャックはキーパッドのボタンをいくつか押し、キャメロンに操作方法を教えた。

「この家のすべてのドアと窓にアラームを設置した。それにどの階にもガラス破壊センサーがつけられている。ここにあるボタンを押すと、家全体の防犯システムをオンにできる。この赤いライトがついたら家に入っていい。システムは常にオンにしておく必要がある。今、ボタンを押してからシステムが作動するまでにほんの少しだけ間が空くよう設定しておいた。つまり、システムが解除されている十秒以内に家の中に入らなければならない。セキュリティチームはすべてのドアの脇にパネルを設置しているから、充分時間の余裕を持って中に入れるはずだ。アラームを解除するにはセキュリティコードを入力すればいい」

「コードって？」

「きみが決めてほしい。覚えやすい四桁の番号ならなんでもいい。ただし誕生日とか、容易に察しがつく番号の組み合わせはだめだ」ジャックが見守る中、キャメロンは四桁のコードを入力した。「5225？」

「キーパッド上での〝ジャック（Jack）〟というスペルよ。覚えやすいでしょう？」

　そのあとふたりは一階におりた。ジャックがスーツケースを玄関ホールに運んでくれたので、キャメロンは自分のベッドルームへ持ってあがって荷物の整理をしようとスーツケースの持ち手をつかんだ。

ジャックに背後から腕をまわされ、キャメロンは振り向いた。「何か話があるんじゃないのか？　今日の午後は、ずっと何か考えこんでいただろう？」ジャックが探るような目でキャメロンを見つめた。「ドライブの最中、ずっとおとなしかった」

当然ながら、ジャックは気づいていたのだ。「ええ、話したいことがあるの。でも家に戻って落ち着いてからにしたかった」キャメロンは彼の頑固そうな顎の線を見つめた。「きっとあなたはあまり賛成してくれない気がするわ」

ジャックはキャメロンの手を取り、キッチンを抜けてリビングルームへと連れていった。「いい読みだ」ソファに座るよう身ぶりで促した。

「どうしていつもあなたと話していると、マジックミラーのある取調室で顔にまぶしい照明をあてられているような気分になるの？」

「なんなら今から尋問のテクニックを使って、きみに吐かせることもできる。もしかして、おれたちか？」

「わたしたちって？」

「きみが悩んでるのは、おれたちのことなのか？」

キャメロンは不思議に思いながらジャックを見た。「もちろん違うわ。わたしの人生で最も信じがたいほどすばらしい週末を過ごしたんだもの。それなのに、なぜ突然ふたりの関係に悩まなければならないの？」

ジャックは傍から見てもわかるほどほっとした様子になると、ソファの隣に座った。「それならよかった」笑ってソファの背もたれに片方の腕を伸ばし、体の力を抜く。「おれも同感だ。〝人生で最も信じがたいほどすばらしい週末〟という部分にね」

「だけど、わたしが言おうとしていることには同感できそうにないのね？」

ジャックがにらんでくる。

「わたしの顔にまぶしい照明をあてたほうがいい？」キャメロンはからかった。

「話さないつもりなら、照明をあてるのは省略して、すぐにゼムクリップのテクニックの段階に行くぞ」

「ひとつだけ約束して。わたしがすべて話し終えるまで、絶対に口出ししないと」

ジャックは焦げ茶色の瞳で捕食者のごとき鋭い一瞥をくれたものの、とうとう同意した。「わかった」

キャメロンはソファの上で脚を折りたたんで座った。「ロバーズの事件の捜査について、真剣に心配してるの。あの事件のせいでわたしも、あなたも、わたしの友人知人も全員危険にさらされているから。あなたのチームが全力を尽くしてくれているのはわかってる。でも今のところ、誰も手がかりをつかめていない」

顎をゆがめているところをみると、ジャックはこの事実を指摘されたくなかったらしい。

「今はただ、あのいまいましい犯人がどう出るか見守るしかない。でもはっきり言って、こうしてここに座ってまた襲われるかもしれないと考えているだけの状態は受け入れがたいの」

ジャックの表情を見れば、彼も同じ思いなのは明らかだ。

「だけど、わたしたちでこの状況をコントロールできる方法があるかもしれない」

「どんな方法だ？」

「今日、帰りの車の中で考えたの。今、わかっているのは情報がもれているということよね。その事実を利用すれば、わたしたちが優位に立てるかもしれない。知ってのとおり、犯人はホテルの監視カメラを完全に避けていた。でももしこちらから、あの晩ペニンシュラでたまたま撮影されていたビデオカメラの映像から犯人を特定できたという噂を流したら？　休暇で来ていた客か、あるいはバチェラー・パーティの参加者がビデオカメラで撮影していたと言えばいい。とにかくそれに灰色のフード付きT

シャツにブレザーとジーンズを合わせた男が、ロバーズが殺された直後にホテルを出ていくところが映っていたと発表するの。ＦＢＩ研究所が映像を分析して男の顔を詳しく調べようとしているから、犯人の特定は時間の問題だということも。犯人がその噂を聞きつけるかもしれない」

ジャックがソファから急に立ちあがるのを見て、キャメロンは思った。つくづく不思議だ。普段なら何を考えているのかさっぱりわからないのに、今ジャックがこの考えを気に入っていないことは手に取るように理解できるなんて。

「きみもわかっているはずだ。たとえロバーズの死亡推定時刻の直後に灰色のフード付きTシャツを着た男がホテルから出ていったとしても、その事実にはなんの意味もないと」ジャックが言った。「あの殺人とその人物を結びつけられるのは、きみしかいない。犯人はそれを知っている。そんな情報を明かすのは、犯人に向かってきみを消せと言うようなものだ」

「いいえ、わたしは犯人がなんらかの行動に出るようにしたいの。こっちは相手の出方に備えればいい」

「ばかな。きみはおとりとして自分を利用してほしいのか？　あいつを挑発して、きみを再び攻撃するように仕向けろというのか？」

「ええ。考慮すべき選択肢だと思うわ」

「だめだ」

「わたしがすべて話し終えるまで口出ししないと約束したはずよ」

「おれの答えは決まっている」ジャックがキャメロンの瞳をまっすぐに見つめた。「きみを危険にさらすくらいなら、今後二十年間、毎日きみのベッドルームの床で寝たほうがまだましだ」

キャメロンはソファから立ちあがり、ジャックに歩み寄った。「この週末、あんなすばらしい夜を迎えたからには、あなたを床には寝かせたくなくなったわ」

ジャックはからかいにのってこようとせず、彼女から離れて窓辺へ向かった。「おれは真剣なんだ、キャメロン」

「あなたが身辺警護をしてくれているし、攻撃に備えてＦＢＩのチームも待機してくれている。わたしはどう考えても安全よ。そうでしょう？　もしあなたが検察官としてこの作戦を提案してきたら、わたしなら絶対に認めるわ。これは世間の注目している犯罪なんだからなおさらよ」

「もしおれが検察官として提案したら、きみはこの作戦で起きうるリスクについて尋ねるだろう。そうしたらおれはこう答える。〝おれも含めて、この作戦で身の安全を保証できる者はひとりもいない〟と。たとえそういったリスクをほかの人に負わせることはできても、きみに負わせることはできない。絶対に」

ジャックの言葉がしばし宙を漂う。やがてキャメロンは口を開いた。

「主導権を握っているのはあなたよ。その事実に反論する気はない。だからもしあなたがこれがいい作戦だと思えないなら、わたしもあきらめるわ。今ここで」ジャックが今、不機嫌に黙りこもうとしているのは明らかだ。でも、だめだ。そうさせるわけにはいかない。「だけど今後、二度とこの話を持ちださないと約束することはできない。そうしようと思えば、わたしはいくらでも騒ぎ立てるたちだから」

キャメロンは、ジャックがおもしろそうに目を輝かせたことに気づいた。

「きみはいつの間に主導権を握っているのがおれだということを認めていたんだ？おれはその瞬間を完全に見逃したらしい」

「はっきり言葉に出して同意したわけじゃないわ。暗黙の了解よ。あなたがその話題をもう一度口にしたら、反論する気はなかったわ」

ジャックはかぶりを振った。「きみは本当に弁が立つ」窓の外を眺めてため息をついた。「おれもそれは名案だと思う。きみと同じくらい試してみたいと考えているんだ」再び窓のほうを向いて考えを巡らせながら、片手で顎をさすった。「正直に言って、迷ってる。もしきみにそっくりな女性を見つけられたら……きみに似た女性捜査官をきみの代わりにこの家に住まわせて……」ジャックが振り向いた。「もしそうすれば……」突然動きを止め、キャメロンの顔をまじまじと見つめる。「なんだ？　何か問題でもあるのか？」

彼女はジャックのある動きに気を取られていた。彼が片手を顎にあてたときだ。そのとき、ふと思いだした。マンディ・ロバーズが殺されたあの夜からずっと、何かが心に引っかかっていたのに思いだせずにいたことを。ロバーズの部屋から逃げだす犯人の様子をのぞき穴から見ていたとき、なんとなく見慣れたものを目にした気がしたことを。今まではそれが何かはっきりとはわからなかった。

吹き抜け階段のドアを肩で押し開けたとき、犯人のブレザーが肩のあたりで引っ張られ、ブレザーの下に何かふくらみのようなものが見えた。ちょうど今、ジャックが片手で顎をさすったときのように。

キャメロンは驚いてジャックを見つめた。

「これが大切なことかどうかわからないけど……マンディ・ロバーズを殺した犯人は彼女を窒息死させたあの夜、銃を持っていたの」

27

ジャックはキャメロンの言葉を理解するのに少し時間がかかった。

「銃だって？　どうしてそう思うんだ？」

彼女はジャックの肩を身ぶりで示した。「犯人のブレザーの下がふくらんでいたの。きっとショルダーホルスターをつけていたんだと思う。ＦＢＩ捜査官たちと仕事をしてきて、今までもそういう姿は数えきれないほど見てきたけど、特別に意識したことなんてなかった。でも今、あなたが腕を動かしてこんなふうに顔をさすった瞬間、肩の下にふくらみみたいなものが見えて……」どう表現すればいいかわからないらしく、声がしだいに小さくなる。

「ブレザーに銃の形が浮きあがるのが見えたんだな」

キャメロンはうなずいた。「ええ」

「マンディ・ロバーツの部屋から逃げた男にも同じものが見えたのか？」

「そうなの。これまで何か見落としている気がしてたけど、それがなんだかわからなかった。今、ようやく思いだしたわ。犯人が銃を携帯していたことに何か意味があると思う？」

ジャックはこの新たな情報について考えた。犯人に関する情報はあまりに少ない。だからこそどんな情報にも大きな意味がある。「ああ、実に興味深い。犯人は銃を持っていたのに、マンディ・ロバーズを窒息死させた」

「銃は音がうるさいから」

「ああ、そうだな。だがプロなら消音装置（サイレンサー）を使えるはずだ。むしろあの殺人事件は念入りに計画されたものではなかったのかもしれない」

「たとえば嫉妬に駆られたロバーズの恋人のしわざとか？　その恋人がホッジズ議員とどういう関係なんだと彼女を問いつめて、言い争いがエスカレートしたのかもしれない」

ジャックは首を振った。「いや、その可能性についてはすでに検討した。ただショルダーホルスターを装着していたというのは興味をそそられる情報だ。きみにはわからなかったかもしれないが、その道のプロが見れば、そいつが銃を携帯していることは一目瞭然のはずだ。だがこの街には銃器所持に関する規制がある。それを考えると、むやみに銃を持ち歩くのは危険だし、不注意きわまりない行動だと言える。犯人は銃を所持する許可を取っているのかもしれない」

「たとえば警察官のように？　あるいは捜査官とか？」

「ああ、たぶん……」その事実について考えたとき、ジャックの頭に何かがひらめいた。彼は大股で玄関ホールへ行き、先ほど置いたダッフルバッグを開けて、持参していた事件ファイルを取りだした。事件に関する資料はすべてコピーを取り、原本はウィルキンズに保管させている。ジャックはファイルの中の写真部分を開いた。FBIが聞き取りを行った、マンディ・ロバーズ殺害事件の関係者たちの写真だ。

探していた人物の写真に目を留め、手に取って見つめる。

これは本当に興味をそそられる。

ジャックはキャメロンにその写真を手渡した。彼女がぽつりと言う。「バチェロレッテ・パーティの夜、あなたが見せてくれた写真のうちの一枚ね」

「名前はグラント・ロンバードだ。ホッジズ議員のボディガードを務めていて、銃を所持している。聞き取りをした夜に、そう気づいたんだ。この男は銃を所持する許可を得ている。しかもロバーズが窒息死させられた姿で発見された以上、捜査の目が銃に向くことはない。やつに話を聞いたときの様子をよく覚えているが、ひどく冷静でプロ意識に徹したタイプだった。しかも、ちょうど身長が百八十センチほどで、体重も八十キロくらいだ。おれたちが捜している犯人の身体的特徴と一致している。ロバーズの目の色は茶色だったと記憶していたが、今この写真でそれも確認できた」

「わたしを襲った男の目も茶色だった」

「ああ、そのとおりだ」

「マンディ・ロバーズが殺された夜の、グラント・ロンバードのアリバイは？」

「家で寝ていたと答えている。ひとりでだ」

「死亡推定時刻を考えると、当然そうよね」

「ああ。だがきみが襲撃された時間帯の、あの男のアリバイを尋ねる必要があるだろう」

　キャメロンはもう一度写真を見つめた。「たしかにそうね。ロンバードもさすがに、午後四時半に自宅で寝ていたなんて言い訳は使えないもの。確かめる価値はありそうだわ」

　ジャックはポケットから携帯電話を取りだし、ウィルキンズにかけた。だが相棒が応答しなかったため、留守番電話にメッセージを残した。「ウィルキンズ、ジャックだ。ロバーズの事件で気になる点がある。検討する価値のある手がかりだ。このメッセージを聞いたら折り返してくれ。詳しいことはそのときに話す」ジャックは電話を切った。この二週間、暗闇の中を手探りで進んでいるようなもどかしさを覚えていたが、ようやく手がかりと言えるものをつかめたのがうれしかった。「このことはウィルキンズとデイヴィス以外、誰にも話さないようにしよう」キャメロンに言った。「今のところはだ。きみが犯人に関してさらなる情報を思いだした事実を、犯人に知られたくない」

あえて口に出しては言わなかったが、検察官であるキャメロンなら、その銃が重要な証拠となる可能性を充分理解しているに違いない。ロンバードが彼らの捜している犯人だとわかれば、キャメロンは逮捕に通じる大切な手がかりに偶然気づいたことになる。

そう考えて、ジャックはひどく神経質になった。

「すぐに思いだせなくてごめんなさい」キャメロンが言った。「あの夜ホテルであなたから、いいかげんな供述は許されないと警告されたのに。あの警告をもっと早く聞き入れるべきだった」自分に腹を立てている様子だ。「わたしはこれまで、あとになって大事なことを思いだしたと言いだす証人を叱りつけてきたわ。それなのに自分がまったく同じことをしでかすなんて」

ジャックは手を伸ばしてキャメロンに触れた。「なあ、キャメロン、こんなことは言いたくないが、きみもただの人間なんだよ」

「しいっ、もう何年もその事実は秘密にしようと頑張ってきたのよ」

ジャックは笑ってキャメロンの額に口づけた。「きみの秘密はおれが守る」

キャメロンが体を傾け、彼の肩に頬をつける。「それで今夜、わたしたちはどうなるの？」

ジャックはキャメロンの体に腕をまわしながら答えた。「残念ながら、しなければならない仕事ができたな。確認したいことが二、三ある」

キャメロンが体を引き、両手をジャックの胸に滑らせた。「どんな確認？　いいえ、もっと重要なことがあるわ。その確認にどれくらい時間がかかるの？」そう尋ねると、恥ずかしげな笑みを浮かべた。

二日間だと、ジャックは内心でつぶやいた。丸二日間、マルティーノの手下たちに拷問されたが、一度も正気を失わなかった。ただの一瞬もだ。だがこの女性ときたら、ほほえむだけでジャックを意のままに操ることができる。

ここから逃げだしたほうがいい。一刻も早く。それは痛いほどよくわかっている。だが逃げだす代わりに、ジャックは彼女にキスをした。

最初、キャメロンはじゃれあうようなキスを返してきたが、体をカウンターに押しつけられると情熱的な反応に変わった。ジャックはさらに舌を絡め、両手を彼女の腰に這わせた。

「仕事をしないと」キャメロンの首元に唇を押しあてながらささやいた。ここが感じやすいスポットだとわかっている。

「そうね」キャメロンは答えながらも、両手をジャックの腹部にさまよわせた。「わたしも荷物の整理をしないと」

「きみを階段まで連れていこう」ジャックはキャメロンにキスをしながら、彼女をキッチンから階段へとあとずさりさせていった。階段の下までたどり着き、両手をキャメロンのシャツの下に差し入れる。

「上に行って仕事をするのね?」キャメロンが訊く。

「ああ、そんなに長くはかからない」そのあとさらに熱いキスを繰り返し、ふと気づくとジャックは階段にいた。しかも広げられた彼女の両脚のあいだに。彼はキャメロンのシャツをまくりあげ、彼女の腹部に唇を這わせた。

キャメロンが大きく息を吸いこむ。「もう行くわ」

「ああ、行ってくれ」ジャックは体を引きあげ、キャメロンの唇にキスをした。最後にもう一度だけ。そのときジーンズのファスナーがキャメロンの手によって引きおろされるのを感じた。ボクサーブリーフに手を伸ばされ、下腹部を片手で包みこまれて思わずうめく。

ジャックが下をのぞきこむと、キャメロンは目を輝かせている。

くそっ、仕事はもう少しあとだ。

「スーツケースに避妊具はまだ残ってるか？」かすれた声で尋ねる。彼女の愛撫に自分を見失いかけていたが、わずかばかりの理性は残っていた。まったくキャメロンの指先の巧みさときたらどうだ。

「外側の一番上のポケットにあるわ」

ジャックはキャメロンから離れ、スーツケースのポケットを探った。だが見つからず悪態をついたとき、間違ったポケットを探していたことに気づき、ようやく避妊具をつかんで階段へ戻った。

なんてことだ。

キャメロンはジーンズを脱ぎ捨てていた。主導権は完全に彼女の手の内にある。

しかもあのいまいましいブーツを履いたままだ。

「あなたも知ってるでしょう？　靴を履いてないと、裸でいるかのような気分になってしまうの」

ジャックは避妊具を階段へ投げ捨てると、ブレザーを脱ぎ、続いてショルダーホルスターを外して避妊具の隣へ置いた。

「二段あがるんだ」キャメロンに命じる。

キャメロンが言われたとおりにすると、ジャックは彼女の脚を大きく広げ、キャメロンより低い位置の階段にひざまずき、彼女の片脚を自分の肩へかけた。キャメロンが驚いて目をみはる中、もう片方の脚も肩へかける。ジャックがそのまま体をかがめ、ショーツのレースの上端に舌を這わせると、キャメロンは体を震わせた。

「ジャック……」彼の髪に指を差し入れながら、キャメロンがささやく。

ジャックはショーツに指をかけ、ほんの数センチ押しさげると、また舌を這わせた。

キャメロンはなすすべもなくうめいている。「あなたは悪魔だわ……」

それ以上の言葉は必要なかった。

28

キャメロンはクローゼットの前で、ガーメントバッグから花嫁付添人のドレスを取りだそうとした。そのとき、ドアのところの人影に気づいた。

「今、《ベティ・デイビスの瞳》を歌っていただろう？」ジャックがいたずらっぽい笑みを浮かべながら尋ねる。

キャメロンは真っ赤になった。鼻歌を歌っていたなんて気づきもしなかった。すべてジャックのせいだ。頭がくらくらするクライマックスに二回も達してすっかりいい気分になり、知らないうちに歌っていたのだろう。

「ちょっとハミングしていただけよ」そっけない口調で答える。

ジャックが疑わしげに頭を傾ける。「コリンに捧げる歌かと思ったよ」

キャメロンは笑い声をあげた。「コリンに捧げる歌なんかじゃないわ。ただ好きな歌だからよ」

ジャックはその答えに満足した様子だ。「きみの家はインターネット回線の速度が遅すぎる」

ありがたいことに今、目の前にいるのは気難しいジャックだ。このジャックにならば対処できる。一方、先ほど階段でキャメロンの顔を手で挟みこみながら、今まで言われたことがないほどロマンティックでセクシーな言葉をささやいて身をうずめてきたジャックは、まるで別人に思える。

「前もそんなことを言っていたわね。インターネット接続で問題を感じたことは一度もないけど。超高速の秘密捜査官用プログラムを試してみたら?」

「もう試した。だが、それでも遅いんだ」

ジャックにからかうような目で見つめられ、キャメロンはみぞおちがちりちりした。これがいわゆる〝恋に落ちる〟という状態なのかもしれない。いいえ、待って。まだそう考えるには早すぎると自分に言い聞かせる。なぜならジャックとこうなってから……なんてこと、まだ二日しか経っていないなんて。

「インターネット関連について、わたしに質問しても無駄よ。問題があれば、パソコンの電源をいったん落としてから、もう一度入れるようにしてるの。それでも解決しない場合はコリンを呼ぶことにしてるわ」

ジャックが腕組みをする。「きみはコリンに依存しすぎだ。そのことについて話しあわないとな。今はボスが新たに入れ替わったも同然なんだから」

「うーん。それはわたしの好きにさせてほしいわ」キャメロンは異を唱えた。ただし食ってかかっていると思われないよう、やんわりとした言い方を心がけた。

「三階にあるきみのパソコンを確認したい。きっと近所の誰かがきみのＷｉ‐Ｆｉにただ乗りしているんだろう。建物が密集している都会ではよくあることだ。きみのパスワードは？」

「パスワードを入力する必要はないわ。ずっと電源をオンにしているし、使っていないときはスリープモードにしてるの」

ジャックがそれは絶対やってはならないことだと言いたげな顔つきで、キャメロンをちらりと見る。「わかったよ。なぜここのインターネットが問題を抱えているか」

「ところで、あなたは自分のパソコンで何をしようとしてるの？」

「ウィルキンズから折り返し電話がかかってきたときのための下準備だ。ここからでもＦＢＩのネットワークにログインできる。ロンバードのここ数週間の携帯電話の通話履歴を見たいんだ。それに技術チームの手を借りて、ロンバードの携帯電話から居場所を追跡できるようにしたいと考えている。そうすれば、今後ロンバードの行き先をすべて特定できる。少なくとも携帯電話を持って出かけていれば、数日間さかのぼっての追跡が可能だ」

キャメロンは花嫁付添人のドレスをクローゼットのドアの脇にあるラックへ戻し、肩越しにジャックを見た。「令状がないなら、違法なやり方に聞こえるわね」

「合法か違法かグレーの領域もある」

「そんな言葉は聞きたくないわ、ジャック」

「聞くことなんて何もない。おれは何も言ってないんだから」

三階に着くと、ジャックは左に曲がって仕事部屋に向かった。キャメロンのデスクは窓に面していて、自宅の前庭と通りが見渡せる。ジャックがまっすぐデスクへ向かって椅子に座り、マウスを動かすとパソコンが立ちあがった。

ただパソコンを再起動するだけでいいかもしれない。キャメロンは自分でもいつからかわからないほど電源を入れっぱなしにしている。とはいえ、ジャックには確かめたいことがあった。ルーターに何台のパソコンが接続されているかチェックしたい。キャメロンに言ったとおり、何者かが彼女のＷｉ‐Ｆｉにただ乗りしているせいで、インターネット接続が遅くなっているのだろう。

ルーター確認用の画面が表示された瞬間、ジャックは目を疑った。

こんなことはありえない。

キャメロンのルーターには十五もの端末が接続していた。そのうちのふたつは、ジャックのノートパソコンとキャメロンのデスクトップパソコンだ。

だったら、ほかの十三の端末はなんだ？　近所の誰かがキャメロンのＷｉ‐Ｆｉを勝手に使っている可能性はある。とはいえ、せいぜい二、三人だろう。十三人もの隣人たちが彼女のインターネット回線を不正利用しているとは考えにくい。

いや、パソコン十三台ではなく、何か別のものかもしれない。それを確認すべきだ。

ジャックは最初に表示された端末のデータストリームを調べた。

妙だ。

音声信号に変換されている。

それなのにジャックには何も聞こえない。キャメロンのパソコンのボリュームをあげてみる。だが、まだ何も聞こえない。とりあえず、二番目に表示された端末を調べることにした。こちらも音声信号に変換されている。

けれども、またしても何も聞こえない。

いったいどうなっているのだろう？

ほかに表示されている端末も手早く確認した。すべて音声信号に変換されている。八番目に表示された端末を調べたとき、ようやく手応えが感じられた。

女性の優しい歌声が聞こえてくる。ジャックがよく知っているかすれた声だ。〝誰だって彼女をスパイかと疑ってしまう。ベティ・デイビスのような瞳の彼女を〟キャメロンの声だ。ベッドルームで歌っている。

続いて引き出しが閉められ、ファスナーが引き開けられる音がした。彼女はスーツケースから荷物を取りだして整理しているのだろう。ちくしょう。

ジャックはわざと指先でデスクを軽く叩きだした。ただし、あくまでもごく軽くだ。試すのにちょうどいい音量を心がけながら残りの端末を確認していき、ついに発見した。最後に表示された端末も音声信号に変換されており、木製のデスクを指先で叩く音がキャメロンのパソコンを通じてはっきりと聞こえた。

できるものなら、今すぐ悪態をつきたい。

この家は盗聴されている。

脳裏にさまざまなことが次々に思い浮かぶ。目出し帽の男……金曜の午後……あの男は仕事から帰ってくるキャメロンを待ち伏せしていた。ロバーズを殺した犯人だ。

あいつが午後四時半にキャメロンの家で彼女を襲ったのは、警察の監視の目をかいくぐろうとしたためではない。何か別の目的があってこの家にいた。そう、盗聴器を仕掛けるために。

あの男は知りたかったのだ。キャメロンが何をどこまで知っているかを。

盗聴のためのマイクはかつてないほど小型化している。ボタンよりも小さい。しかも盗聴のために必要なのはパソコンとワイヤレスネットワーク、それに対象装置のIPアドレスだけだ。監視カメラを設置するのと同じくらい簡単にできる。特に、はっきりとした意図を持って盗聴しようとしている者ならなおさらだ。

ジャックは自分の携帯電話を取りだした。好都合にも、今は犯人がこの家を盗聴していることがわかっている。その事実を逆手に取ればいい。リンクをたどれば、ロバーズを殺した犯人が盗聴に使用しているパソコンのIPアドレスにたどり着ける。その情報さえ得られたら、相手のパソコンの正確な位置を特定できる。それに殺人犯の居場所もだ。

ジャックはウィルキンズ宛に携帯電話でメールを打ちはじめた。盗聴されている以上、この家から電話をかけることはできない。相棒にも、ほかの誰にもだ。だがメールを打つ手を止め、ふと考えた。こうしてここでメールを打つよりも、キャメロンをジャックの車に乗せて車内からウィルキンズに電話をかけるほうが手っ取り早い。もちろんキャメロンを家から連れだす際には、現状を説明したメモをひそかに手渡す必要がある。盗聴している犯人に、ふたりのやり取りを聞かれるわけにはいかない。今このときも、やつがこの家の様子に聞き耳を立てている可能性がある。

ジャックは胃がよじれるような不快感を覚えた。

殺人犯にあのやり取りを聞かれていた可能性がある。

キャメロンとジャックが交わした会話を聞かれた可能性が。会話の断片が脳裏によみがえってきた。

〝マンディ・ロバーズを殺した犯人は彼女を窒息死させたあの夜、銃を持っていたの〟

〝名前はグラント・ロンバードだ。ホッジズ議員のボディガードを務めていて……おれたちが捜している犯人の身体的特徴と一致している〟

〝マンディ・ロバーズが殺された夜の、グラント・ロンバードのアリバイは?〟

〝きみが襲撃された時間帯の、あの男のアリバイを尋ねる必要があるだろう〟

会話の断片を思いだすうちに、もっと前に交わした言葉がふいに頭をよぎり、全身に寒けが走った。

〝アラームを解除するにはセキュリティコードを入力すればいい〟

〝5225？〟

〝キーパッド上での〝ジャック(Jack)〟というスペルよ。覚えやすいでしょう？〟

やつはアラームを解除するコードを知っている。

「キャメロン」ジャックはささやいた。心臓が口から飛びだしそうだ。今、彼女はベッドルームでひとりきりだ……今はそのベッドルームから何も物音が聞こえてこない……二階があまりに静かすぎる……ジャックは携帯電話を手から落とし、ショルダーホルスターに手を伸ばして——。

「動くな」背後から命じる低い声が聞こえた。

弾が銃の薬室に送りこまれる特徴的な音が室内に響き渡る。

ショルダーホルスターにかけた手が凍りつき、ジャックは肩越しに振り返った。ドアのところに男が立っている。ジャックの頭に銃口を向けていた。

「ロンバード」ジャックはうなるように言った。

「パラス、あともう少しだったな。いい線までいってたぞ。さあ、ショルダーホルスターを外せ。ゆっくりとだ」

ジャックが最初に気づいたのは、ロンバードが銃口にサイレンサーを装着していないという事実だった。つまり、キャメロンはまだ階下で無事に生きている。ロンバードは最初にここへ来たのだろう。

「ショルダーホルスターを外せと言っただろう」ロンバードが静かに言う。

やつの表情からすると、はったりをかけているわけではないようだ。ジャックはショルダーホルスターを外して床に置いた。もしここでロンバードに撃たれてこの仕事部屋に脳みそが飛び散ったら、キャメロンはいい気がしないに違いない。

「ここまで蹴り飛ばせ」ロンバードが命じる。

ジャックは言われたとおりにした。ただし、ロンバードの銃の引き金から片時も目を離さなかった。すばやく動けば、この椅子からおりられる。椅子から床に向かって飛びこみ、デスクを盾にすればいい。最善の策とは言えないが、今の状態よりはましになるはずだ。

そのときロンバードがゲームの流れを変えた。

「キャメロン・リンド」三階じゅうに大声が響き渡った。「あんたの恋人の頭に銃を向けてる。三つ数えるあいだに三階に姿を現さなければこいつを殺す」

ジャックはできるだけ落ち着いた声を出そうとした。「キャメロン、今すぐこの家から逃げるんだ。ここはおれに任せろ」

ロンバードはまばたきもしない。「キャメロン、今から三秒以内だ。一、二――」
「やめて」
二階と三階のあいだの踊り場から震える声が聞こえた。
「いい子だ、キャメロン」ロンバードが言う。
三人が膠着状態にあることに変わりはない。ロンバードは部屋の入口に立ったま
ま、銃をジャックに向けている。キャメロンはその向こうにある階段の踊り場に立っ
ていて、ジャックには彼女の姿が見えない。
「もし銃声が聞こえたら逃げてやるから!」キャメロンが叫んだ。「あなたの真の狙
いがわたしなのはわかってるのよ」
「あんたたちのどっちも傷つけたくない。それを可能にする方法を知ってるんだ」ロ
ンバードが言った。
「やつの戯言に耳を貸すな、キャメロン。早くここから逃げろ――」
「取引がしたい」ロンバードがジャックをさえぎった。「それですべて終わりだ。
キャメロン、検事補のあんたなら簡単にできるだろう。おれがこの銃口をこいつに突
きつけてるんだからなおさらだ。おれは、あんたがあの殺人事件の目撃者だともらし
たやつの名前を知ってる。いわゆる二重スパイ……しかも大物だ。そいつを逮捕する

手助けをしてやろう。だが、それについては面と向かって話したい。あんたが携帯電話を手にしていて、今すぐ警察に通報しないとは言いきれないからな。両手をあげたまま、階段をゆっくりとのぼってこい。今すぐにだ、キャメロン。さもないとジャックは死ぬ」

説得力のある言葉に聞こえた。キャメロンがロンバードの言葉に惑わされないようにと、ジャックは祈る気持ちだった。「キャメロン、これは罠だ。きみが階段をのぼってきたら、おれたちふたりともが殺される」

一瞬、沈黙が落ちた。キャメロンは奇妙なほど静かなままだ。どうするのが一番か、心の中で選択肢を数えあげているのだろう。

ジャックは本能的にわかった。今こそ動くべきときだ。行動に出るなら方法はひとつしかない。その行動に打ってでれば、ロンバードをキャメロンから遠ざけることができる。たとえ自分が大きな代償を払うはめになっても。

キャメロンは銃声が聞こえたら逃げると言った。今はその言葉を信じるほかない。自分がロンバードめがけて突進してやつに発砲させれば、キャメロンに逃げだすチャンスを与えられる。やつの体につかみかかるまで、絶対に動きは止めない。たとえどれほど銃弾を浴びても。

思えば、以前にも大勢の男たちがジャックを殺そうとした。今はキャメロンのために喜んで見届けたい。目の前にいる男がそいつらよりも運に恵まれているかどうかを。

準備は万端だ。

ロンバードの額には玉の汗が浮かんでいる。彼は踊り場に向かって、いらだった声で叫んだ。「キャメロン、あと二秒しかないぞ！　とっととあがってこい。さもないと、ジャックに別れを告げるはめになるからな」

「わかったわ！　そこに行くから」キャメロンの緊張した叫び声が聞こえた。

だが彼女はもはや踊り場にはいなかった。二階の廊下から、かすかにドアを開ける音が聞こえてくる。続いて蝶番（ちょうつがい）がきしる音、さらに金属的な音が聞こえた。

「銃を取りに行ってやがる」ロンバードが怒りのこもった声で言う。

ありがたいことに、ジャックはロンバードよりもこの家の間取りを知りつくしていた。キャメロンは銃を取りに行ったのではない。そのときジャックは、キャメロンが何をしようとしているかはっきりと気づいた。

なんて頭がいいんだ。

キャメロンが開けたドアは、シーツを入れてあるクローゼットだ。彼女はそこに銃を隠し持ってはいない。少なくともジャックが知る限りは。だが今のふたりの助けになる別のものがある。

配電盤だ。

ロンバードが我慢の限界に達し、目を細めてジャックをにらみつけた。「くそっ、ふたりとも死ね！」すべてが一瞬のうちに起きた。ロンバードが引き金を引いた瞬間、ジャックは椅子から床に向かって飛びこんだ。次にどうなるかはわかっている。階下からガチャッという大きな音が聞こえて――。

家じゅうの照明が消えた。

暗がりで銃が火を噴いたかと思うと、弾がジャックの頭すれすれのところを飛んでいった。ジャックは一秒も無駄にせず、そのままロンバードに飛びかかろうとした。だが暗闇の中だというのにロンバードは意外なほどすばやく反応し、廊下へ移動するなりジャックを狙ってさらに数回発砲した。壁に次々に弾丸がめりこむのも気にせず、ジャックはロンバードに向かって進みつづけた。階段の手前でロンバードにたどり着き、チャンスをうかがって全力ですばやく飛びついた。ロンバードの銃をつかむと同時に、渾身(こんしん)の力をこめてその体にのしかかり、木製の手すりめがけてロンバードもろとも飛びこむ。自分も怪我をするのは覚悟のうえだ。激突した手すりが大きな音をたてて壊れる。

ふたりはもつれあって十メートル下まで落下した。

一階の玄関ホールの硬い床に叩きつけられる。ジャックがロンバードにのしかかった瞬間、骨が折れるいやな音が聞こえた。あまりの痛みにロンバードが悲鳴をあげる。ジャックはとっさにロンバードから銃を奪った。胸に痛みが走り、思わず歯を食いしばる。肋骨が二、三本折れているに違いない。落下した衝撃によるめまいを必死で振り払いながら立ちあがり、ロンバードに銃口を向けた。

息を吸いこみ、額に流れる血を袖口でぬぐう。先ほど壁にめりこんだ弾の一発は、頭すれすれの至近距離を飛んでいった。壁から砕け散った漆喰で額を切ったのだろう。

「あともう少しだったな、ロンバード」肩で息をしながら言う。「いい線までいってたぞ」

そのとき階上で足音が聞こえ、ジャックが顔をあげると、キャメロンが階段を駆けおりてきた。彼女はジャックを見て一階と二階のあいだの踊り場で立ちどまり、安心したように壁にもたれかかった。その姿を見てジャックは気づいた。先ほどロンバードと一緒に三階から落ちたとき、キャメロンの脇を通り過ぎたに違いない。

キャメロンはショックを受けた様子で十メートル上にある三階をちらりと見つめ、ジャックに視線を戻した。「ああ、なんてこと、ジャック」

月明かりに照らしだされたロンバードを見て息をのむ。ロンバードは床に横たわり、右脚がありえない方向に曲がっている。荒い息をしながら右手で胸をつかみ、抜け目ない目つきでジャックを見ている。

あっという間の出来事だったため、ロンバードが何発撃ったのか数える暇さえなかった。銃のクリップを確かめてみると弾は三発残っていた。ずいぶんとたくさん発砲されたものだ。ジャックはクリップをもとに戻した。

ロンバードとの話し合いはまだ終わっていない、

「キャメロン、ベッドルームへ戻っていてくれ。おれがいいと言うまで出てくるな」

キャメロンがうなずく。「わかったわ。応援と救急車を呼ぶわね」

「誰にも電話をかけるな。ただ階段をあがってベッドルームへ行け」

彼女は目を大きく見開いた。「いったい何をするつもり?」

「きみが知る必要はない。きみは検事補だ。これから起こることにかかわらないほうがいい」

ロンバードが不安げに目をみはった。

キャメロンは踊り場でためらっている。言われたとおりにしないつもりだろうと、ジャックは一瞬考えた。「わかったわ」キャメロンがとうとう答え、階段をあがりだした。やがてベッドルームのドアが閉まる音が聞こえた。

ジャックはロンバードに注意を向けた。ロンバードは足元の床に横たわり、大粒の汗をかいている。

「さっきおまえは、キャメロンがロバーズの事件の目撃者であるという情報をもらしたやつがいると話してたな。誰か教えろ」

ロンバードは咳きこんだ瞬間、痛みに悲鳴をあげた。「くそったれ」

「悪態はあとに取っておいたほうがいい。おれはまだ何も始めてないからな」

「くそったれ」

ジャックはロンバードの脇にしゃがみこみ、静かに口を開いた。「おまえはキャメロンとおれの様子を四六時中盗聴していたんだな」

ロンバードは笑おうとしたようだが、うつろな声しか出せなかった。「ああ、一言一句聞いてた。最高だったのは、おれがキャメロンを撃ったあの日、あんたがあの女と寝ようとしなかったときのやり取りだ。そのあともずいぶん弱気だったな、パラス。たかだかひとりの女のせいで」

ロンバードは、キャメロンのせいでジャックが弱気になったと考えているのだろう。だが今夜、キャメロンはジャックの最大の力になってくれた。

「盗聴してたなら、キャメロンがおれにとってどれほど大切な存在か知ってるはずだ。彼女を傷つけるやつがいたら、容赦なく殺す」ジャックは冷たい声で言った。「おまえに情報をもらしたやつの名前を言え。そうすれば、おまえは例外にしてやる」

ロンバードは何も言おうとしなかった。ただし、もはや得意げな様子ではない。

ジャックは銃口をさらにロンバードに近づけた。「おまえはキャメロンを撃った。おれはこの目で、おまえがこの銃を彼女の顎の下に押しあてるのを見たんだ。こんなふうにな」ロンバードの顎をつかみ、顎の下に銃口を押しあてる。ロンバードが体をこわばらせ、鼻から荒い息を吐きだす。ジャックは銃を強く押しつけ、ロンバードの肌にめりこませた。「この引き金を引く言い訳をおれに与えてくれ。さっきからこの銃を試したくてたまらないんだ」

「取引がしたい」ロンバードは歯を食いしばり、うろたえて答えた。

ジャックはうなずいた。「今回は本気だろうな？」今度はロンバードの額に銃を押しつけた。「だったら取引してやる。おれの知りたい情報を今すぐに教えろ。そうすれば監察医に、正当防衛でおまえの眉間をぶち抜いたと説明する手間が省ける」

ロンバードは息をのんだが、何も言おうとしない。だがその目を見て、ジャックにはわかった。

こいつは白状する。

案の定、ロンバードは床にだらしなく伸びたまま、ジャックが喉から手が出るほどほしい答えをとうとう口にした。

「サイラス・ブリッグズだ」


ジャックが電話で応援を要請すると、十分もしないうちにキャメロンの家は人でいっぱいになった。制服姿の者もいれば、そうでない者もいる。ジャックは救急隊員にロンバードとのあいだに何が起きたのかを話し、ウィルキンズと警察官たちにも手短に説明した。

ジャックはウィルキンズの横に立ち、救急隊員たちが手錠をかけられたロンバードにネックカラーをつけて首を固定し、背中にバックボードをあてがうのを見守った。キャメロンにちらりと目をやって、様子を確認する。警察官やFBI捜査官たちが到着して以来、階段の踊り場に座りこんだままだ。階段の下の床に横たわっているロンバードになるべく近づきたくないのだろう。ジャックは祈る気持ちだった。キャメロンが自分のことも避けたいと考えていなければいいのだが。

「ちょっとキャメロンとふたりきりになりたい」ジャックはウィルキンズに言った。

「かまわないか？」

ウィルキンズがうなずく。「もちろんだ。みんなを一階にとどめておくよ」

ジャックは救急隊員が持ってきた毛布をつかみ、ロンバードの脇を通り過ぎて階段をあがっていった。膝をついてキャメロンの肩に毛布をかけてやる。「大丈夫か？」

彼女はかぶりを振った。「いいえ」

ジャックはキャメロンが震えていることに気づいた。彼女が立ちあがるのを手伝い、一緒に階段をのぼってベッドルームへ連れていく。ドアを閉めるとキャメロンの手を取ってベッドに座らせた。

「キャメロン、何か言ってくれ。なんでもいいから」

彼女は口を開いたが、どこかぼんやりとした声だった。「ロンバードが上から叫んだとき、わたしはこのベッドの脇に立っていたの」眉をひそめた。「今夜寝るとき、どんな下着をつけようかと考えていた。あなたが好きなのは黒か、それとも赤かって」声がかすれはじめた。「そのとき、三階からあの奇妙な叫び声が聞こえてきたの。あなたの頭に銃を向けてる、三つ数えるあいだに来なければあなたを殺すと」

ジャックはキャメロンの前にひざまずいた。「きみは本当によくやってくれた。あの状況なら、明かりを消すのが一番だ」

キャメロンは涙をぬぐった。「ええ、ヒーローはわたしよ。たとえ十メートルも落ちたのがあなたで、わたしは照明のスイッチを切っただけだとしてもね」

「ああ……あの照明のスイッチが鍵だった」

キャメロンがすすりあげる。鼻が真っ赤で、目の下にはマスカラがにじんでいる。それでもジャックはこんな美しい女性はこれまでに見たことがないと思った。キャメロンの身に起きかけたことを考えるとぞっとする。もう少しで彼女を失うところだった……。

「深刻な顔をしているわね」キャメロンがジャックの頬に触れ、心配そうに見つめた。「怪我をしているんじゃないの？　あんなに高いところから落ちたんだもの。怪我をして当然よ」

「肋骨が何本か折れているかもしれない」

「なんですって？　救急隊員に確認してもらわないと。内出血しているかもしれないし、ほかにも怪我をしているかもしれないわ」

「大丈夫だ。あとで誰かに診てもらう。すべてが終わったら」

キャメロンが首を振る。「あとじゃだめよ、ジャック。今すぐ診てもらって。あなただって無敵じゃないんだから」

「うーん……もう何年もその事実は秘密にしようと頑張ってきたんだが」

ようやくキャメロンがかすかに笑みを浮かべるのを見て、ジャックは立ちあがり、彼女の隣に座った。

ベッドの上で、キャメロンが頭をジャックの肩にもたせかける。「もうわかっているでしょう？　結局わたしはベッドルームの中には入らないで、二階の廊下であなたたちの話を聞いていたの」

「そうじゃないかと思ってたよ」

キャメロンは改めてジャックを見つめた。「あなたがロンバードに言っていたこと……あれは事実かはったりか、どっちなの？」

ジャックはどう答えようかと考えた。ロンバードにはいろいろなことを言った。だがそれが正しいか間違っているかにかかわらず、キャメロンが耳にしたのはすべてこの自分の言葉だ。「それが重要か？」

キャメロンは一瞬口をつぐみ、首を振った。

「いいえ」

29

「あなたに会いたいという人が来ているわ、キャメロン」

キャメロンはパソコンの時計をちらりと見た。驚いたことに、もう二時過ぎだ。事件ファイルを熟読していたせいで、昼食をとるのも忘れていた。

「ありがとう、エレイン。その人の名前は？」予定表を確認してみる。今日の午後は誰とも約束をしていない。

スピーカーホンから、声を潜めた秘書の返事が聞こえてきた。「名前を教えてはいけないと言われているの」

最近いろいろなことがあったせいで、キャメロンはその返事をどう考えていいのかよくわからなかった。受話器を取って尋ねる。「わたしの知り合い？」

「ええ、あなたがよく知っている人よ」

「だったら、なぜその人が誰か教えてもらえないの？」

「さあ、わたしにはわからない。ただ彼は自分がここで待っているとだけ、あなたに伝えてほしいと言っているの。あら、彼がこっちを見ているわ。もう切らないと」エレインが慌てた様子で受話器を置いた。

受話器をもとに戻しながら、キャメロンは相手が誰か考えた。

ジャック？　それともコリン？

どちらにせよ、今会いに来ているその男性にランチへ連れていってもらおう。もうお腹がぺこぺこだ。

デスクから立ちあがり、廊下に向かいながら頭を巡らせる。この謎めいた演出にはどういう意味があるのだろう？　彼女の直感はジャックだと告げている。ここ数週間、ジャックはよくオフィスを訪ねてきていた。仕事上の理由のときもあれば、個人的な理由のときもある。

ジャックのことを考えるだけで、キャメロンは頬が緩んだ。ロンバードが逮捕されたあと、ジャックはほぼ毎晩キャメロンの家で過ごしているし、そうでないときは彼女がジャックのロフトで過ごしている。あの襲撃があった夜以来、ふたりとも多忙をきわめているが、毎日夜と週末は必ず会うようにしていた。ジャックはキャメロンの家の階段の手すりを始めとする数箇所の修理を申しでてくれたため、キャメロンもその手伝いを申しでた。ただし〝手伝い〟というのは部屋の隅に座ってワインを飲み、彼女の自宅に徐々に増えつつあるジャックの本のコレクションから一冊を楽しんで読むことだ。そしてたまに顔をあげて本の感想を述べながら、いつの間にか二杯目のワイングラスをどこかへ置き、作業しているTシャツ姿のジャックのうねるような筋肉の動きを愛(め)ではじめる。汗をかきながらハンマーをふるう彼の姿を堪能せずにはいられない。そして気づくと、ふたりして床に横たわり、ハンマーも釘も使わないまま汗をたっぷりかいている。

だが最高なのは、ジャックと話しあっているときだ。映画館から出てきたときであれ、レストランでディナーをとっているときであれ、彼と言葉を交わすのが楽しくてしかたがない。あるいはソファに寝転んでジャックの胸に頬を寄せながら、彼が以前担当した事件について話すのを聞いたり、キャメロンの父の思い出を聞いてもらったりするひとときは何物にも代えがたい。

ありがたいことに、メディアの報道合戦はようやく落ち着いてきた。それこそ、ふたりが心から望んでいたことにほかならない。この二週間というもの、マスコミはこぞって、イリノイ州北部地区の連邦検事に対する告発とそれに続く辞任という最大のニュースを取りあげた。さまざまな点から見て、サイラスの逮捕は実に手際よく行われたと言っていい。ロンバードの襲撃のあと、ジャックとウィルキンズが逮捕状を持って検事局の受付に到着したとき、キャメロンはたまたまその場に居合わせた。逮捕されたサイラスは見苦しいことこのうえなかった。ジャックに手錠をかけられても観念せず、悪態をついて叫びまくった。ほかの検事補数人の脇に立っていたキャメロンは、それでもジャックがプロ意識に徹し、冷静に任務を遂行するのを見守った。ジャックに耳元で何かをささやかれたとたん、サイラスは口をつぐみ、うなずいて唇を震わせ、奇妙にもその瞬間からやけに協力的になった。

それからすぐに、連邦検事だったサイラスが議員のボディガードであるグラント・ロンバードと通じていたスキャンダルが明らかになった。これはそうあることではない。なんといっても、ロンバードはシカゴでも最高級のホテルでコールガールを殺害した犯人として逮捕されていたのだから。不運にもこのロンバードの逮捕により、キャメロンとジャックはマスコミの注目を一身に浴びるはめになった。ロンバードによる襲撃のあと、キャメロンがコールガール殺人事件の目撃者であるという事実を隠しつづけられなくなったせいだ。マスコミはキャメロンとジャックを関連づけ、三年前の忘れがたい〝あの検事補は頭がどうかしている〟という発言を繰り返し取りあげた。当時の映像が流されるたびにジャックはしかめっ面をしたが、キャメロンは個人的にそれを楽しんで見ていた。けれども一度、うっかり見落としそうになったことがある。ジャックが彼女の手からテレビのリモコンをひったくり、夜十時のニュースを消そうとしたからだ。ただしキャメロンがからかうように、いつか自分たちの子どもに、両親が一目ぼれしあった瞬間の証拠映像だと見せることができるからいいと言うと、ジャックはすぐさま椅子から立ちあがって逃げだそうとはしなかった。むしろ彼女の言葉に興奮をかきたてられた様子だったので、ジャックも完全にまいっているわけではないらしい。

予期せぬ訪問者はジャックだろうと考えて、キャメロンは足を速め、角を曲がって検事局の受付エリアに着いた。

だがジャックの姿はどこにもなかった。というより、そこには誰もいなかった。肩越しに受付デスクを見ると、エレインが両手をあげた。「彼にここで待つのはまずい、あなたとふたりきりになれる場所で話したいと言われたの。だからサイラスが使っていたオフィスに通したわ。今は誰も使ってないから」

なんだか妙だ。俄然興味を引かれ、キャメロンは受付エリアを横切り、サイラスが使っていたオフィスへ向かった。ドアの前に、背の高いがっしりした体格の男性が立っている。キャメロンが近づいていくと、男性が会釈をした。

「ミズ・リンド、お入りください」

キャメロンは男性を横目で見つつ、慎重にドアを開けて室内に足を踏み入れた。ずんぐりした男性が窓辺に立っていた。きれいに整えた銀髪に、見るからに高そうなスーツ姿で、窓からミシガン湖を見おろしている。彼女が部屋の奥まで進むと、男性は体の向きを変え、上品な笑みを浮かべた。

「やあ、ミズ・リンド。突然来たのに会ってくれて感謝する」

キャメロンは後ろ手にドアを閉め、驚いて答えた。「ホッジズ上院議員。お目にかかれて光栄です。今日は……どういったご用件ですか？」彼女は議員の個人生活について、知りたいと思うよりもはるかに多くのことを知っている。そんな奇妙な関係にもかかわらず、議員とは今まで会ったこともなければ言葉を交わしたこともなかった。

ホッジズが部屋を横切って近づいてきた。「この訪問は遅すぎた。少なくともわたしはそう考えているんだ、キャメロン。キャメロンと呼んでもかまわないかな？」サイラスの使いこんだデスクの前にある二脚の革張りの椅子のうちの一脚に腰かけた。

「さあ、きみも座ってくれ」

キャメロンはうなずいた。「はい」

あの夜ペニンシュラで起きた出来事を考えると、こうしてサイラスが使っていたオフィスにホッジズと座っているのがひどく奇妙に思える。とはいえ、この上院議員とはどこで一緒に座っていても奇妙に思えただろう。

「キャメロン、わたしはきみに大きな借りがある。個人的に礼を言いたかったんだ。デイヴィス特別捜査官から聞いた話によれば、わたしが逮捕されなかったのはきみの証言があったからだそうだね。上院議員の座から追われずにすんだのはきみのおかげだ。たとえ無実であれ、殺人事件の関係者だという醜聞が流れたら、絶対に生き残れなかっただろう。ましてや、わたしと殺されたロバーズとの関係が明るみに出たりしたらなおさらだ」

「本当によかったです、上院議員。でも正直に言えば、あの事件で称賛に値するのはFBIのチームです。わたしはたまたま間違った時間に、間違った場所にいただけですから」

「そのせいで殺されかけたそうじゃないか。なんと詫びればいいかわからない。とにかくきみにはいろいろ申し訳なく思っている。わたしは本当に愚かだったし、その愚かさのせいでほかの人たちを傷つけた。もう取り返しのつかないこともある」

　キャメロンは無言のままうなずいた。なんと答えるべきか定かでなかった。ホッジズと話していてはっとさせられた。マンディ・ロバーズの上院議員に対する企ては、お世辞にも褒められたことではない。ジャックから聞かされたが、ロンバードは上院議員の恐喝を計画していたと自白している。その出来事そのものが、金銭欲に駆られた人の浅ましさを伝える教訓に思えてならない。あるいは絶望に駆られた人の悲しさを伝える遺言にも思える。

「きみを動揺させてしまったね」ホッジズがぽつりと言う。

「いいえ、わたしなら大丈夫です。ただすべてが終わってほっとしているだけです」

「いや、実際のところ、すべてが終わったわけじゃない。サイラス・ブリッグズの辞任により、わたしは重要な仕事を行わなければならなくなった。イリノイ州の上院議員として大統領に、新たな連邦検事にふさわしい人物を推薦する必要がある。そして今、わたしの頭の中には適切な候補者がひとりいる」議員が思わせぶりに言葉を切った。

キャメロンは驚いて体を引いた。「わたしですか？」

ホッジズがうなずく。「ああ、きみだ」

キャメロンは必死に考えた。こういう場合、どう答えるのが一番いいのだろう？

「上院議員、わたしを候補者に考えてくださってありがとうございます。本当に心から感謝します。ただ失礼を承知で言わせてもらえば、感謝の念を表すためにわたしを任命していただくことは期待していませんし、そんなことをしていただきたくもありません」

ホッジズはキャメロンの答えを気に入ったらしく、笑みを浮かべた。「きみはそう言うんじゃないかという気がしていたんだ。はっきり言っておこう。今回の任命はわたしの感謝の念とはなんの関係もない。サイラスがあんな失態を演じたあとだけに、わたしが今一番恐れているのは、連邦検事の地位にふさわしくない候補者を指名してさらなる醜聞を巻き起こすことだ。それにむしろ、きみとわたしの関係はきみにとって不利なはずだ」

そう言われても、キャメロンの疑念は消えなかった。

ホッジズが笑った。「きみを納得させるための説明がまだ必要かな？」

「もし本気でわたしの任命を考えてくださっているなら、ええ、もう少しお願いします」

「なるほど。きみを知る人たちは、きみのことをひと筋縄ではいかないと言っていたが、あれは冗談ではなかったんだな。よし、それなら詳しく説明しよう。きみこそ適任だと確信した一番の理由は、わたしの調査チームがきみの名前を推薦したことだ。きみはこの地区の検事補の中でもトップの裁判実績を持つ。判事たちも……そう、わたしは判事たちにも話を聞いたが、きみは法廷では恐れを知らず、実に粘り強いと口々に言っていた。はっきり言うと、ブリッグズの一件があった以上、検事局に必要なのはそういった要素だと思う。しかもきみは経歴も立派だ。労働者階級の出身で、働きながら自力でロースクールを卒業したうえ、お父さんは法律を守る警察官として名誉の殉職を遂げている。そのうえ、きみがロンバードの襲撃を生き延びた鋼の精神の持ち主であることは、すでにメディアの報道で明らかだ。だがわたしを一番納得させたのは、今回のサイラスの逮捕のあと、司法長官の要請により検事局の運営が一時的にきみに任され、きみがその役割をきちんとこなしていることだ。きみは謙遜するかもしれないが、ここを大混乱に陥れていない現実を見て、きみこそ適任だと思った。きみさえいやでなければの話だがね」

キャメロンはみぞおちが熱くなった。こんなことが本当に起きるなんて信じられない。これ以上の説明は必要ない。「上院議員、任命していただいて光栄です。喜んでお引き受けします」

ホッジズは安堵した様子だ。「よかった。実を言えば、代替案はほとんど考えていなかった。きみに断られたらどうしようかと冷や汗をかいたよ」

キャメロンは笑い声をあげた。「今後はもう少し柔軟な対応を心がけます」

ホッジズは温かな笑みを浮かべてかぶりを振った。「いや、きみがいいと思うとおりのやり方を貫いてほしい、キャメロン」

ふたりは椅子から立ちあがり、一緒にドアの前まで歩いていった。「こんなことを申しあげるのはおかしいかもしれませんが、上院議員……どうかご理解いただきたいんです。サイラスとは違って、わたしは単なるお飾りのトップになるつもりはありません。連邦検事に就任してからも裁判の担当は続けるつもりです」

「ああ、あれほどすばらしい実績を残しているんだ。好きなだけ裁判も担当してほしい。ただし絶対に勝つようにしてくれよ」ホッジズはウインクをするとドアを開け、外にいたボディガードにうなずいた。

彼らが立ち去るのを見送ったあと、キャメロンはしばしサイラスのオフィスにたたずんでいた。もうじき彼女のものとなるオフィスに。

連邦検事キャメロン・リンド。

キャメロンはにっこりして、十センチのハイヒールで許される限りの威厳たっぷりの足取りで、じきにかつてのオフィスになるはずの部屋へと戻った。部屋に入るなりドアを閉めてデスクに座り、すぐに電話を手に取った。

もちろん最初に知らせるのはジャックだ。ジャックにすべてを伝え終えたとき、キャメロンは受話器の向こう側から聞こえる彼の声に笑みがまじっていることに気づいた。

「おめでとう、連邦検事」ジャックが言った。「きみは任命されて当然だよ」

キャメロンはジャックの声の調子から気づいた。彼は何か隠している。「もう知っていたのね？」

ジャックが笑い声をあげる。「実はそうなんだ。うっかり口を滑らせたデイヴィスから、支局の特別捜査官がふたり、きみの経歴を確認するよう命じられたと聞かされた。だから今週は毎晩〈スピアージャ〉を予約して、ホッジズがきみに朗報を伝えるのを心待ちにしてたんだ。きみはあの高級レストランでディナーを楽しむべきだし、そのためにこれ以上完璧な理由はないからな」

やはりこちらの手に余る男性だ。しかもとびきり優しい。「自分でもまだ判断しかねるわ。この知らせをわたしよりも先にあなたが把握していた事実をどう考えたらいいのか」

「がっかりする必要はない。この数日、おれはずっときみを誇らしく感じていたし、これが最高にうれしい知らせであることに変わりはないんだ。きみは無条件に喜べばいい。それに、おれはなんでも知っている。きみもそろそろ、その事実に慣れるべきだな」

「そんな言い方をするなら、もう電話を切るわよ」

「おれとの話を切りあげて、次はコリンにかけるんだな？」ジャックがからかう。

「違うわよ」キャメロンは強調して言った。

まったく。ジャックは本当になんでも知っている。


それから二週間後、ふたりは別のお祝いをしていた。ただし、ジャックのほうはさほど熱心ではなかったが。

「誕生日おめでとう、ジャック」バーテーブルに座って店内に通されるのを待ちながらキャメロンが言った。その晩、彼女がジャックを連れてきたのは、自宅から数ブロックしか離れていない近所にあるビストロ〈ソッカ〉だ。「三十五歳ね。プレゼントのひとつやふたつ、贈ってもいいでしょう？」

ジャックは眉をひそめた。「キャメロン、何もいらないと言ったはずだ」

「あら、てっきりあれもあなたの命令のひとつかと思っていたわ。あなたがいっこうに命令するのをやめないから、無視することに決めてるの」キャメロンがバッグから二通の封筒を取りだし、ジャックの前に置いた。一通は大きな封筒で三センチほどの厚みがある。もう一通は小さいが、同じく中に何かが入っている。「選んで」

ジャックは大きいほうの封筒を手に取った。

「いい選択だわ」

ジャックが封筒を開けると、中には厚い複数ページの書類が入っていた。彼が取りだして広げると、太い文字の表題が目に飛びこんできた。


〝合衆国対ロベルト・マルティーノほか〟


連邦検事であるキャメロン自身の署名が入った起訴状だ。ロベルト・マルティーノを含めたマルティーノの組織のメンバー三十五人に対して、百件以上にも及ぶ連邦法および州法違反の罪状が記されている。恐喝、薬物関連、武器の不法所持から加重暴行、殺人未遂、殺人までだ。

ジャックは無言のままページをめくっていたが、途中で手を止め、ある記述にじっくりと目を通しはじめた。ジャックが身の危険を警告して一緒に逃げようとした麻薬取締局の潜入捜査官の殺害と、マルティーノの手下たちによるジャック自身への拷問に対する起訴の部分だ。あらゆることが細部に至るまで生々しく記されていた。

「ほかの案件で彼らを有罪にできなくても気にしない。でもその案件だけは、わたしの手で必ず有罪にしてみせる」キャメロンは静かに決意を口にした。「来週、起訴するつもりよ。わたしの連邦検事就任は鳴り物入りになりそう」

ジャックは起訴状を封筒に戻した。たしかに鳴り物入りになりそうだ。手を伸ばしてキャメロンと指を絡めあう。ジャックにとってこの起訴が重要な意味を持つことを、彼女はよく知っている。だが、ここで確かめておかなければならない。キャメロンが不純な動機からこの起訴に踏みきろうとしていないかどうかを。「本気なのか?」

「ええ、もちろん。三年間ずっと、この事件を起訴したくてうずうずしていたんだもの」

「きっと大騒ぎになる」ジャックは警告した。「この件の扱いには充分慎重を期さなければならない。ロベルト・マルティーノは強敵だ。ロンバードやサイラスの比じゃない」

「手順をどう進めるかについては本当にいろいろ考えたの。部署の垣根を超えてFBIシカゴ支局の特別捜査官たちを全員投入して、逮捕状をいっせいに執行するつもりよ。マルティーノやその手下たちを一網打尽にして、反撃される隙を与えないようにしようと思ってる。当然、そのための特別チームを指揮する人物が必要になるわ。その役割をあなたに担当してもらいたいの。それにマルティーノ本人を逮捕するのはあなたであるべきだと思うから」

ジャックはたった今、キャメロンから言われた言葉について考えた。心の一部が少しだけ動揺している。

キャメロンが頭を傾けた。ジャックが浮かべた表情を誤解したのだろう。「あなたならマルティーノの逮捕という名誉ある任務を喜んで引き受けると思っていたけど」

「ああ、もちろんだ」

「だったらどうして一瞬、複雑な顔をしたの?」

「ふと思ったんだ。今きみは連邦検事として、おれに命令する立場にあるんだなと」

キャメロンが片方の眉をあげる。「本当だわ、パラス捜査官。ボスが新たに入れ替わったも同然ね」

「うまい切り返しだな。どれくらい前からその言葉を使おうと狙ってた?」

彼女は笑い声をあげた。「ざっと二週間というところね」二番目の封筒をジャックの前に押しだす。「もうひとつのプレゼントも忘れないで」

「憎き宿敵に復讐(ふくしゅう)できるチャンスよりもうれしいプレゼントがあるとは思えないが」

ジャックは封筒を手に取って破って開け、中身を取りだした。

そして自分の間違いに気づいた。

中に入っていたのは、鍵と電動ガレージの開閉装置だった。

ジャックにしては珍しいことだが、彼は不意を突かれ、キャメロンを見あげた。

「これはおれが考えているのと同じ意味かな？」

「それはあなたがどういう意味だと考えているかによるわ。もしあなたがこれを、わが家に引っ越してきてというわたしの頼みだと考えているなら正解よ」キャメロンは真顔になった。「それに、毎朝あなたと再会できた驚きとともに目を覚ましたいというわたしの願いだと考えているなら、それも正解よ」

ジャックは無言のまま座っていた。ひどく驚いていた。今まで誰からも、こんなことを言われたためしがない。

「ここにおいで」かすれた声で言うとキャメロンの椅子を引き寄せ、最初は優しいキスをした。だが片手を小さな背中へまわして彼女をさらに引き寄せると、感情に任せて唇をむさぼらずにはいられなかった。それから体を引いてキャメロンを見つめた。

「愛している、キャメロン。わかっているだろう？」

キャメロンがジャックにキスを返し、耳元でささやいた。「わたしも愛しているわ」

今すぐキャメロンをこのビストロから引きずりだして、彼女の家に連れ帰りたい。

そうしないために、ジャックはありったけの意志の力を振り絞らなければならなかった。黒のセーターや体にぴったりとしたデザインのスカート、ハイヒールはもちろん、今キャメロンが口にした言葉もあいまって、彼女のあふれんばかりの魅力に頭がくらくらしている。ジャックはいたずらっぽい笑みを浮かべた。「今夜はデザートを食べるのをやめてもいいかい？　早くふたりきりになりたい。そうしないと死んでしまいそうだ」

「おいおい、ジャック、なんて顔をしているんだ。いちゃいちゃするなら別のところでするべきだな。ただし今回は、くれぐれも隣の部屋で死体を発見しないようにしてくれよ」

聞き覚えのある男の声がしたとたん、ジャックは小声で悪態をついた。「なあ、キャメロン……きみの友だちは本当に最悪のタイミングで現れるな」振り返り、背後に立つコリンを見つめる。

「誕生日おめでとう、ジャック」コリンがにやりとすると、ジャックの背中を乱暴に叩いた。コリンの背後にはウィルキンズとリチャード、エイミーと彼女の夫が並んでいる。

「あなたの誕生日を祝うためにみんなを招待していたの」キャメロンは決まり悪そう

に言うと、両手をあげてつけ足した。「サプライズよ」

「まあ、五人でひとまとめというわけだ」コリンが説明した。「きみのために寄せ集められたギフトだと考えてほしい。誠意のかたまりみたいな、でしゃばりのぼくたち五人を新たな親友と考えてくれ」

「しかも、この寄せ集めのギフトは長持ちするんだ」ウィルキンズが言う。

ジャックはにやりとした。「うれしいよ。本当に。それとどうやら引っ越すことになりそうだから、まずここで言わせてほしい。おれとキャメロンの家にいつでも遊びに来てくれ。きみたちなら大歓迎だ。ただし、少なくとも遊びに来る四十八時間前には事前通告してくれよ」

店の女性店長が来て全員をテーブルに案内するあいだ、キャメロンはジャックを引きとめ、コリンたち五人には聞こえないようにして尋ねた。「これでよかった?」

「ああ、もちろん」ジャックはキャメロンの額に口づけた。「ありがとう」

キャメロンがジャックの首に腕を巻きつける。「さっきの質問の答えだけど、デザートは食べなくても平気よ。実を言うと、家に帰ったあとに、ある〝デザート〟を楽しめるようすでに計画してるの」

ジャックはキャメロンの言葉に断然、興味を引かれた。「どんなデザートだ? ヒントは？」

「あなたの手錠をわたしにかけることも含まれているわ」

くそっ。下腹部が完全にこわばっている。一糸まとわぬキャメロンの姿を頭に思い浮かべただけで、歯止めのきかない欲望に全身が震える。ジャックはキャメロンを誰からも見えない部屋の隅へと連れていき、うなるような声で言った。「ディナーなんてどうでもいい。今すぐここを出よう」

キャメロンが取り澄ました様子で首を振る。「あなたのためのパーティよ。そんなに早く抜けだすわけにはいかないわ。あまりにみだらすぎる」

キャメロンのからかうような言葉を聞き、ジャックは両手を彼女の横の壁について動けないようにした。「困ったたな、ミズ・リンド……きみと一緒にいると、おれはどうしてもみだらにならざるをえない。そうだろう？」

彼女は小悪魔のように瞳を輝かせた。

「ええ、いつだって大歓迎よ」

訳者あとがき

シカゴの連邦検事局の連邦検事補キャメロン・リンドはホテルに滞在中、隣室で起きた殺人事件の容疑者を目撃してしまう。被害者は高級コールガールで、最後の客はシカゴの上院議員だった。隣室から立ち去る男の後ろ姿をのぞき穴から目にしたキャメロンは警察に目撃情報を提供することになるが、捜査に乗りだしたFBIの指揮を執るのは彼女の因縁の相手、ジャック・パラス特別捜査官だった。

三年の時を経てネブラスカからシカゴに戻ってきたジャックは、帰郷するなりキャメロンがかかわる事件の捜査を任され、複雑な心境で重要な証人であるキャメロンの身辺警護をすることになるが……。

本作『あなたとめぐり逢う予感』は新シリーズの第一作です。著者はニューヨーク・タイムズやUSAトゥデイのベストセラー作家、ジュリー・ジェームズ。ロースクールを卒業して控訴裁判所に勤務後、作家に転身した経歴を活かし、本作ではＦＢＩ捜査官と検察官による事件捜査を縦軸にし、素直になれないヒーローとヒロインの恋模様を巧みに織りこんでいます。本作に続くシリーズ第二作から第六作でも、億万長者の令嬢や投資銀行家など、華やかな登場人物のロマンスが描かれています。

さて、本作はコールガール殺人事件の捜査に、伏線として描かれていた三年前の未解決事件が絡んでくるサスペンスとしても楽しめます。検事局での実権争いなど、法曹界での経歴がある著者ならではの政治的な駆け引きにも好奇心を刺激されます。どの世界にも悪いやつはいるものですね。

そして忘れてならないのは、怒りをこめて人をにらみつけるのが得意なジャックと、繊細でありながら強気なキャメロン。互いに好意を持っているのに、三年前の事件がわだかまりとなっていて、会うたびに皮肉の応酬……〝いやもう、お似合いなんだから、さっさと素直になって！〟と忠告したくなるふたりです。

そんな目が離せないヒーローとヒロインですが、ふたりの惹かれあう様子をからかいつつも優しく見守る相棒のウィルキンズＦＢＩ特別捜査官や、カミン巡査、フェルプス巡査の女子トークさながらの会話も見ものです（全員、男性なので笑えます）。

〝ウィルキンズとコリンは気が合いそうだな〟とか、〝エイミーのヒステリックな日常はおさまるのだろうか〟とか、サブキャラクターの今後にまで想像がふくらみます。
それでは、このセクシーすぎる捜査官と美人すぎる検察官が繰り広げるスリルとロマンスを、読者の皆さまが笑いながら楽しんでくださることを願っています。

二〇二〇年五月

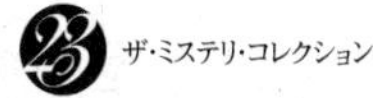

ザ・ミステリ・コレクション

あなたとめぐり逢う予感

著者　ジュリー・ジェームズ

訳者　村岡　栞

発行所　株式会社 二見書房
東京都千代田区神田三崎町2-18-11
電話 03(3515)2311［営業］
03(3515)2313［編集］
振替 00170-4-2639

印刷　株式会社 堀内印刷所
製本　株式会社 村上製本所

ISBN978-4-576-20088-0
https://www.futami.co.jp/

*の作品は電子書籍もあります。

朝が来るまで抱きしめて
クレア・コントレラス
守口弥生［訳］

ジャーナリスト志望の大学生アメリアは、高校の先輩の失踪事件を追ううち、父親の秘密を知る。プレイボーイのローガンとともに真相を追うが、事件は思わぬ方向へ…

愛することをやめないで
デヴニー・ペリー
滝川えつ子［訳］

ジャーナリストのブライスは危険な空気をまとう男ダッシュと出会い、彼の父親にかけられた殺人容疑の調査に乗り出す。二人の間にはいつしか特別な感情が芽生え…

気絶するほどキスをして
リンゼイ・サンズ
水野涼子［訳］

国際秘密機関で変わった武器ばかり製作するジェーン。そんな彼女がスパイに変身して人捜しをすることに。素人スパイのジェーンが恋と仕事に奮闘するラブコメ！

愛しているが言えなくて
リンゼイ・サンズ
久賀美緒［訳］

美人だがふくよかな体つきのアヴェリン。許婚と結婚したものの、裸体を見られるのを避けるうちになかなか初夜を迎えることができず……。ホットなラブコメ！

この恋は、はかなくても
J・T・ガイシンガー
滝川えつ子［訳］

大富豪の妻エヴァの監視をするセキュリティ会社のナズは彼女と恋に落ちるが、実はエヴァは大富豪の妻ではなく…。最後まで目が離せない、ハラハラドキドキのロマサス！

夜の向こうで愛して
キャロリン・クレーン
村岡栞［訳］

元宝石泥棒のエンジェルは、友人の叔母を救うために再び泥棒をするが、用心棒を装ったコールという男に見つかり…。ゴージャスな極上ロマンティック・サスペンス

いつわりの夜をあなたと
カイリー・スコット
門呉茉莉［訳］

ベティはハンサムだが退屈な婚約者トムと別れようと決心したとたん、何者かに誘拐され…!? 2017年アウディ賞受賞作家が贈る映画のような洒落たロマンス！

悲しみにさよならを
シャロン・サラ
氷川由子［訳］

10年前に兄を殺した犯人を探そうと決心したとたんローガンは命を狙われる。彼女に恋するウェイドと捜索を進めると、驚く事実が明らかになり…。本格サスペンス！

かつて愛した人
ロビン・ペリーニ
水野涼子［訳］

故郷へ戻ったセインの姉が何者かに誘拐された。彼はかつての恋人でFBIのプロファイラー、ライリーに捜査を依頼する。捜査を進めるなか、二人の恋は再燃し……

愛という名の罪
ジョージア・ケイツ
風早柊佐［訳］

母の復讐を誓ったブルー。敵とのベッドインは予期していたが、想像もしなかったのは彼に夢中になってしまうこと……愛と憎しみの交錯するエロティック・ロマンス

過去からの口づけ
トリシャ・ウルフ
林 亜弥［訳］

殺人未遂事件の被害者で作家のレイキンは、事件前後の記憶も失っていた。しかし新たな事件をFBI捜査官のリースと調べるうち、自分の事件との類似に気づき…

闇のなかで口づけを
レベッカ・ザネッティ
高橋佳奈子［訳］

元捜査官マルコムは、国土安全保障省からあるカルト教団への潜入捜査を依頼される。元信者ピッパに近づいた彼は身分を明かせぬまま惹かれ合い…。官能ロマンス！

許されざる情事
ロレス・アン・ホワイト
向宝丸緒［訳］

連続性犯罪を追う刑事のアンジー。男性との情事中、呼ばれて現場に駆けつけると、新任担当刑事はその情事の相手だったが……。ベストセラー作家の官能サスペンス！

灼熱の瞬間 ＊
J・R・ウォード
久賀美緒［訳］

仕事中の事故で片腕を失った女性消防士アン。その判断をした同僚ダニーとは事故の前に一度だけ関係を持っていて…。数奇な運命に翻弄されるこの恋の行方は？